新西行物語

憧れの月と花

福田玲子
FUKUDA REIKO

幻冬舎MC

新西行物語

憧れの月と花

●鳥羽院をめぐる人々

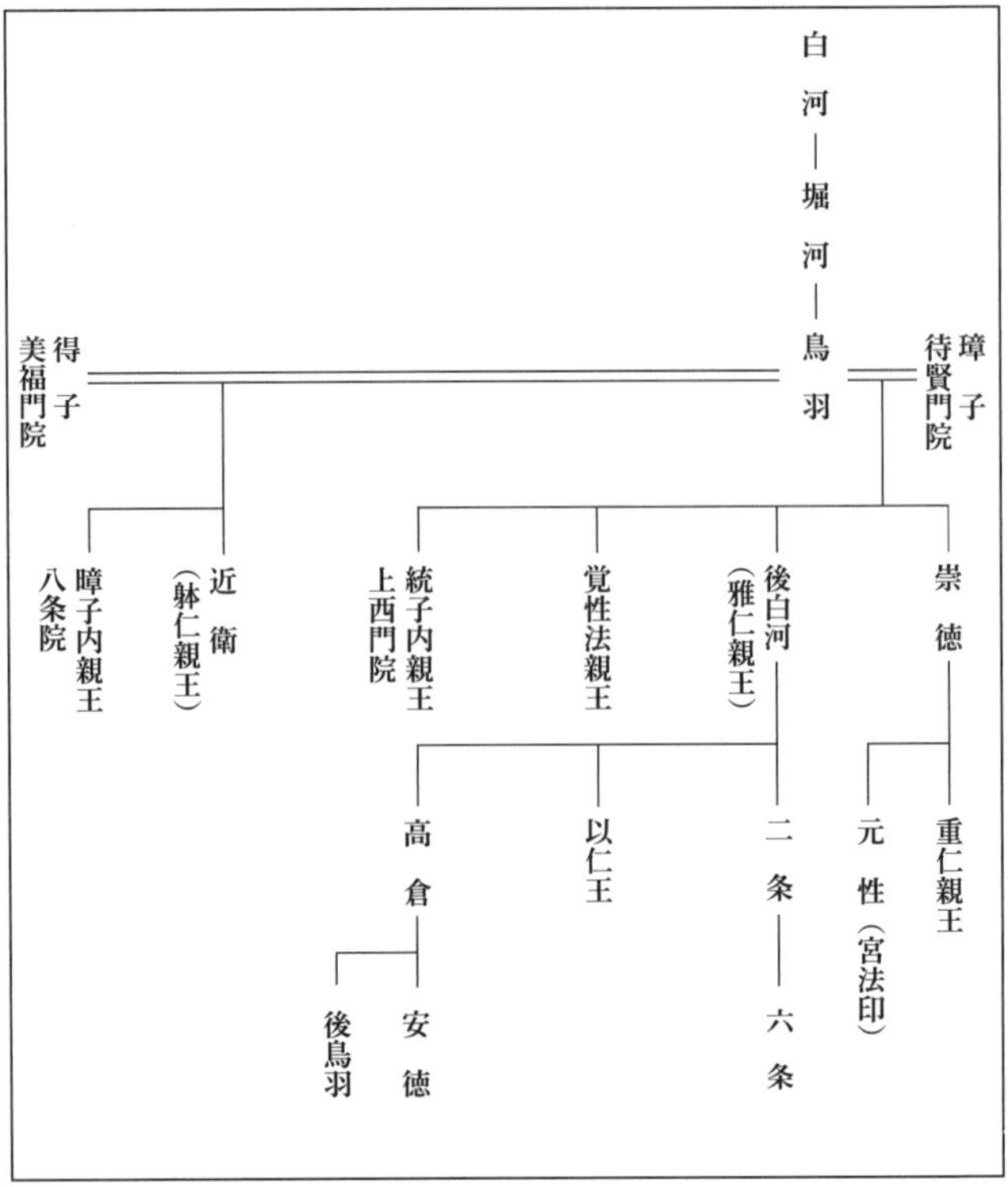
白河
堀河
鳥羽
璋子
待賢門院
得子
美福門院
崇徳
後白河
(雅仁親王)
覚性法親王
統子内親王
上西門院
近衛
(躰仁親王)
暲子内親王
八条院
重仁親王
元性
(宮法印)
二条
以仁王
高倉
六条
安徳
後鳥羽

●徳大寺家の人々

藤原氏北家公季流

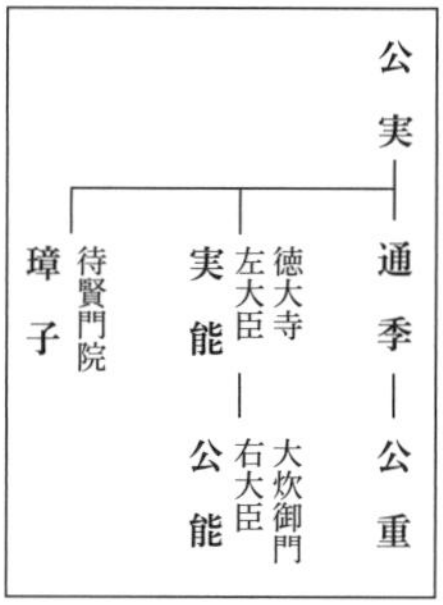

●藤原摂関家の人々

藤原氏摂家相続流

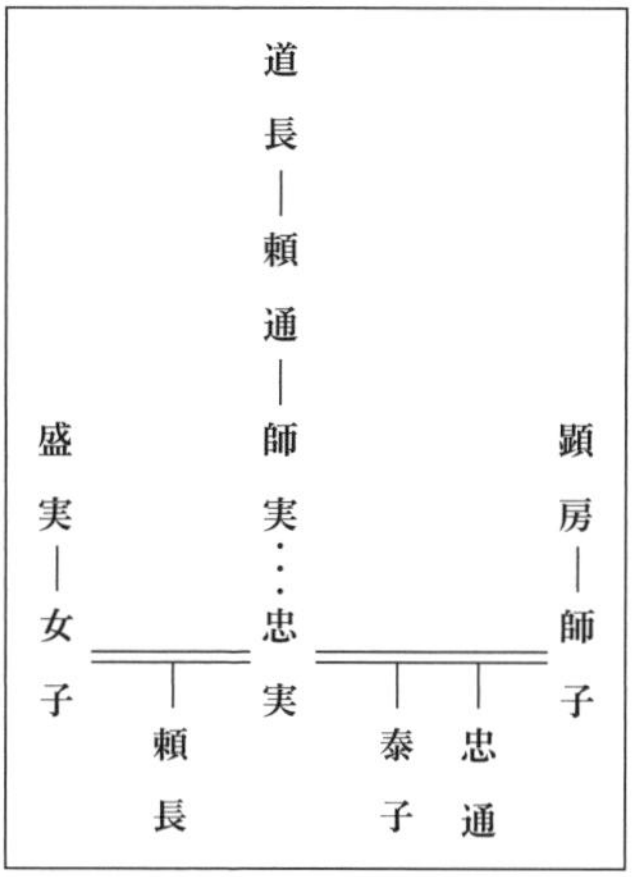

●平清盛をめぐる人々

桓武平氏

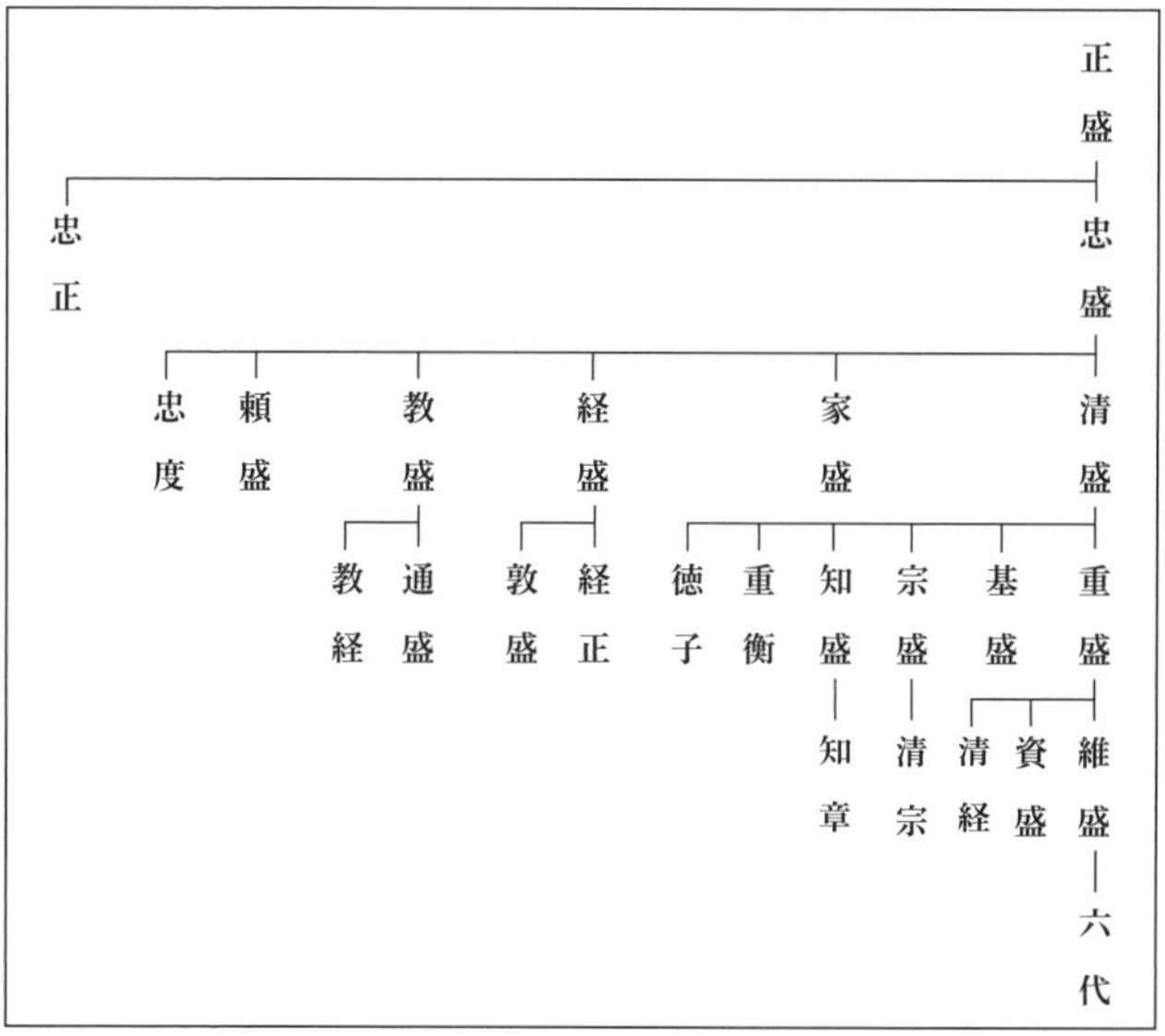

●源義朝をめぐる人々

清和源氏

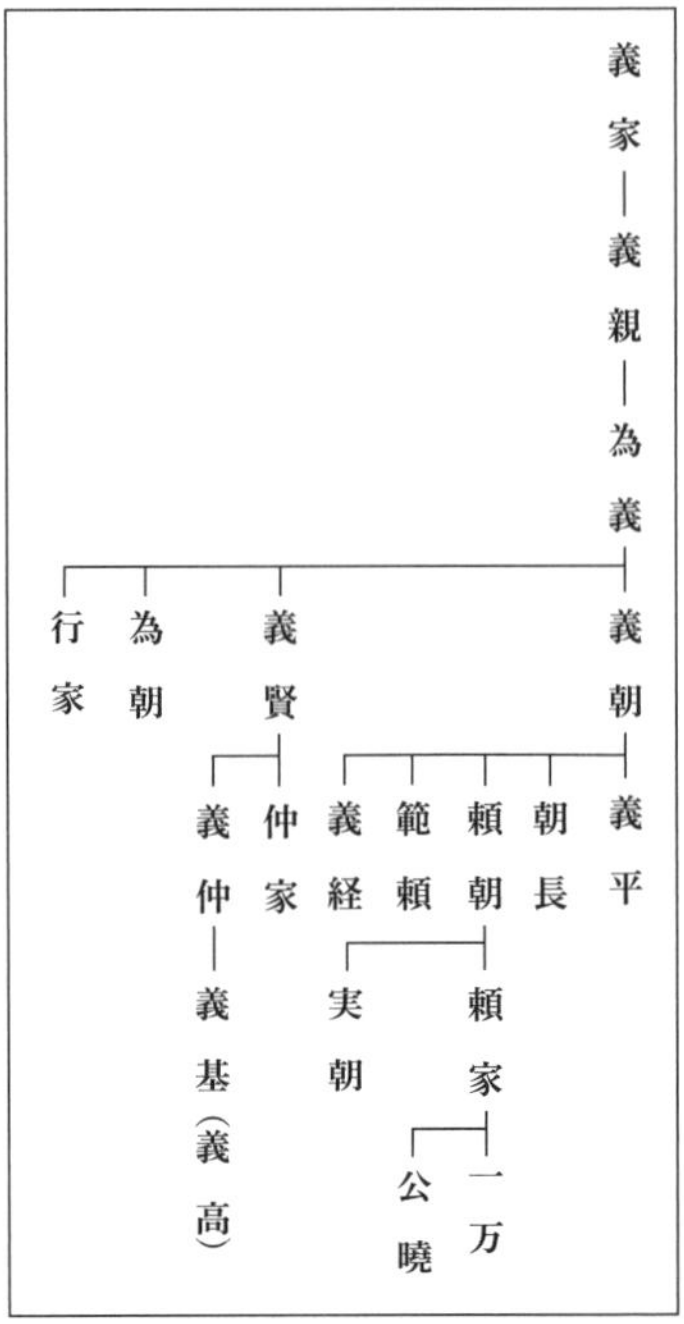

●西行の父系

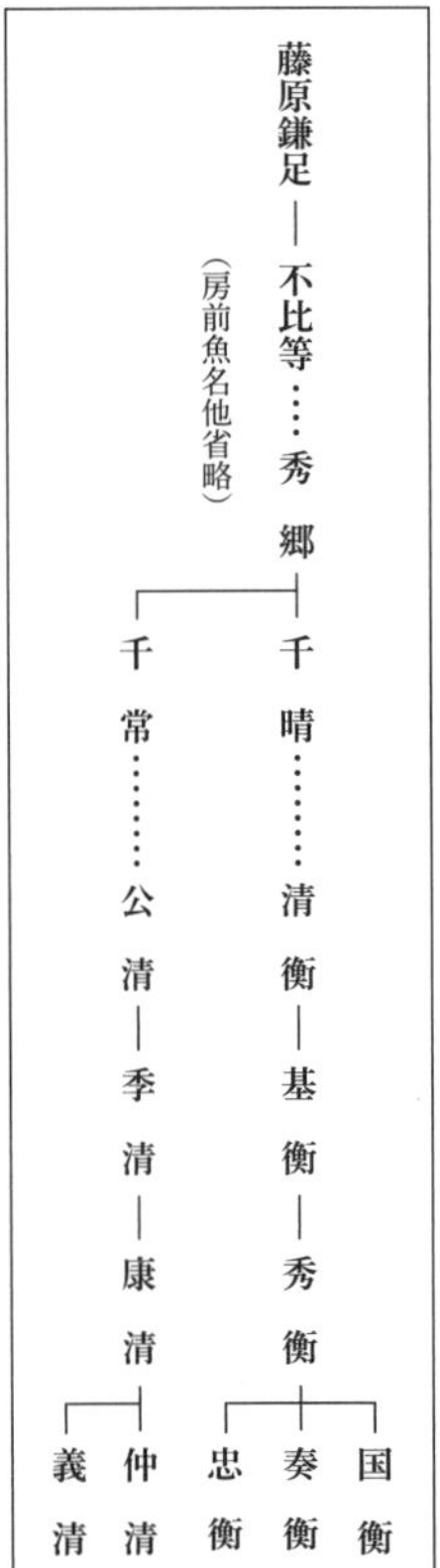

出典「旅と草庵の歌人　西行の世界」久保田 淳　日本放送出版協会

本文中の西行の和歌は「西行全歌集」（岩波文庫）より引用

目次

序章　旅立ち

清らかな白木造《しらきづく》りの伊勢大神宮《いせだいじんぐう》を守るように深々と茂る杜《もり》が夕日に染まり、神路山《かみじやま》の山々の柔らかい稜線《りょうせん》が薄墨色《うすずみいろ》に浮かぶ空に、まだ白い満月が上り始めた。

薄汚れた山伏装束《やまぶししょうぞく》に身を包んだ一人の若者が、伊勢神宮《いせじんぐう》の社務所《しゃむしょ》に立ち寄った。夕暮れの神殿を前にして、まばゆく輝く黄金作《こがねづく》りの太刀《たち》を両手に捧《ささ》げている。供周《ともまわ》りには一癖《ひとくせ》ありげな僧兵や、旅の商人風の男らが控えていた。

若者は、社務所《しゃむしょ》の神官に太刀を差し出した。

神官は、みすぼらしい山伏《やまぶし》の若者が何故こんな光り輝く太刀を持っているのか、と当惑した。伊勢神宮《いせじんぐう》は皇祖神《こうそしん》を祭る神社である。怪しい者とは関わり合いたくなかった。

神官が何か口を開きかけると、若者は低いが力のこもった声で告げた。

「壇ノ浦《だんのうら》の陣太刀《じんたち》にございます」

奉納帳《ほうのうちょう》を差し出す神官《しんかん》の手が小刻《こきざ》みに震《ふる》えるのを後目《しりめ》に、若者は太刀を左手に提《さ》げたまま、勢いのある筆で記帳した。

「左衛門少尉源義経《みなもとのよしつね》」

文治二年（一一八六）三月十五日のことである。

一年前の三月二十四日、源義経《みなもとのよしつね》は壇《だん》ノ浦《うら》でこの太刀を振《ふ》るい平家を滅亡させた。だが早くも同年十月には兄源頼朝《みなもとのよりとも》に追討《ついとう》を布告《ふこく》され、十一月には後白河院《ごしらかわいん》より追討《ついとう》の宣旨《せんじ》も出されて、義《よし》経《つね》は追われる身となった。義経主従は吉野《よしの》や熊野《くまの》の山々に隠れ、逃避行《とうひこう》を続けていたのである。熊野《くまの》、金峰山《きんぷせん》、大和《やまと》、河内《かわち》、伊賀《いが》、紀伊《きい》、阿波《あわ》、そして、ここ伊勢《いせ》の地にも、義経を捜索せよとの宣旨《せんじ》が下っている。

伊勢神宮の神官《しんかん》も、もちろんその事を知っていた。奉納《ほうのう》を受け入れれば、後でどんなとがめを受けるかも知れない。神官はそれを恐れた。

しかし義経は堂々とした態度で見事な太刀を両手に持ち直し、差し出している。供の者達も一人としてたじろぐ者はなく、静かに控えている。

義経はほんのひととき金色の光を放つ太刀に目を落とし、物問いたげ、とでもいうような無垢《むく》な表情をわずかに浮かべた後、再び威厳ある態度を取り戻し、神官に渡した。

太刀を神官に手渡してしまうと、義経はもう振り返りもせずに神殿《しんでん》に進み出て、深く拝礼し、音高く柏手《かしわで》を打った。

壇《だん》ノ浦《うら》の海原《うなばら》深く、一振《ひとふ》りの太刀が沈んでいる。天叢雲剣《あまのむらくものつるぎ》である。八咫鏡《やたのかがみ》・八尺瓊勾玉《やさかのまがたま》と並ぶ、三種の神器《じんぎ》の一つだ。八咫鏡《やたのかがみ》と八尺瓊勾玉《やさかのまがたま》は取り戻せた。だが天叢雲剣《あまのむらくものつるぎ》は、ついに戻らなかった。

それがどんなに掛け替えのないものだったか、源義経《みなもとのよしつね》にもわかってはいた。

しかし戦《いくさ》には時宜《じぎ》が肝要《かんよう》だ。舟戦《ふないくさ》の巧《たく》みさにかけては西国の海を根拠地とする平家に、源氏は到底敵《かな》わない。坂東平野《ばんどうへいや》を駆《か》け巡《めぐ》り騎馬戦に慣れた源氏が平家を滅ぼすためには、電光石火《でんこうせっか》の急襲《きゅうしゅう》で敵の意表を突く、全く新しい戦法を採《と》るほかなかったのだ。今でも義経はそう思っている。

だがその後義経は追われる立場となり、今では天下に身の置き所も無く逃げ回っている。こんな自分を、神はどうご覧になるのか。自分はいったい、どうすれば良かったのか。他にどんな生き方があったというのか。

義経は、それを神に尋《たず》ねたかった。追手に身を曝《さら》す危険を冒《おか》してでも、義経はどうしても神のみ前に問いかけずにはいられなかった。それで、壇《だん》ノ浦合戦《うらかっせん》から一年になろうとするこの日、二度と戻ってこない天叢雲剣《あまのむらくものつるぎ》の代わりに、数々の戦《いくさ》に陣太刀《じんだち》として佩《は》いてきたこの黄金作《こがねづく》りの太刀を、伊勢大神宮《いせだいじんぐう》に奉納《ほうのう》したのである。

とはいえ、もとより神に答えを望んではいなかった。長居は危険である。

神殿に深々と一礼するや直《す》ぐに踵《きびす》を返し、義経主従は再び山深く紛《まぎ》れ込もうとした。

伊勢大神宮《いせだいじんぐう》の鳥居《とりい》を出た時、義経は参道《さんどう》の傍《かたわ》らに佇《たたず》む老僧と目が合った。老いてはいるが一見して武道の心得のあると知れる引《ひ》き締《し》まった体格である。肩の筋肉が盛り上がっているのは弓の修練の名残《なごり》であろうか。濃い眉と骨太の顔立ちは、厳《いか》めしい。だがその眼と口元には、人が人と出会ったときに自然に浮かべる笑《え》みが漂《ただよ》っていた。

ゆっくりと、老僧は義経に向かって頷《うなず》いてみせた。

それを見た時義経は、なぜかこの老僧には、自分が誰であるか、伊勢大神宮で今何をしてきたのか、すべて理解されているような気がした。今までこらえにこらえてきた激しい怒りと悲しみが、堰《せき》を切ったように突然義経を襲《おそ》った。義経は不覚にも涙がこみ上げるのを感じ、顔中をくしゃくしゃにしかめて必死にそれをこらえた。

見知らぬ若者の表情が唐突《とうとつ》に崩《くず》れるのを見た瞬間、老僧西行の胸底《むなそこ》に三十年前の鋭い痛みが蘇《よみがえ》った。保元《ほうげん》の乱の崇徳上皇《すとくじょうこう》を思い出したのである。

保元《ほうげん》の乱《らん》も、やはり兄と弟の戦だった。待賢門院璋子《たいけんもんいんたまこ》の第一皇子崇徳上皇《すとくじょうこう》と、第四皇子後白河《ごしらかわ》天皇《てんのう》である。崇徳上皇《すとくじょうこう》は和歌の中心的存在であり、西行とも親しかった。兄弟の父鳥羽上皇《とばじょうこう》の崩御《ほうぎょ》をきっかけに陰謀《いんぼう》が動き出し、事態は日毎《ひごと》に崇徳上皇《すとくじょうこう》に不利となった。西行は崇徳上皇《すとくじょうこう》を守るため和歌仲間の寂然《じゃくぜん》や西住《さいじゅう》と奔走《ほんそう》した。

保元一年（一一五六）七月十一日、ついに戦《いくさ》が起こり崇徳上皇《すとくじょうこう》は敗走した。世間の誰もまだ崇徳上皇《すとくじょうこう》の存否《そんぴ》も居場所も知らなかった七月十二日の夜、西行はひっそりと仁《にん》和寺《なじ》の北院《ほくいん》を訪ねたのである。

この夜崇徳上皇《すとくじょうこう》が西行だけに見せた底深い絶望の表情は、今でも西行の目に焼き付いている。西行にはそれが目の前の、涙を必死にこらえている若者の表情と重なった。その時西行は、紛《まぎ》れもない天賦《てんぷ》の気品と威厳を備えたこの若者が、源義経《みなもとのよしつね》その人であると察したのである。

この若者も、あの夜の崇徳上皇と同じだ。一途《いちず》に己の道を生きただけなのだ。それなのに、どうしてこうなってしまったのか。身の危険も省《かえり》みず伊勢大神宮《いせだいじんぐう》を訪れ、神に訴え問いかけずにはいられなかった源義経の気持ちが、西行には、痛切にわかってしまった。

源義経は、今は憤《いきどお》りも悲しみも何一つ隠そうとせず、激しい絶望の表情で食い入るように老僧を見た。

老僧は、すべてを吸い込む虚空《こくう》のようなまなざしを向けて、あの親しみを込めた微笑をたたえ、再び義経に深く頷《うなず》いてみせたのである。

受け止められた……兄源頼朝《みなもとのよりとも》にも後白河上皇《ごしらかわじょうこう》にも裏切られ、平家一門の恨《うら》みを一身に負っている、この自分が……。

義経は今、確かにそれを感じ取った。それがどんなことなのか、この時の義経にはまだ、わかってはいなかったのだが。

とっぷりと暗くなってきた伊勢の山深く再び身を隠そうと急ぎながら、義経は何か、ここを訪れる以前とは確実に違う心持がしているのを、ひしひしと感じていたのである。

伊勢二見《いせふたみ》が浦《うら》の海を見下ろす安養山《あんようざん》にある西行庵《さいぎょうあん》に、ひょっこり僧正坊《そうじょうぼう》が訪ねてきた。墨染《すみぞめ》の僧衣を着ていながら、伸び放題の髪を振り乱し、腰に山刀を引っ提《さ》げている。日に焼けたいかつい顔に突き出た高い鼻。ぎょろりとした大きな目玉と太い眉毛、への字に結んだ大きな口。筋骨隆々とした並外れた巨体は、到底常人とは思えない。

鞍馬山《くらまやま》の大天狗《おおてんぐ》なのである。

「お主、奥州に親族がおったよなあ」

僧正坊《そうじょうぼう》は、何年かぶりに会ったというのに挨拶も抜きで、妙なことを言う。

「おう、我が佐藤家と奥州藤原氏《おうしゅうふじわらし》は共に俵藤太藤原秀郷《たわらのとうたふじわらのひでさと》の末裔《まつえい》であるが、何分遠方なもので、私は四十年も前に一度訪ねたきりだぞ。それがどうした」

僧正坊《そうじょうぼう》とは、西行が二十三歳で出家し鞍馬山《くらまやま》で修行していた頃からの付き合いである。ましてや相手は天狗《てんぐ》、人外の者であるので、お互い世間一般の堅苦しい言葉は使わない。

「小僧をひとり、届けたいのだが」

「源義経か」

「いい勘だ」

「この前、会ったぞ」

西行は、伊勢大神宮の参道《さんどう》で先日義経に行き会ったことを話して聞かせた。

ふうむ、と僧正坊は頷《うなず》いた。

「実は、あの小僧は、昔、わしが仕込んだんだ」

平治《へいじ》の乱《らん》で敗《やぶ》れた源義朝《みなもとのよしとも》の子義経《よしつね》は、幼い頃僧になるため鞍馬《くらま》の寺に預けられた。後に義経は自分が源氏の系譜を引き、父源義朝《みなもとのよしとも》が平家に滅ぼされたことを知った。義経はひそかに源氏再興《さいこう》の日を期して、深夜剣術の修行を始めたのである。

「それがなあ。無闇《むやみ》と重い棒きれを力任《まか》せに振り回すばかりで、見ていられなかったんだよ。あんな無茶な修行をしていたら、人一倍細っこい体を、壊《こわ》しちまうだけだからなあ……」

義経は小さく貧弱な体の少年だった。腕力も弱い。僧正坊はまず、まだ伸び切っていない少年の身丈《みたけ》に合った木刀を作ってやり、握り方や力の入れ方を教えた。少年の並外れた敏捷《びんしょう》さを見抜き、崖を駆《か》け上《のぼ》ったり切《き》り株《かぶ》を飛び越えたりする修行もさせた。山や谷の地形を一目見てその特色を掴《つか》む術、雲行きを見て風雨を読む術も教えた。剣術修行とともに、天狗《てんぐ》の修行もさせたのである。

「あいつは……細っこい小さな小僧だったが、音《ね》をあげなかった。思い詰めたようなきつい眼をしてこのわしに食いついてきたよ。あんなに小さい子が、何かとてつもなく暗い物を見てしまったような眼をしていた。たとえ死んでもそれが何かを見極《みきわ》めたい。相打《あいう》ちになっても構《かま》わないと固く心を決めちまっているみたいで……わしに打ち倒されて気が遠くなりながらも木刀を振り回しているんだ。まるで……昔のお主みたいだったなあ」

僧正坊は団栗眼《どんぐりまなこ》を細めて笑った。

「真冬の鞍馬《くらま》で、掛樋《かけひ》が凍《こお》り付いちまった時のお主の情けない面、今でも思い出すのう……」

西行は苦笑せざるを得なかった。

出家してしばらく、西行は都周辺に庵《いおり》を結んでいた。

「世中《よのなか》を　捨《す》てて捨《す》てえぬ　心地《こゝち》して　都離《みやこはな》れぬ　我身成《わがみなり》けり」
（世の中を捨てて出家はしたけれど、すっかり捨てることができない心地がして、いまだに都のあたりを離れていない我が身なのだなあ）

だがやがて西行は秘めた思いを断ち切るように山深い鞍馬《くらま》の奥に籠《こも》った。
都ではずっと心を押し隠し、人目を憚《はばか》って泣くこともできなかった。山奥の一人暮らしならば、ようやく禁忌の恋の苦しさに、思うさま泣くことができる。
飲み水は近くの川から竹を割って作った掛樋《かけひ》（樋《とい》）をかけて取ってくるようにした。だが鞍馬《くらま》山《やま》の冬の寒さは西行の予想以上上で、ある朝起きてみたら掛樋《かけひ》の水が凍《こお》ってしまった。飲み水も飯を炊《た》く水も無くて、若き西行は途方に暮れた。

「わりなしや　氷《こほ》る懸樋《かけひ》の　水ゆゑ《へ》に　思《おも》ひ捨《す》ててし　春《はる》の待《ま》たるゝ」

（どうにもならないよ。氷ってしまう懸樋《かけひ》の水のせいで、出家して思い捨ててきたこの世の春がこんなに待ち遠しくなるなんて）

と、がらがらと山が揺らぐような高笑いが聞こえた。

「誰だっ」

西行は思わず身構《みがま》えて辺《あた》りをうかがった。背後の庵《いおり》に、かすかな気配を感じた。

西行は咄嗟《とっさ》に積んである薪《たきぎ》の陰に隠れ、戸口から出てくる影に、思い切り薪《たきぎ》を放った。

戸口から頭上の大樹の枝に飛び移ろうとしていた影の足に薪《たきぎ》は当たり、影は地に落ちた。

どすん、と音立てて地面に落ちた影が、破鐘《われがね》のような大声で喚《わめ》いた。

「何者じゃ、お主」

黒っぽい僧衣らしきぼろ布に身を包み、背に米袋を結び付けている。

「お主こそ、何者だ」

西行は、呆《あき》れて言い返した。盗人《ぬすっと》のくせに、いい度胸だ。

盗人《ぬすっと》は起き上がると、悪びれもせずに言った。

「いい腕だな、お主。坊主のくせに、このわしに当てるなんて」

盗人《ぬすっと》は西行の投げた薪《たきぎ》を拾い上げて、しきりに感心している。

「今度山に上った新参の坊主が、崖際《がけぎわ》で修行もせずにめそめそ泣いているかと思って来てみたら、お主、強いじゃないか」

見られていたのだ……西行は顔がかっと火照《ほて》り、怒鳴りつけた。

「米盗人《こめぬすっと》が、何を言うか、返せ」

すると盗人《ぬすっと》は、米袋を抱えて首を傾《かし》げた。

「お主、なあ、掛樋《かけひ》は真冬には凍《こお》るものだよ。だから水がめに水を絶やしたらいかん。それから、ついて来い。この米は半分返すから、わしが、冬でも凍《こお》らない湧《わ》き水を教えてやるよ」

「おい、全部返せ」

と西行が言うのも聞かず、盗人は傍《かたわ》らの平らな石にざあっと米粒を半分こぼすと、飛ぶように駆けだした。

西行はとっさに米粒を薦《こも》で覆《おお》うと、急いで盗人を追った。

盗人は縦横《じゅうおう》に山中を駆け抜け、見失ったと思うと思わぬ木の枝や石の上に降り立ち、高笑いをして振り返る。

そうされると西行は生来の負けぬ気が頭をもたげ、意地になって盗人を追いかけた。

「ここだ」

いきなり背を衝《つ》かれてよろけそうになって立ち止まると、岩場の下にこんこんと清らかな水が湧《わ》いている泉があった。

水面に幾つかの輪が次々に描かれては消える。泉の底に幾つかの泉源があるらしい。息の上がった西行は立て続けに両手で冷たい水を掬《すく》って喉《のど》に流し込み、人心地がつくと、振り返って叫んだ。

「盗人《ぬすっと》め、米を返せっ」

相手は呆気《あっけ》にとられたような間抜けな表情を浮かべた。

「お主、阿呆《あほう》か。お主がわしを捕《つか》まえられるものか。本寺の僧兵どもが総出《そうで》でわしをふん縛って殺そうとした中を、わしは抜けてきたんだからな」

西行はぎりぎり歯噛《はが》みし、悔しそうに言い返した。

「弓と馬さえあれば、できる。空を飛ぶ鷹《たか》や野を駆ける鹿に比べたら、お主を射るのなど、たやすいことだ」

「お主、坊主だろう」

盗人は谷に響き渡るほど大声で笑った。

「笑うな、米盗人《こめぬすっと》め」

「わしは盗人ではない、天狗《てんぐ》だ。僧正坊《そうじょうぼう》だ」

「僧正坊《そうじょうぼう》?」

「正しい僧、と書く」

今度は西行が吹きだした。

「正しい僧？　米を盗んだくせに」

「わしの腹の中は真っ黒だがな。お主は？」

「西行。西へ行く、と書く」

僧正坊が小気味《こきみ》よさげに笑った。

「西方浄土に行くには、まだまだ修行が足らんな。食い物を取られたくらいで、執念深《しゅうねんぶか》く人を追いかけるやつが」

笑い声を残して、ひゅん、と高い枝に飛びついた僧正坊は、そのまま消え去った。

我に返った西行は、その後帰り路を見つけ庵《いおり》にたどり着くまで、ひどく難渋《なんじゅう》したのである。

僧正坊が教えてくれた泉は、その後の庵《いおり》の暮らしに大層役に立った。西行が鞍馬山《くらまやま》に籠《こも》っていた間にほんの数回、僧正坊は西行の庵《いおり》を訪れた。いつも人を馬鹿にしたような高笑いとともに、突然やってくる。それも西行が経文《きょうもん》を開いて居眠りしていたり、慣れない手つきで竈《かまど》に火を起こして煙にむせていたり、妙な時ばかりに来る。だから西行はいつも迷惑げな仏頂面《ぶっちょうづら》で僧正坊を迎えた。

僧正坊は勝手に庵《いおり》の隅《すみ》の米櫃《こめびつ》の蓋《ふた》を開け米を掬《すく》うと、持ってきた袋に盛大に開けた。

その度に西行は「米盗人《こめぬすっと》っ」と怒鳴る。

僧正坊は「坊主の癖に、修行が足らん」とからからと笑う。

そして懐《ふところ》から汚い袋に入った団栗《どんぐり》を出してアクの抜き方を教えたり、野菜の種を出して育て方を教えたりする。鍬《くわ》の持ち方まで伝授する。

どうやら人に物を教えて偉そうにするのが好きらしい。不慣れな手つきで鍬《くわ》を持つ西行を見てからかい、負けず嫌いな西行が悔しそうな表情をすると、心底《しんそこ》嬉しそうに高笑いする。ひとしきり西行を悔しがらせればそれで満足するらしく、あっという間に消えてしまう。それ以上、話らしい話もしない。

僧正坊が自分の身の上話をしたのは、ふとしたきっかけだった。

それは月の美しいある夜のことであった。

鞍馬山《くらまやま》の庵《いおり》で、西行は月を見上げていた。月を見るといつも、西行は待賢門院璋子《たいけんもんいんたまこ》を思い出す。

「どんなに憧《あこが》れても、叶《かな》わぬ人だった……」

西行はつぶやいた。それなのに、僧形《そうぎょう》になった今でも忘れることができない。そして、西行には確信があった。

あの人は、今でもこの世にただ一人きりだ。大勢の人々に囲まれているのに、誰一人としてあの人を助ける者はいない。あの人は今、どす黒い陰謀《いんぼう》の只中《ただなか》にいる。巨大な暗い運命があの人を飲み込もうとしている。

あの人は、一人ぼっちだ。

だから、もしかすると、あの人は自分を思い出しているかもしれない。

そう思うと、西行は身体がちぎれるほど逢《あ》いたいと思った。一度だけ触れたあの人の滑《なめ》らかな肌、香しい熱い息が、まだ身の内に残っている気がする。西行は身を振り絞《しぼ》るようにして涙を流し続けた。


一陣《いちじん》の風とともに、頬が触れるほどの近さに僧正坊が降り立った。僧正坊は西行が泣いているのを察したらしかった。僧正坊は照れ臭そうに不器用に身をずらし、少し距離をとって西行の傍《かたわ》らに腰かけた。西行は見られても別に構《かま》わなかった。相手は人外の者だ。何と思われようと恥じる必要もない。僧正坊を振り向きもしなかった。しかし、

「仕方ないさ。手の届かない人ではね」

と僧正坊がつぶやいた時には、西行は、ぎょっとして振り返った。

僧正坊は、前より一層照れくさそうに、慌《あわ》てた。

「いや……なに……お主、元は名のある武士だろ。お主の腕を見れば、わかるさ。そんな立派な武士にも手の届かない人、といえば……宮中の姫君か……いや、どうでもいいのだ、そんなことは。わしは天狗《てんぐ》だ。人間には見えん物も、時には見えてしまうこともあるが、人間どもには、わ

しの声は聞こえんからのう……」

西行は沈黙している。天狗《てんぐ》は下界の人間とは話をしない。それだけではなく、僧正坊が友の秘密を死んでも口外しないことを、西行はわかっていた。

照れ隠しのつもりだろうか。西行を安心させるために自分の秘密を打ち明けてみせたのだろうか。僧正坊は尋《たず》ねもしないのに自分の身の上を一人語りに語り始めた。

「わしは、昔僧兵《そうへい》だったんだ。

生まれたのは、家も畑も坂だらけで、平らな土地なんぞ踏んだこともないような山の里だ。兄弟が多くて食い物も無かったから、わしは、ある大きな寺の末院《まついん》の小僧になった。

小僧といっても、経文《きょうもん》なんぞ教えてくれなかった。来る日も来る日も水汲《く》みや掃除や飯炊《た》きに追い回されておったなあ。

そのうちわしは並《な》み外《はず》れて体が大きくなり、薙刀《なぎなた》を仕込まれて僧兵《そうへい》にさせられた。否も応もあるものか。

本寺と末院とは昔から仲が悪くて、しょっちゅう小競《こぜ》り合いをやっていた。ある時わしは本寺と末院の争いに駆り出され、大暴れしているうちに相手の坊主を殺してしまった。

その時滅多《めった》に見たことの無い紫の袈裟《けさ》をかけた坊主が、わしに説教した。

『お前は間違って僧を殺してしまった。今後争いの種を撒《ま》かぬために、お前を本寺に引き渡すことにする』

わしは、そんなものかな、と大人しく坊主等にひっくくられ、本寺へ連れていかれた。

小坊主のわしなんぞ、頭のいい高僧達に何を言ったって、どうせ言い負かされちまうと思ったしなあ。本寺では、坊主どもが総出《そうで》でわしを待っておった。

本寺の金襴《きんらん》の袈裟《けさ》をかけた坊主が、わしの前に来て問いかけた。

『お前が、僧正坊か』

『へい』

『たった一人で六人もの僧兵を殺した僧正坊というのは、お前か』

本寺の坊主どもが一斉《いっせい》に薙刀《なぎなた》を構《かま》えた。

わしは仰天《ぎょうてん》した。そんなに大勢《おおぜい》殺した覚えはない。だが、小僧のわし一人に怯《おび》えて身構えている本寺の僧兵どもを見回すと、馬鹿らしくもあり、また何だか大手柄《おおてがら》をたてた気にもなって、ちょっと得意にもなった。わしは何も言わなかった。

わしは殺されるだろう。

樹に縛《しば》り付けられているうちに、いくら頭の足りないわしにも、だんだんわかってきた。

末院の高僧は、わしに六人分の殺しを押し付けたのだ。小僧のわし一人を引き渡すことで、本寺と和議を結ぼうとしたのだ。わしは、むらむらと腹が立ってきた。

紫の袈裟《けさ》をかけた末院の高僧に、こんこんと説き聞かされた時には、わしは殺されても仕方ないと覚悟したのだ。それなのに、その末院の高僧がわしを騙《だま》した。わしは頭がくらくらした。あいつらに騙《だま》されて殺されて、たまるか。

真っ黒な液体がぶすぶす俺の腹の底から湧《わ》き出て煮えたぎり、わしの腸《はらわた》をすっかり黒々と焼いちまったのは、その時だ。

小僧のわしを庇《かば》ってくれる人間なんぞ、誰もいない。誰も信じられない。だから。こんな所で、たった一人で死ぬのは、ごめんだ。

わしは必死にあがいた。

硬い縄目《なわめ》の中でもがくうちに、偶然左肩にがくんとひどい痛みが走り、関節が外れた。縄目《なわめ》にわずかな隙間《すきま》ができた。見張りは焚火《たきび》を囲んで酒を飲んでいた。本堂に引っ込んだ僧どもはなかなか出てこない。

奴らは一人で六人も殺したわしを怖がっているのだ。だが怖がられることほど、こっちにとってまずいことはない。奴らはわしを怖がって、なんとかしてわしを死なせようとするだろう。

わしは酒をくらっていい機嫌《きげん》になっている見張り達を見ながら、気づかれないように右手で少しずつ縄目《なわめ》を緩《ゆる》めた。今度はわざと右肩の関節も外《はず》して一気に縄を抜け、大木に飛び上がった。

そしてそのまま野猿のように枝々を伝い、山の中に消えた。

その後、わしは鞍馬山《くらまやま》で暮らした。山の暮らしは慣れていた。そのうちに元僧兵や修験道《しゅげんどう》の行者《ぎょうじゃ》崩《くず》れ、喧嘩や盗みで里にいられなくなった者などがわしの周りに集まり、わし等はいつか、鞍《くら》馬《ま》の天狗《てんぐ》と呼ばれるようになったんだ」

月の美しかった四十年前の鞍馬山《くらまやま》の夜のように、ここ伊勢《いせ》二見浦《ふたみがうら》の西行庵《さいぎょうあん》でも、僧正坊は一人で勝手に話し続けた。

「もう義経には、京の周りに隠れる処《ところ》がどこにも無いんだ。こんな話が、あるか。酷《ひど》いじゃないか。実の兄にも、後白河上皇《ごしらかわじょうこう》にも、あいつは裏切られたのだ」

「それで、わたしに何をせよと言うのだ」

「あいつを奥州平泉《おうしゅうひらいずみ》へ逃がしてやりたいんだ。西国は、滅んだ平家の領地だったから危険だ。あいつが源頼朝に出会う前まで身を寄せていた藤原秀衡《ひでひら》公のいる、奥州平泉《おうしゅうひらいずみ》なら……」

「話はわかった。だが、わたしに何をせよと」

「わかるか、そんなこと」

僧正坊は声を張り上げ、威張《いば》って宣言した。

「わしは天狗《てんぐ》だ。下界の事など、天狗《てんぐ》の知ったことか。お主が思案しろっ」

大音声《だいおんじょう》とともに、僧正坊は消え去った。

翌月の文治二年四月、伊勢を重源《ちょうげん》が東大寺の僧六十人と大勢の衆徒《しゅうと》を率《ひき》いて訪れた。伊勢神宮の内宮《ないくう》・外宮《げくう》にそれぞれ「大般若経《だいはんにゃきょう》」六百巻を奉納し、大仏殿再建の祈願をするためである。東大寺の大仏殿と大仏は平重衡《たいらのしげひら》により六年前に焼失した。再建の命を受けた重源《ちょうげん》は宋の陳和卿《ちんなけい》を招き、資金と仏師や工人達を調達し、ようやく大仏開眼《だいぶつかいげん》にまでこぎつけたのである。

内宮外宮《ないくうげくう》の参拝《さんぱい》を済ませると、重源《ちょうげん》一行は二見《ふたみ》が浦《うら》にある天覚寺《てんがくじ》に向かった。天覚寺《てんがくじ》側では総勢七百人の衆徒を迎えるために、大慌《おおあわ》てで新しく宿所や湯屋を作り、七百人分の膳《ぜん》を用意するという騒ぎであった。

天覚寺《てんがくじ》に到着すると重源《ちょうげん》は、夕餉《ゆうげ》までの時間をみつけ、わずかの従僧を連れて、浜伝いに安養《あんよう》山《さん》に向かった。

「そなた等は、この辺《あた》りでしばらく待っておれ」

山の麓《ふもと》で従僧達にそう告げると重源《ちょうげん》は一人山道をたどり、中腹の西行庵《あん》を訪れた。

この辺りにまで潮騒《しおさい》が聞こえた。木《こ》の間隠《まがく》れに小さな庵《いおり》が結ばれているのが見えた。

「突然のことですが、失礼いたします」

重源《ちょうげん》は西行庵《あん》の戸口に立って、深々と頭を下げた。

六十一歳の重源《ちょうげん》は、宋《そう》に三度行ったことがあると自称していた。陳和卿《ちんなけい》とも宋《そう》の言葉で自在に話し、現場の棟梁《とうりょう》や仏師とも堂々と交渉する。胆力《たんりょく》と精気が目付きにも口元にも満ち満ちていて、僧というには度量が大きすぎる男である。入宋以前にどこの寺でどんな修行をしていたかも、よくわからない。謎めいた男である。

「これはこれは……俊乗坊重源上人《しゅんじょうぼうちょうげんしょうにん》、でございますね」

西行は、ゆるりと立ち上がって戸口まで出迎えた。

緑と紺と金の縫《ぬ》い取りの施《ほどこ》された光沢《こうたく》のある絹の袈裟《けさ》を一目見て、すぐに西行には相手が誰かわかった。歌会で親しくしている伊勢神宮の神官達が、以前から『重源《ちょうげん》が東大寺の僧侶《そうりょ》を大勢引きつれて参拝《さんぱい》に来るらしい』と噂《うわさ》し、困惑《こんわく》していたのを西行は耳にしていた。

元来《がんらい》神社は仏僧を忌《い》むものである。ことに格式の高い伊勢神宮では西行自身は表《おもて》だって参拝するのは控え、せいぜい人目の無い夕刻などにそっと手を合わせる程度にとどめていた。だが重源はそんなことに頓着《とんちゃく》せず、戸惑《とまど》う神官達の声も無視して華々しく総勢七百人の僧侶《そうりょ》・衆徒《しゅうと》を引き連れ、堂々と伊勢神宮の内宮《ないくう》・外宮《げくう》に参拝したのだ。

庵《いおり》に招《しょう》じ入れられると、重源《ちょうげん》は素早く庵室《あんしつ》を見回した。浜荻《はまおぎ》を折《お》り敷《し》き、片隅には文台《ぶんだい》の代わりらしい花かごに筆や墨が置かれ、硯《すずり》には自然の石の水を入れる所がくぼんでいる物を用いている。清々《すがすが》しいほどに、何も無い。

向き合ってみると、西行は姿勢も良く重源《ちょうげん》に少しも引けを取らない。たたずまいはゆったりとして口元には穏やかな微笑をたたえていたが、どこにも隙《すき》が無かった。重源《ちょうげん》は今まで聖俗様々な大勢の人々と渡り合ってきたが、こんな男は初めてだ、とひそかに思った。

「先年の大仏の御開眼《ごかいげん》、まことにおめでとうございます。またこの度《たび》は伊勢神宮に大般若経《だいはんにゃきょう》をご奉納《ほうのう》されたとか、有り難く貴きお志《こころざし》と存じ上げます」

西行は静かだがよく透《とお》る柔らかな声で挨拶を述べると、美しい所作《しょさ》で合掌《がっしょう》した。

さすが若き日に北面《ほくめん》の武士《ぶし》として仕えた元武者だけのことはある、と重源《ちょうげん》は思った。

「その大仏のことで、こうしてお願いに上がったのです」

招き入れられた狭い庵室《あんしつ》で白湯《さゆ》を馳走《ちそう》になりながら、重源《ちょうげん》は西行に頭を下げた。

「……はて、私に、一体何を？」

「実は……お聞き及びのこととは存じますが……東大寺の大仏は、まだ御頭だけしか、鍍金《ときん》がなされていないのです。お体すべてを覆《おお》うには、とても金が足りないのです」

去年八月の東大寺大仏開眼供養《かいげんくよう》には、鍍金《ときん》は頭部だけしか間に合わなかった。大仏の首から下は、まだ地が剥《む》き出しのままだったのだ。

「それで、誠《まこと》に申し訳ないのですが、ぜひ円位上人《えんいしょうにん》（西行）に、奥州藤原氏《おうしゅうふじわらし》の藤原秀衡《ふじわらのひでひら》公の所へ、砂金の勧進《かんじん》（寄付を募《つの》る）に御足労《ごそくろう》いただきたいのです」

意外な話に、西行は目を見開いた。

「この老僧が、ですか？　私は、今年もう六十九歳になるのですよ」

「この通り、重源《ちょうげん》たってのお願いでございます。

奥州藤原氏は、豊かな金鉱に恵まれております。地の底から金が溢《あふ》れ出、川の水には砂金が混じっているとか。東大寺の御仏《みほとけ》のために、藤原秀衡《ひでひら》公に、ぜひ砂金の御寄付をいただき、御仏《みほとけ》との御縁《ごえん》を結んでいただきたいのです。

円位上人《えんいしょうにん》は、元々は、奥州《おうしゅう》藤原氏と九代前に繋《つな》がる佐藤家の棟梁《とうりょう》殿でいらっしゃいます。円位《えんい》上人《しょうにん》に奥州《おうしゅう》までお越《こ》しいただき、直々《じきじき》にお話しいただければ、藤原秀衡《ひでひら》公も否《いな》とはおっしゃらないと存じます」

「私が、奥州《おうしゅう》へ……」

西行は、ため息をついた。ここ数年足腰に衰《おとろ》えが来ていることは、西行自身が誰よりも知っていた。今の自分には、到底《とうてい》奥州《おうしゅう》へ旅をするほどの体力は残っていない。無理だと、老いた体がしきりに訴えていた。

遥《はる》か四十年も昔、まだ二十代末の頃に、西行は奥州《おうしゅう》の旅に出たことがある。待賢門院《たいけんもんいん》璋子《たまこ》が亡くなり一周忌も過ぎた頃、璋子《たまこ》の面影《おもかげ》を振り切るようにして二十代末の西行は、真冬の奥州《おうしゅう》へと旅立ったのである。

老いた西行の眼差《まなざ》しがふと遠くなるのを、重源《ちょうげん》は見逃さなかった。

重源《ちょうげん》は、自分が僧の枠《わく》に収《おさ》まりきらぬ器量を持ち、そのために他の僧達からはいつも胡散臭《うさんくさ》く見られているのを知っていた。

どこに居ても自分は周りの人々からはみ出し、宙に浮いてしまう。この国は狭すぎる。このままでは、この国に自分の居場所は無い。重源《ちょうげん》はそんな思いに急《せ》き立てられるようにしてあらゆる手段を講じて商船に乗り、入宋を企《くわだ》てた。

外洋の潮《しお》をかぶり異国の地を踏んできた長年の重源《ちょうげん》の勘が、彼自身に告げていた。目の前にいるこの老僧も、自分と同じくどこか枠《わく》に収《おさ》まりきらぬ器量を持った僧であるに違いない。

重源《ちょうげん》は、たたみかけるように声を大にした。

「円位上人《えんいしょうにん》は、昨今《さっこん》の世をどうご覧になりますか？　今や朝廷の威信《いしん》も地に落ち、仏の道も廃《すた》れています。ただ力だけが物を言う世の中になっております」

落ちくぼんだ西行の目が、光った。

都から離れているからこそ、見える物がある。世から遠く離れているからこそ、目まぐるしく動きぶつかり合う世の中の流れを、遥《はる》か虚空《こくう》から見下ろすように隅々《すみずみ》まで見渡し、その始まりから果てまでを見通すことができる。西行は刻々と変わる都の情報を集め、克明《こくめい》に歌に記録していた。

「世《よ》の中《なか》に武者起《をこ》りて、西東北南《にしひむがしきたみなみ》、軍《いくさ》ならぬ所《ところ》なし、打続《うちつづ》き人の死《し》ぬる数聞《かずき》く、おび《を》たゝし。まこととも覚《おぼ》えぬほどなり、こは何事《なにごと》の争《あらそ》ひぞや、あはれなることのさまかなと覚《おぼ》えて」

（世の中に武者が起こって、西東北南《にしひがしきたみなみ》、全国に戦《いくさ》のない所がない。引き続き人が死ぬ数を聞くと、非常に大勢だ。本当とも思えぬほどである。これは何事《なにごと》の争いなのだろうか。あわれな事だと思って）


「死出《しで》の山　越《こ》ゆる絶《た》え間《ま》は　あらじかし　なくなる人の　数続《かずつづ》きつゝ」

（死出《しで》の山を越《こ》える死者の絶《た》え間《ま》はあるまいよ、これほど亡くなる人の数が続いては）


「木曾《きそ》人は　海《うみ》の碇《いかり》を　沈《しづ》めかねて　死出《しで》の山にも　入《い》りにけるかな」

（山育ちの木曾義仲《きそよしなか》は、海の神の怒りを鎮《しず》めることもできず、碇《いかり》を沈めてそこに留《とど》まることもできないで、死出《しで》の山にまでも入ってしまったなあ）


京に木曾義仲《きそよしなか》が入り後白河上皇の法住寺御所《ほうじゅうじごしょ》を襲撃《しゅうげき》し放火した。南都《なんと》（奈良）の寺々は平重衡《たいらのしげひら》に焼き払われた。武力を持つ者が権力を持つ世となり、文化も伝統も失われてしまった。

こんな時勢でも、戦乱で荒れ果て仏道など忘れ去られたこの世に再び大仏像を造り、人々にその慈悲深い姿を見せることは、できるのだろうか。そしてまた、実の兄源頼朝にも後白河上皇にも裏切られた源義経を奥州《おうしゅう》に送り届けるという途方《とほう》もない企《くわだ》ては、できるだろうか。

世を捨て年老いた自分にはまだ、その力が残っているだろうか。

「円位上人《えんいしょうにん》が奥州《おうしゅう》をご覧になれば、素晴らしき歌が生まれると存じます」

ぴしり、と盤上《ばんじょう》に碁石《ごいし》を置くような口調で、重源《ちょうげん》は西行に言った。

重源《ちょうげん》は自分の一言が老西行の心に埋もれていた何かに火を点《とも》す過程が、掌《たなごころ》を指《さ》すようにわかった。

やられた、と思う暇《ひま》もなく、西行は深く重源《ちょうげん》に頷《うなず》いてしまっていた。

時は春だ。今から旅支度《たびじたく》を調《ととの》えれば、やがて奥州《おうしゅう》にも夏が近づく。真冬の奥州《おうしゅう》は自分には、もう到底《とうてい》無理だ。だが暖かい季節ならば、行けるかもしれない。
二、三年後では無理であろう。だが今ならまだ、自分は作ることができるかもしれない。
未だこの世に生まれ出ていない、新しき歌を。

重源《ちょうげん》の立ち去った庵室《あんしつ》で、西行は、にやりと笑った。それは重源《ちょうげん》が見たら驚くに違いない、僧《そう》形《ぎょう》に似合わぬ不敵な笑いだった。

行ってみると、するか。

西行は狭い庵室《あんしつ》を見回した。惜しい物など、一つもない。我が身一つさえ、この先《さき》老いさらばえていくばかり、今更《いまさら》惜しくもなかった。西行庵《あん》を囲む雑木《ぞうき》の枝々越しに、二見《ふたみ》が浦《うら》の碧《あお》い海と美しい島影が見えた。海の向こうの空が、茜《あかね》色に輝いていた。

第一章　月の面影

「弓張《ゆみはり》の　月にはづれて　見し影《かげ》の　やさしかりしは　いつか忘《わす》れん」

（半月のかすかな光であなたを見ました。優雅な美しさはいつか忘れるでしょうか。いいえ、いつまでも忘れません）

鞍馬山《くらまやま》で月を見上げていた西行が思い出していたのは、待賢門院璋子《たいけんもんいんたまこ》の面影《おもかげ》であった。待賢門院璋子《たいけんもんいんたまこ》は、鳥羽上皇《とばじょうこう》の中宮《ちゅうぐう》で崇徳天皇《すとくてんのう》の生母である。西行より十七歳も年上だ。

初めて出会ったのは、まだ西行が十六歳の頃だった。西行は武家の名門佐藤家の若き当主佐藤《さとう》義清《のりきよ》として、主家徳大寺実能《とくだいじさねよし》の家人《けにん》になっていた。

佐藤家は広大で豊かな紀伊国田仲庄《たなかのしょう》の領地の「預所《あずかりどころ》」であり、代々左衛門尉《さえもんのじょう》となり、検非違使《けびいし》（警察・軍事担当）の官職についていた。だが父は義清《のりきよ》の幼い頃に亡くなり、嫡子《ちゃくし》の義清《のりきよ》は父の官職を継げなかった。

残された母と叔父達は、田仲庄《たなかのしょう》の存続をかけて一日も早く義清《のりきよ》を官職につけたいと願っていた。義清が十五歳になるのを待ちかねたように、母と叔父達は義清を内舎人《うどねり》の官職に就《つ》けるため、絹二千匹という高価な品を朝廷に献上《けんじょう》した。当時広く行われていた成功《じょうごう》という制度である。しかし残念なことにまだ若すぎると見られたせいか、義清はその年の成功《じょうごう》に洩《も》れてしまった。

佐藤家では、義清《のりきよ》を主家の閑院流《かんいんりゅう》藤原氏である徳大寺家《とくだいじけ》の家人《けにん》として仕えさせて、朝廷に仕官するのに必要な礼儀作法や教養を身につけさせようとしたのである。

まだ徳大寺家《とくだいじけ》に仕え始めたばかりのある日、義清《のりきよ》は左大臣徳大寺実能《とくだいじさねよし》に呼ばれた。

「義清《のりきよ》、これを待賢門院《たいけんもんいん》に届けてくれ」

徳大寺家《とくだいじけ》の当主徳大寺実能《とくだいじさねよし》は、待賢門院璋子《たいけんもんいんたまこ》の実兄である。

実能《さねよし》が義清に手渡したのは、芹《せり》や蕗《ふき》など春の恵みを山盛りにした大籠《おおかご》だった。みずみずしい緑の傍《かたわ》らには、紙に包まれた薄紅色の花形の唐菓子《とうがし》がぎっしりと詰められている。

待賢門院《たいけんもんいん》の門をくぐると、焚《た》きしめた香《こう》の馥郁《ふくいく》とした香りとともに、美しい歌声と女達の笑いさざめく声が聞こえてきた。

義清がぎこちない仕草《しぐさ》で大籠《おおかご》を捧《ささ》げ持っていると、取り次ぎに来た年配の女房が親しげに声をかけた。

「あら、義清殿《のりきよどの》ではありませんか」

堀川局《ほりかわのつぼね》である。

堀川局《ほりかわのつぼね》の父は源顕仲《みなもとのあきなか》という有名な歌人で、義清は歌を教わっていた。義清は暇を見つけては源顕仲邸《みなもとのあきなか》を訪れ歌会の控えや歌集を書き写させてもらっていたので、里帰りした堀川局《ほりかわのつぼね》とも顔を合わせたことがある。

初めての役目に緊張していた義清は、堀川局《ほりかわのつぼね》の顔を見てほっと気が緩《ゆる》んだ。

「徳大寺実能殿《とくだいじさねよしどの》のお使いとして参上いたしました。徳大寺殿《とくだいじどの》より女院様《にょういん》への贈り物にございます。どうかこれを女院様《にょういん》に差し上げてください」

堀川局《ほりかわのつぼね》は、気さくに笑いかけた。

「あ、それなら、あの透垣《すいがい》（垣根）から庭に出て直《じき》に女院様《にょういん》に差し上げてくださいませんか？ちょうどいいです。今様《いまよう》の名人乙前《おとまえ》が来ていて、皆に歌を聞かせてくれているのですよ」

義清が透垣《すいがい》を回って庭に出ると、この世の物とも思えない美しい世界が広がっていた。桜の木々が満開の花盛りであった。庭石は柔らかく苔《こけ》むし、そこここに黄や薄紫の春の草花が群れ咲いている。

義清《のりきよ》は大籠《おおかご》を捧《ささ》げ持ち渡殿《わたどの》（渡り廊下）に沿《そ》って歩き、やっとのことで正面の高欄《こうらん》（欄干）にたどり着いた。

正面の美しい縁飾《ふちかざ》りのついた御簾《みす》に向かって、義清は参上の挨拶を申し上げた。

「佐藤義清《さとうのりきよ》、年はいくつですか」

「十六でございます」

「まあ、そうですか、主上《しゅしょう》より一つ年上なのですね」

温かい声がなつかしげに御簾《みす》から聞こえてきた。

崇徳《すとく》天皇は御年十五歳である。しかし帝《みかど》の位にあるので母子といえども、たやすくは会えない。

待賢門院璋子《たいけんもんいんたまこ》は御簾《みす》越しに義清をじっと見つめていた。

そのとき璋子は、義清の痛々しいほど緊張している生真面目《きまじめ》な姿や幼さの残る頬《ほお》を見て、なかなか会えない帝《みかど》を思い出していたのかもしれない。

手慣れた女房の手によって芹《せり》や蕗《ふき》は台盤所《だいばんどころ》（台所）に下げられ、唐菓子《とうがし》は折敷《おしき》（四角い盆）にたっぷりと盛《も》られて皇子達の前に差し出された。

「あ、唐菓子《とうがし》！」

折敷《おしき》をのぞき込んで、姫宮と皇子が歓声を上げた。八歳の統子内親王《とうしないしんのう》（後の上西門院《じょうさいもんいん》）と、七歳の四宮雅仁親王《しのみやまさひとしんのう》（後の後白河天皇《ごしらかわてんのう》）である。統子内親王《とうしないしんのう》は、さらさらした髪を揺《ゆ》らし、少し驚いたように大きな瞳で義清を振り返った。

待賢門院璋子《たいけんもんいんたまこ》の朗《ほが》らかな声が御簾《みす》から響《ひび》いた。

「唐菓子《とうがし》は、たくさんありますよ。皆で分けていただきましょうね。さ、皇子達や姫にこのお菓子を。それから皆もひとつずつ、お取りなさい。乙前《おとまえ》、今様《いまよう》をもう一曲聴かせてください。義清《のりきよ》、せっかくですから、そこで乙前《おとまえ》の今様《いまよう》を聞いてお行きなさい」

「少し固いかもしれないけど」

と言いながら統子内親王《とうしないしんのう》が、折敷《おしき》から懐紙《かいし》に一つ取って、一番幼い五宮本仁親王《ごのみやもとひとしんのう》（後の覚性法親王《かくしょうほうしんのう》）に手渡した。まだ五歳の本仁親王《もとひとしんのう》は、唐菓子《とうがし》をつまんで不思議そうに統子内親王《とうしないしんのう》を見上げた。

統子内親王《とうしないしんのう》と雅仁親王《まさひとしんのう》が、それを見て笑い合っている。

「もうし……」

庭先に控えていた美《うつく》しい傀儡女《くぐつ》が、遠慮がちに義清に近づいてきた。

「今さっき、佐藤義清《さとうのりきよ》さま、と伺《うかが》いましたが、
もしや……監物源清経《けんもつみなもとのきよつね》さまのご縁戚《えんせき》のお方にございましょうか？」

「源清経《みなもとのきよつね》は、わたくしの母方の祖父ですが」

義清は、怪訝《けげん》そうに見知らぬ女を見て答えた。傀儡女《くぐつ》と話すのは初めてであった。艶《あで》やかな衣装の傀儡女《くぐつ》は、自分よりかなり年上に見えた。

傀儡女《くぐつ》は、はっとその場にひざまずいた。

「やはり……　監物源清経《けんもつみなもとのきよつね》様は、わたくしどもの母、目井《めい》の恩人でございます。

母目井《めい》とわたくし乙前《おとまえ》は、青墓宿《あおはかのしゅく》の傀儡女《くぐつ》でございましたが、監物《けんもつ》様に都に連れてきていただきました。

監物《けんもつ》さまには、都の暮らしの一切をお計《はか》らいいただき、貴い方々にお引き合わせくださいました。今日《こんにち》私どもがこうして今様《いまよう》で身を立てて生きていけるのは、ひとえに監物源清経《けんもつみなもとのきよつね》様のおかげでございます。

ああ、こうしてお孫さまに御目にかかれるのは、何という幸せでございましょう。本当にありがとう存じます」

義清は、どぎまぎした。

母方の祖父が今様《いまよう》や蹴鞠《けまり》に通じ、貴族達の広田神社参詣《ひろたじんじゃさんけい》の手配や神崎《かんざき》、江口《えぐち》の遊女達の遊興の案内役を務める粋人《いきじん》であったこと、目井《めい》という傀儡女《くぐつ》を愛人にしてどこへも連れていき、目井《めい》が醜く老いさらばえても最後まで大切に面倒を見てやったことなどを、耳にしてはいた。

しかし佐藤家は物堅《ものがた》い武家であり、当主を亡くした母は叔父達とともに佐藤家の館に住まい田《た》仲庄《なかのしょう》を取り仕切っていたし、義清も年少であったことから、それほど深くは聞いていなかった。

時折佐藤家の母を訪ねてきた時の祖父源清経《みなもとのきよつね》は折り目正しく優しい老人で、義清をかわいがってくれた、という思い出しかない。

初めて待賢門院《たいけんもんいん》へ使者として訪れて、いきなり傀儡女《くぐつ》にひざまずかれても、年若い義清にはどういう態度を取ったら良いかまるでわからなかった。

真っ赤に頬《ほお》を火照《ほて》らせて身動きもできずにいた義清を救ってくれたのは、御簾《みす》から響《ひび》く朗《ほが》らかな笑い声だった。

「まあ、では義清は、いつも乙前《おとまえ》が監物《けんもつ》様、監物《けんもつ》様、と話していた恩人で、乙前《おとまえ》に今様《いまよう》を教えてくれたお師匠さんの、孫なのですね。なんということでしょう」

鈴を振るような笑い声が御簾《みす》から聞こえた。周りの女房達も、巡《めぐ》り合わせに驚いていた。

堀川局《ほりかわのつぼね》が、乙前《おとまえ》を立たせて衣装を直してやりながら声をかけた。

「それにしても乙前《おとまえ》は、監物《けんもつ》様はたいそう厳しいお方だった、と申していましたよね」

女房達が、笑いさざめいた。

「は、はい。でもそれは、わたくし達のためなのでございます。

あまりに修行が辛くて、わたくし達が泣き言を申しましたら、監物様はおっしゃいました。

『若い頃はともかく、老いて容色の衰えた時には、歌の心得《こころえ》があってこそ貴人《きじん》の召《め》しにも預かれるのだよ』と」

「それでは」

と堀川局《ほりかわのつぼね》が明るく話しかけた。

「その磨《みが》き上げた今様《いまよう》を、この監物様のお孫さんに聞かせてくださいな。

監物様も、きっとお喜びになりますよ。

さ、義清殿は、ここで、聞かせてもらいましょうね」

折敷《おしき》が皇子達や姫宮、女房達に回され、薄紅色《うすべにいろ》の花形の唐菓子《とうがし》が人々の手に渡る。

風に乗って花びらが時折舞い散る庭に、乙前《おとまえ》の高く澄んだ歌声が響いた。

「茨小木《うばらこぎ》の下にこそ　鼬《いたち》が笛吹き　猿奏《かな》で　かい奏《かな》で　稲子麿《いなごまろ》賞《め》で　拍子《はうし》つく
さて蟋蟀《きりぎりす》は　鉦鼓《しやうご》の　鉦鼓《しやうご》の　よき上手《じやうず》」
（茨《いばら》の小さな木の下で　鼬《いたち》が笛吹き　猿が舞《ま》い　猿が舞《ま》い　バッタ殿は　ほめて　拍子《ひょうし》つく　さてコオロギは　鉦鼓《しょうこ》の　鉦鼓《しょうこ》の　名人だ）

幼い四宮雅仁親王《しのみやまさひとしんのう》（後の後白河天皇）が御簾《みす》の前に進み出て、鼬《いたち》が笛を吹く身振り、猿が長い手足で舞う手つき、バッタが首をのばして拍子《ひょうし》を打つ仕草《しぐさ》、コオロギが鉦鼓《しょうこ》を鳴らす仕草《しぐさ》をして見せた。

あまりのおかしさに五宮本仁親王《もとひとしんのう》が声を立てて笑い、女房達も「お上手、お上手」と手を打って褒《ほ》めそやした。

こんな世界もあったのか。義清は息を呑《の》んだ。

佐藤家では、母も叔父達も義清が一日も早く官位に就《つ》き立派な佐藤家の当主となるよう大きな期待をかけていた。伝手《つて》を頼りに義清に一流の師匠を探し、義清は幼い頃よりひたすら学問に励み武芸を磨《みが》いて過ごした。義清は蹴鞠《けまり》や和歌で早熟の才能を示したが、その陰にはこうした厳しい鍛錬《たんれん》の日々の積み重ねがあったのである。

それに比べて、この庭は別世界のようだ、と義清は思った。

今様《いまよう》の澄んだ歌声が花盛りの庭に響き渡り、人々は和《なご》やかにこのひとときを楽しんでいる。皇《おう》子《じ》や姫君は唐菓子《とうがし》を頬張《ほおば》り笑っているし、剽軽《ひょうきん》な四宮《しのみや》（後の後白河天皇）はみんなの注目を浴びてご機嫌《きげん》だ。

女房達も心からおかしそうに手を打ち、笑いさざめいている。

今様《いまよう》が終わると、御簾《みす》から声が響《ひび》いた。

「誰かこの小刀を、義清に渡してください」

その時、義清は息が止まるかと思った。

御簾《みす》をはらりと掻《か》き上げて、美しい人が端近《はしぢか》に高欄《こうらん》に現れた。

「義清、そこの桜の枝を、この小刀で切ってください。

この庭の桜を籠《かご》に入れて、唐菓子《とうがし》のお礼に兄上様にお届けしましょう。

そうそう、その枝。一際《ひときわ》たわわに花を咲かせている、その枝がいいですね。

それをこの籠《かご》に入れて、兄上様にお届けしてください」

それだけ言うと、すぐに美しい人は再び御簾《みす》に隠れてしまった。

だが義清の心には、永遠にその面影《おもかげ》が深く刻まれた。

髪の生《は》え際《ぎわ》が霞《かす》んだように可愛らしい額、流れるように美しい鼻と形の良い口元。そして一度見たら忘れられそうにない、明るい笑みをいっぱいにたたえ優しく問いかけるようにじっとこちらを見る強いまなざし。こんな目をした女性を、義清は今まで見たことがなかった。

璋子《たまこ》が義清に姿を見せたのは、この時だけであった。

その後も義清は幾度か徳大寺実能《とくだいじさねよし》の使いで待賢門院《たいけんもんいん》を訪れ、そのたびに璋子《たまこ》は御簾越《みすご》しに声をかけてくれた。そしてしばらく引き留《と》めて物語の絵巻《えまき》を見せてくれたり、舞楽《ぶがく》「青海波《せいがいは》」の作法《さほう》を教えてくれたり、義清が宮中に馴染《なじ》むようこまやかに気遣《きづか》ってくれた。

父のいない義清にとって、璋子《たまこ》の心配りはとても有り難かった。同い年の平清盛《たいらのきよもり》は父平忠盛《たいらのただもり》が強力に盛《も》り立てていた。義清はいつもただ一人、気を張《は》り詰《つ》めて生きていた。

義清は自分の心細さを、璋子だけはわかってくれるような気がした。生来鋭すぎる感性を抱えていた義清は、柔らかな香の漂《ただよ》う璋子《たまこ》の御簾《みす》の前では何故か心安らぐ気がした。いつしか義清の心に、璋子《たまこ》への遙《はる》かな憧《あこが》れが芽生《めば》えていた。

璋子はいつも義清に口伝《くちづ》てに兄への感謝や健康を祈る気持ちを述べて、徳大寺実能《とくだいじさねよし》に伝えるように頼んだ。

どうして女院《にょういん》様は、歌をお詠《よ》みにならないのだろう。ふと、義清は不思議に思った。

他の方々は、こんな時は口伝《くちづ》てではなく、歌を書いて使者に渡すのではないだろうか。

そう思ってみると、待賢門院璋子御製《たいけんもんいんたまこぎょせい》の歌は世間に一首も伝えられていない。

どうも璋子は、日頃ほとんど歌を作らないようだ。

御簾《みす》の奥に生きる方々にとって、歌はご自分の気持ちを表すことのできる、たった一つの手段《てだて》なのではないか。歌を作らなければ、親しい人々と心を交《か》わし合い、思いを伝える事さえも難しいのではないかと、義清は不思議だった。義清はこの頃、歌には自分の思いを自在に込めて詠《よ》めるのだと、気づき始めたばかりであった。

その時義清は初めて、あの日璋子がわざわざ御簾《みす》を出て、義清に好みの桜の枝を切らせた訳がわかった気がした。

義清は唐突《とうとつ》に、声を失った美しい鳥を思い浮かべた。

女院《にょういん》様はもしかしたら、ご自分の思いを人に伝えることを、深く諦《あきら》めていらっしゃるのではないだろうか。

声を失った美しい鳥。誰にもその歌を聞かせ、心を伝えることができない。

その瞬間、義清は遙《はる》かな憧《あこが》れの人待賢門院璋子《たいけんもんいんたまこ》を、初めて愛《いと》おしいと思った。

しかしその後、義清が十八歳の時、佐藤家は今度は絹一万匹という莫大《ばくだい》な品を献上《けんじょう》し、佐藤義清《さとうのりきよ》は兵衛尉《ひょうえのじょう》となった。兵衛尉《ひょうえのじょう》として御所の警護に当たるようになると、もう徳大寺《とくだいじ》家の使者として待賢門院に行く機会は無くなった。まもなく義清は鳥羽上皇《とばじょうこう》の北面《ほくめん》の武士《ぶし》となった。北面《ほくめん》の武士《し》は、鳥羽上皇直属《とばじょうこうちょくぞく》の武士で、文武に優れた武者しか取り立てられない。義清と同い年の平清盛も、鳥羽上皇《とばじょうこう》の北面の武士となっていた。

義清にとって、鳥羽上皇の忘れられない思い出がある。

鳥羽《とば》離宮《りきゅう》の安楽寿院《あんらくじゅいん》が落慶《らっけい》（新築）し、鳥羽上皇が左大臣徳大寺実能《とくだいじさねよし》を伴ってお忍びで下見をした時、義清は一人お供《とも》として従った。他の人は誰もいず、上皇と徳大寺実能をただ一人で警護した義清は、光栄に頬を紅潮させていた。

その後徳大寺実能《とくだいじさねよし》の好意からか、義清は名門葉室《はむろ》家に縁のある女性と結婚し娘と息子を授かった。田仲庄《たなかのしょう》の叔父達もこれで佐藤家の将来は安泰《あんたい》だとほっとしていた。


しかし、待賢門院璋子《たいけんもんいんたまこ》と崇徳天皇《すとくてんのう》の権勢は、その後急速に衰えていった。

待賢門院璋子の巨《おお》きな後《うし》ろ盾《だて》であった白河上皇が崩御《ほうぎょ》すると、早速鳥羽上皇は、院近臣《いんきんしん》の父を亡くしたばかりの十八歳の得子《なりこ》のもとに通うようになった。

得子《なりこ》は上目遣《うわめづか》いの細い目の平凡な顔立ちだったが、その胸には「このままでは終わらない。絶対に上に昇りつめてやる」という強い決意を秘めていた。

得子は頼れる身内のいない惨《みじ》めさが身に沁《し》みていたので、鳥羽上皇の訪れを待ちわび、出会ったときは思い切り甘えた。待賢門院璋子の気高い様子とは正反対の得子《なりこ》のふるまいが、鳥羽上皇にはいかにも可愛らしく思われた。

得子《なりこ》は待望の皇子を出産した。鳥羽上皇はまだ生後三ヶ月の得子《なりこ》の皇子を立太子《りったいし》させ、皇太子として将来の天皇と定めたのである。

諸侯《しょこう》は潮《しお》の引くように待賢門院璋子《たいけんもんいんたまこ》と崇徳天皇《すとくてんのう》から離れていった。

徳大寺家《とくだいじけ》にも葉室家《はむろけ》にも繋《つな》がる佐藤義清《さとうのりきよ》の将来は、誰の目にも順風満帆《じゅんぷうまんぱん》に見えた。だが待賢門《たいけんもん》院璋子《いんたまこ》や崇徳天皇《すとくてんのう》を思うと、それさえも義清は心苦しい気がした。

義清はひそかに心が引き裂かれるような気がして、胸が痛んだ。

あのお方は、どうしていらっしゃるだろうか。ある夜更《よふ》け、義清は璋子のことが心にかかり何という考えもなく待賢門院《たいけんもんいん》の方へ足を向けた。門は閉じられていたが、野分《のわき》（台風）の折に築垣《ついがき》（土の塀）の一部がくずれたままになっていて、なんとか庭に入れた。

弓張月《ゆみはりづき》（半月）が天にかかっていた。ゆっくりと義清は暗い庭をたどった。

と、高欄《こうらん》に人影があった。

豊かな髪が可愛らしい額から袿《うちき》（平常の室内着）に流れ落ちている。

白い横顔は月を見上げていた。頬が微《かす》かに光り涙に濡《ぬ》れているように見えた。

ふいに人影が揺《ゆ》らぎ、苦しそうに俯《うつむ》いて咳《せ》き込み、ほっそりした肩が小刻《こきざ》みに震《ふる》えた。

倒れそうになるのを義清は飛んでいって階《きざはし》を駆《か》け上がり、両腕に抱《かか》えた。

「誰《たれ》かある、女院様《にょういんさま》が」

叫ぼうとしたその時、璋子の細い指が義清《のりきよ》の口を押さえた。

璋子は義清の腕の中で震《ふる》えつづけていたが、涙に濡《ぬ》れた蒼白《そうはく》の顔を無言で左右に激しく振った。まるで頑是無《がんぜな》い少女のような仕草《しぐさ》だ。

義清は璋子を抱え上げて御簾《みす》の中に運んだ。

渡殿《わたどの》の妻戸《つまど》（板戸）には堀川局《ほりかわのつぼね》が控《ひか》え、女房達をさりげなく引き返らせていた。

義清は敷物に膝《ひざ》をつき璋子をしずかに寝かせようとしたが、璋子の震《ふる》えは止まらない。

義清は咳《せ》き込《こ》み震《ふる》え続ける璋子を宥《なだ》めるように抱きしめた。息をするのも苦しげな璋子に、義清は思わずそっと口づけた。璋子の呼吸は次第に静かになり、震《ふる》えも収まっていった。冷え切った璋子の体が少しずつ温まってきた。義清の腕の中で璋子は初めてかすかに微笑んだ。

「時々、こうして息が苦しくなるのです。ありがとう、義清《のりきよ》」

覚えていてくださったのだ、自分の名を。義清の胸に熱い物がこみ上げてきた。

力を込めて、義清は璋子を抱きしめた。

安心したように義清を見つめその両頬に手を差し伸べる璋子に、義清は懸命にささやいた。

「義清《のりきよ》が、おそばにおります。

今この時だけは、どうぞ何もかもお忘れくださ い。

義清はいつもおそばにいて、お守りいたします」

だが、その後義清が何度堀川局《ほりかわのつぼね》を通じて璋子に逢《あ》いたいと訴えても、二度と逢《あ》うことは叶《かな》わなかった。

藤原得子《なりこ》の皇子が躰仁《なりひと》親王として立太子してから、得子《なりこ》は女御《にょうご》となり、関白藤原忠通《ただみち》と結んで権勢をふるった。

翌年の九月に、崇徳天皇の第一皇子、重仁親王《しげひとしんのう》が生まれた。母は兵衛佐局《ひょうえのすけ》である。

躰仁親王《なりひとしんのう》と重仁親王《しげひとしんのう》を巡《めぐ》って、激しく対立する二つの流れが宮中に起こった。

待賢門院璋子と、その子崇徳天皇の地位は、日に日に危うくなっていた。

得子《なりこ》・躰仁《なりひと》親王と、崇徳天皇・重仁《しげひと》親王。二つの渦《うず》は今のところ見えないが、いずれ烈《はげ》しくぶつかり合う日が来るかもしれない。宮中で兵衛佐局《ひょうえのすけ》懐妊の噂が立ち始めた頃から、西行は予感した。

藤原氏摂関家《ふじわらしせっかんけ》も、得子側と待賢門院璋子側の、二つに割れていた。

内大臣藤原頼長《ないだいじんふじわらのよりなが》は徳大寺実能《とくだいじさねよし》の娘を妻に迎え、崇徳天皇側だった。

一方、頼長の兄、関白藤原忠通《かんぱくふじわらのただみち》は、鳥羽上皇と得子側についている。

まだ今の所、この無言の権力争いは表立《おもてだ》っていない。本来なら北面の武士にすぎない若い義清はそんな高貴な人々の水面下の渦巻《うずま》きなど知るよしもなかったであろう。

だが璋子の月の面影《おもかげ》を忘れられない義清は、その憧《あこが》れの思いを通して、鳥羽上皇や得子、関白藤原忠通《ただみち》や内大臣藤原頼長《よりなが》の動向を、息を呑《の》むように全身で感じ取った。

生来義清は、歌人として並外れて透徹《とうてつ》した感受性と洞察力《どうさつ》を持っていた。義清は刻々と変わる事態を観察し、分析した。

争いは避けられそうにない。義清は予感した。それがいつどんな形で起こるかは、わからない。だが近い将来、何か凄惨《せいさん》な事態が起こるに違いない。

二つの渦《うず》が激突したら……冷静に分析すればするほど、それは今まで誰も見たことのない激しい衝撃となる筈《はず》だと思われた。義清は水面下の渦《うず》の行方《ゆくえ》を測《はか》っていた。

もしかすると佐藤家棟梁《とうりょう》である義清は、鳥羽上皇《とばじょうこう》と崇徳天皇《すとくてんのう》の双方から武力を求められるかもしれない。鳥羽上皇に召《め》されて崇徳天皇に弓を引けば、佐藤家は朝敵になる。崇徳天皇を奉《ほう》じて鳥羽上皇に弓を引けば鳥羽上皇の恩に背《そむ》くことになる。佐藤家を存続させるためにはどうしたらいいか、半年の間義清は逡巡《しゅんじゅん》した。

思い悩んでいた頃、西行は吉野山《よしのやま》の大峰に登った。大峰に通じる道は無かった。吉野に行く車坂の道は、大峰の西を通っていた。西行は道もない大峰を目指し、獣道《けものみち》のような太い根の走る杣《そま》道《みち》を、鬱屈《うっくつ》した思いと若さに任せて攀《よ》じ登った。

いきなり視界が開けて、峠《とうげ》に出た。

吉野の大峰《おおみね》の山々が、見渡す限り幾重《いくえ》にも波のように連《つら》なっていた。

峰々《みねみね》の木々の梢《こずえ》は、すべて薄紅色の桜が満開だった。

山々は、一面に霞《かす》む薄紅色の雲のようだ。

「吉《よし》野山　梢《こずゑ》の花を　見し日より　心は身にも　添《そ》はず成《なり》にき」
（吉野山に咲く梢《こずえ》の桜を遠望した日から、わたしの心は花への憧《あこが》れで　桜の方へ行ってしまい
わたしの身に添《そ》うことなく　離れていってしまったことだよ）

ここからの景色は、誰も知らない。

この吉野大峰の桜は、都の人々が、まだ見たことのない桜だ。

西行は自分の魂がこの山々の峰のすべての桜へとさまよい出て、桜の花びらの一つ一つに触《ふ》れ
ているのを感じた。

見ることは、花の命に触《ふ》れることだ。

桜は、命の光に輝いている。

美しいものを見ると心が惹《ひ》かれ、心が自分の身から離れて、そちらの方へ行ってしまう。

この日、ただ一人で吉野の峰々《みねみね》に咲く桜を遠望した時から、西行はそんな心を持つようになったのである。

その頃義清《のりきよ》は、武士仲間の源季政《みなもとのすえまさ》（後の西住《さいじゅう》）とともに、嵐山法輪寺《あらしやまほうりんじ》を訪ねた。そこには出家して間もない空仁法師《くうにんほうし》が庵《いおり》を結び修行していた。若い空仁法師《くうにんほうし》は二人と意気投合《いきとうごう》して話し込み、大井川《おおいがわ》の渡《わた》し場《ば》まで別れを惜しんで見送ってくれた。

「大井川《おほがは》　舟《ふね》に乗《の》りえて　渡《わた》るかな　　西行（佐藤義清）」

（大井川を、舟に乗ることができて、こうして渡りますよ。ちょうど仏法を得て彼岸《ひがん》に向かうようですね　　西行）

「流《なが》れに棹《さを》を　さす心地《こゝち》して　　西住（源季政）」

（本当に流れに棹《さお》をさすような心地がします。私達の仏道への志《こころざし》を後押《あとお》しされた気がしますね。西住）

空仁法師《くうにんほうし》の清々《すがすが》しい生き方に、佐藤義清《さとうのりきよ》と源季政《みなもとのすえまさ》は深く感銘を受けたのである。

そしてある日義清は心に一つの決意を秘めて、故郷田仲庄《たなかのしょう》に向かった。田仲庄《たなかのしょう》に着くと、西行は人払いを命じ、弟仲清《なかきよ》と二人だけになった。仲清《なかきよ》はまだ二十歳を幾つか出たばかりであった。佐藤家譲《ゆず》りの骨太の顔立ちと濃い眉は兄義清とそっくりだが、幼い頃から田仲庄《たなかのしょう》に住み、熾烈《しれつ》な境界《きょうかい》争いから領地と領民を守り抜いてきた仲清《なかきよ》の日焼けした額は義清よりやや狭く話し声は性急で、土着の武士らしい素朴さと精悍《せいかん》さがあった。

「兄上、どうしたのです、こんなに急に」

「仲清《なかきよ》、私はこの秋に、世を捨てて出家する」

仲清は、口を開きかけたまま、驚きのあまり言葉を失って、そのまま止まった。目だけで、兄をしげしげと見上げた。

兄は、静かだった。

他の者に聞かれないような低い声で、しかし、しっかりと弟に告げた。

「仲清《なかきよ》、そなたが佐藤家《け》を継いでくれ。それが、ただ一つの、佐藤家を残す方法なのだ」

「な、なんと」

佐藤義清は、ここ数年の都の動向を、仲清《なかきよ》に話して聞かせた。

鳥羽上皇が得子を寵愛《ちょうあい》し始めた頃、母思いの崇徳天皇は反発して得子の一族に昇殿停止《しょうでんていし》や没官《もっかん》などの圧迫を加えた。そのため得子は崇徳天皇を深く恨《うら》んでいる。だが今やその得子は皇子を生み女御《にょうご》となって関白藤原忠通《ただみち》と結び、崇徳天皇・待賢門院璋子と鋭く対立している。

「いずれ激しい争いが起こるだろう。今はまだ波が立ってはいないが、一触即発《いっしょくそくはつ》の事態だ」

仲清は、息を呑《の》んだ。

生まれた時からずっと田仲庄《たなかのしょう》に住み続けていた仲清は、朝廷内の権力争いなど朧《おぼろ》げに人の噂《うわさ》として聞いてはいたものの、自分とは縁《えん》もゆかりもない遥《はる》か別世界の事と思っていた。

「佐藤義清が都に留《とど》まる限り、戦《いくさ》が起これば佐藤家は巻き込まれるだろう。帝《みかど》と院《いん》の戦《いくさ》だ。事と次第によっては、佐藤家は滅ぶかも知れぬ。それ故《ゆえ》、私は世を捨てる」

きっぱりと、義清は仲清に告げた。目は爽《さわ》やかに澄んでいた。それは最早《もはや》二十三歳の青年の目ではなかった。

今はまだ見えていない二つの渦《うず》が激突した争乱の果て。二十三歳の若さですべてを見透《みとお》してしまったように、義清のまなざしは澄み渡って静謐《せいひつ》であった。

「お主は、朝廷の誰にもまだ、知られていない。

誰にも仕えたことがない。

だからこそ、お主が佐藤家を継げば、二つの渦《うず》のどちらにも、巻き込まれずにすむ。

それが、佐藤家を存続させる、ただ一つの方法なのだ」

「わ、私が？」

仲清は狼狽《ろうばい》した。

「そ、そんな……」

父が亡くなって以来、佐藤家一族がどんなに嫡男《ちゃくなん》義清に期待をかけ、財力のすべてを注いで官位を得、今日の地位を築き上げてきたか、仲清は知っていた。一族の期待に応《こた》え義清は懸命に努力し、弓馬の道も、宮中の有職故実《ゆうそくこじつ》（儀礼・行事・官職などのきまり）も、蹴鞠《けまり》も、和歌も、すべてを身につけてきた。義清の朝廷での抜きんでた評判は、仲清にも伝わっていた。

そんなもの、自分は何一つ知らない。朝廷にも、なんの伝手《つて》もない。兄にいきなり言われても、自分に佐藤家の当主など務《つと》まるだろうか。

「案ずるな、大丈夫だ」

戸惑《とまど》う仲清に、義清は柔らかい目を向けた。

「世を捨てるといっても、いつでも私は佐藤家を見守っている。

必要なことは、すべてお主と、生まれたばかりのお主の子に伝えよう。

お主は武芸に長じている。一族の者達の信頼も厚い。

田仲庄《たなかのしょう》の家人《けにん》達は、普段都にいる私よりも、お主を慕《した》って頼りにしているほどだ。

これからの武家の棟梁《とうりょう》に必要なのは、歌でも蹴鞠《けまり》でも有職故実《ゆうそくこじつ》でもない。

一族の者達に信頼されて、どんな事があっても田仲庄《たなかのしょう》と一族の者達を守り抜く力だ。お主には、それがある。

大丈夫だ。お主なら、佐藤家を守ることができる」

力強い義清の口調に引き込まれるように、思わず仲清は頷《うなず》いていた。

「都の邸《やしき》もこの田仲庄《たなかのしょう》の邸《やしき》も領地も、すべてお主に譲《ゆず》る。

ただ、妻と我が子達の行末《ゆくすえ》だけが、心配だ。それだけを、くれぐれもお主に頼みたい。

娘と息子を、お主の娘や息子だと思って、育ててくれ。

妻と子ども達の生活《くらし》の世話だけを、よろしく頼む」

兄義清は深々と頭を下げた。

田仲庄《たなかのしょう》の家督《かとく》と、京と田仲庄《たなかのしょう》の館、広大な領地は、莫大《ばくだい》な財産だ。その富を惜しげもなく、すべて次男の自分に譲《ゆず》ると、兄は言っている。それに比べたら義清一家の生活費など、ささやかなものであった。

「承知しました。兄上、お子達の事は、御心配なく。

私の実の子どもだと思って、大切に育てます」

仲清は兄に固く誓《ちか》った。

後年西行六十二歳の時のことである。西行は甥《おい》の左衛門尉能清《さえもんのじょうよしきよ》に

「舞楽《ぶがく》『青海波《せいがいは》』の『垣代《かきしろ》』という役は、帯剣《たいけん》すべきものだ」

と、作法《さほう》を教えている。西行は後々まで弟と甥《おい》を、見守り続けたのである。


田仲庄《たなかのしょう》から都へと馬を走らせながら、義清は空を見上げた。


「空《そら》になる　心は春の　霞《かすみ》にて　世《よ》にあらじとも　思《おも》ひたつ哉《かな》」

（心は遥《はる》かな空に吸い込まれるように浮《う》き立《た》って落ち着かず、春の霞《かすみ》が立つように、遠くの方はかすんではっきり見えない。どこまでも広がるこの春の空のように、自由で伸びやかな心、どこへ行ってしまうのか、その先に何があるのか、漠然《ばくぜん》とした不安も感じるが、その心に任せて世を逃れよう、と思いたったのだ）


ようやく義清は、これですべてを捨てて、この春の霞《かすみ》のように、大空と向かい合って生きる事ができる。自由で、伸びやかな心。どこまで漂《ただよ》って行ってしまうのかわからない、漠《ばく》とした不安もあるが、天性の豊かな歌の才によって、大空をどこまでも羽ばたいて行ける心。

義清《のりきよ》は、確かにその時、それを手にしていた。

天性の歌人、西行が誕生したのである。

第二章　初度陸奥《しょどみちのく》の旅

悪い噂《うわさ》が京に流れていた。

得子《なりこ》の皇子、躰仁親王《なりひとしんのう》が三歳になった年、まだ二十三歳の崇徳天皇《すとくてんのう》は、鳥羽上皇《とばじょうこう》から天皇の位を躰仁親王《なりひとしんのう》に譲るよう強く要請《ようせい》された。

崇徳天皇が関白藤原忠通《ただみち》に「どうしたものか」と聞くと、藤原忠通《ただみち》は、

「躰仁親王《なりひとしんのう》は天皇の御子《みこ》となっておられますから、全く懸念《けねん》はございません、ぜひ位を譲《ゆず》られますように」

と崇徳天皇に奏上《そうじょう》した。

躰仁親王《なりひとしんのう》は立太子《りったいし》の際、鳥羽上皇の命によって崇徳天皇の「子」となっていた。院近親の娘、得子の子では、皇太子となれなかったのである。

若かった崇徳天皇は、藤原忠通《ただみち》の言葉をそのまま信じた。

崇徳天皇は、生まれながらの天皇だった。治天《ちてん》の君白河上皇《きみしらかわじょうこう》の孫であり鳥羽上皇《とばじょうこう》の嫡子《ちゃくし》だ。自分が殊更《ことさら》に主張しなくても、生まれた時からずっと正統性はこちらにあった。だから崇徳天皇は、誰もが崇徳天皇とその子孫の正統性を納得し、承服するはずだと信じていた。

今までも、ずっとそうだった。だから、これからもそうだろう。

関白藤原忠通《ただみち》の言葉を、崇徳天皇は疑わなかった。藤原忠通《ただみち》の言葉に安心した崇徳天皇は、躰《なり》仁親王《ひとしんのう》に帝位を譲《ゆず》った。永治元年（一一四一）十二月七日のことである。

だが帝位を譲《ゆず》った後で、崇徳上皇が譲位《じょうい》の宣命《せんみょう》を見ると、そこには「皇太子《こうたいし》」ではなく、「皇太弟《こうたいてい》」と記されていた。

「これは、なんとしたことか」

崇徳上皇は、愕然《がくぜん》とした。

躰仁親王《なりひとしんのう》が、崇徳上皇の「子」ならば、崇徳上皇は院政《いんせい》を執《と》って「治天の君《ちてんのきみ》」となることができる。だが崇徳上皇の「弟」ならば、それができない。「天皇の父」でなければ、院政は執《と》れないのである。

崇徳上皇譲位後《じょういご》も鳥羽上皇は「一院《いちいん》」として引き続き院政を執《と》り、崇徳上皇は「新院《しんいん》」と呼ばれることになった。

騙《だま》された。そのことに崇徳上皇も待賢門院璋子側の人々も、ようやく気づいた。

だがいくら切歯扼腕《せっしやくわん》しても宣命《せんみょう》が出てしまった後では、どうにもならなかったのである。

躰仁親王《なりひとしんのう》が即位して近衛天皇《このえてんのう》となると、得子は一躍国母《こくぼ》となり皇后に立てられた。院近臣《いんきんしん》の娘から皇后に立てられたのは、得子が初めてだった。

これは美福門院得子《びふくもんいんなりこ》と関白藤原忠通《ただみち》が仕組んだ陰謀《いんぼう》だった。

得子も忠通《ただみち》も、それぞれ弱みを抱えていた。

院近親の娘の得子が皇后になるのは異例だったので、得子には頼りにできる親戚《しんせき》がいなかった。

得子は待賢門院璋子に比べて自分が平凡な容姿であることを、よく知っていた。品位も立ち居振る舞いも、閑院流《かんいんりゅう》の姫君待賢門院璋子の自然な優雅さには到底及ばない。

でも、それが何だというのだ。

待賢門院璋子は、身分も容貌《ようぼう》も品格も、何もかも生まれながらに持っている。自分のような者は、生まれながらにすべてを持っている人には、絶対敵《かな》わないのか。少なくとも鳥羽上皇の寵愛《ちょうあい》は今、自分にあるではないか。負けたくない。絶対に勝ってみせる。得子の胸底に、沸々《ふつふつ》と激しい炎が燃え上がった。得子は、あらゆる手段を使い、宮中に自分の味方を増やそうと策略《さくりゃく》を巡《めぐ》らせた。

一方、関白藤原忠通《ただみち》も、父藤原忠実《ただざね》と対立していた。

藤原忠通《ただみち》は長い間男子に恵まれず、弟頼長《よりなが》を養子にして摂関家《せっかんけ》の跡継《あとつ》ぎとしていた。だが五十歳近くになって男子が生まれると忠通《ただみち》は、自分の子に関白を継《つ》がせたくなった。父忠実《ただざね》は忠通《ただみち》に、左大臣頼長《さだいじんよりなが》へ関白の位を譲《ゆず》れと十数回も説得し、鳥羽上皇に懇願《こんがん》した。

鳥羽上皇は争いごとを好まず、摂関家の争いは忠実《ただざね》と忠通《ただみち》の話し合いに任せようとした。

忠通《ただみち》は断固として関白の位を譲ることを拒んだ。忠実《ただざね》と忠通《ただみち》との関係は険悪化した。

ついに父忠実《ただざね》は忠通《ただみち》の邸に押し入り、忠通《ただみち》を義絶して、藤原氏の長者《ちょうじゃ》の象徴である朱器台盤《しゅきだいばん》と氏印《うじのいん》を奪い取った。摂政関白《せっしょうかんぱく》は天皇の与える官職であるから奪うことはできないが、藤原氏の氏長者《ちょうじゃ》を決める権利は父忠実《ただざね》にある、と示したのである。

鳥羽上皇は両者を調停するため、頼長《よりなが》を内覧《ないらん》に就《つ》けた。内覧《ないらん》は天皇に奏上する書類に目を通して政務を代行する職である。

そんな酷《ひど》い事があろうか、と藤原忠通《ただみち》は思った。本来は関白《かんぱく》がするべき内覧《ないらん》の職を弟頼長《よりなが》に奪われ、その上朱器台盤《しゅきだいばん》まで奪われたら、自分は父忠実《ただざね》に認められない関白なのだと、天下に知らせるようなものだ。頼長《よりなが》にだけは、絶対負けたくない。あらゆる手段を講《こう》じてでも、関白の座は、必ず我が子に継《つ》がせてみせる。

藤原忠通《ただみち》は元来美しい書を書く風雅《ふうが》な人柄であった。だが関白の座が危うくなり得子と利害が結びついた時、忠通《ただみち》は巧妙な策略家《さくりゃくか》となった。

得子と忠通《ただみち》は権謀術数《けんぼうじゅっすう》を尽くして待賢門院璋子と崇徳院を陥《おとしい》れようとした。

噂を立てるのが、陰謀《いんぼう》の大変有効な手段だった。

その頃、鳥羽上皇は崇徳上皇を指《さ》して「叔父子《おじご》」という奇怪な呼び方をするようになった。「崇徳上皇は自分の子ではない。故白河上皇《しらかわじょうこう》と待賢門院璋子との間にできた子である。我が祖父の子であるから、叔父《おじ》に当たる子である」というのである。

白河上皇《しらかわじょうこう》が存命の頃は、鳥羽上皇は璋子や崇徳天皇と仲睦《なかむつ》まじかった。璋子との間に五人の皇子と二人の皇女をもうけたし、白河上皇、待賢門院璋子、鳥羽上皇と三院お揃いで法勝寺や熊野《くまの》参詣《さんけい》などにしばしば同幸《どうこう》（ご一緒に外出）した。

だが得子の子躰仁親王《なりひとしんのう》を皇太子とした頃から、忠通《ただみち》と得子は鳥羽上皇に盛んに璋子の暗い噂《うわさ》を吹き込んだ。或《ある》いは忠通《ただみち》は父忠実《ただざね》の日記を読み、この頃になって殊更《ことさら》に噂《うわさ》を広めたのかもしれない。それは璋子の鳥羽天皇入内《じゅだい》前後の記述である。忠実《ただざね》はこの頃、自分の娘勲子《いさこ》（後の泰子《やすこ》）を鳥羽天皇に入内《じゅだい》させたいと願っていた。だが璋子の入内《じゅだい》で忠実《ただざね》の願いは叶《かな》わなくなった。その腹いせに忠実《ただざね》は日記に璋子《たまこ》について「乱行《らんぎょう》の人」「奇怪不可思議《きかいふかしぎ》なる人」などの罵詈雑言《ばりぞうごん》を記《しる》したのである。

璋子は、藤原北家《ほっけ》の閑院流《かんいんりゅう》に生まれたが、幼い時祇園女御《ぎおんにょうご》の養女となって白河上皇の御所に上がった。祇園女御《ぎおんにょうご》は白河上皇の寵愛《ちょうあい》を一身に受けていたが、その出自は杳《よう》として知れない。或いは祇園社《ぎおんしゃ》（八坂神社）の舞姫であったかもしれない。

神社の舞姫は、神に仕える聖なる神の妻である。神と神の代わりの者にのみ仕える。祇園女御は自分が年老いて白河上皇の寵愛《ちょうあい》を繋《つな》ぎ止められなくなる日にそなえて、美貌《びぼう》の幼女璋子を譲《ゆず》り受けた。璋子は祇園女御の養女となり「院の姫君」と呼ばれた。

白河上皇は幼い璋子を愛《いと》おしみ、右大臣藤原忠実《ただざね》が白河上皇のもとに伺候《しこう》した時も、「よんどころのない事があるのだ」と拝謁《はいえつ》を断ったほどだった。そのとき御簾《みす》の中の白河上皇の懐《ふところ》には、幼い璋子が小さい足を差し入れて眠っていたという。

美しい娘に成長すると自然に璋子は白河上皇の寵愛《ちょうあい》を受け、その上箏《そうのこと》の名手藤原季通《ふじわらのすえみち》との噂も流れた。藤原季通は白河上皇の逆鱗《げきりん》に触れて官位が止まり、生涯不遇《ふぐう》を託《かこ》つこととなった。

璋子は十七歳で十五歳の鳥羽天皇に入内《じゅだい》した。白河上皇の命によるものであった。とはいえ璋子に葛藤《かっとう》がなかったとはいえない。

入内《じゅだい》の夜、突然璋子は発作を起こし入内《じゅだい》の儀式が困難になった。そこに居合わせた法勝寺《ほっしょうじ》権別当行尊《ごんのべっとうぎょうそん》の加持祈祷《かじきとう》によって璋子は正気を取り戻し、無事婚礼の儀式を執《と》り行えたのである。この婚礼の日の璋子の異変も、藤原忠実《ただざね》は腹立たしげに日記に記した。

何故か忠実の日記の内容は口から口へ宮中でひそかに噂《うわさ》され、その上根も葉もない事まで付け加えられた。噂は膨《ふく》らめば膨《ふく》らむほど人々の興味をそそり広がった。璋子の耳にも、その噂は伝わった。

璋子は、一切歌を作らなくなった。どんな歌を詠《よ》んでも、伝え聞いた人々はそれをねじ曲げて解釈し、呆《あき》れるほどの尾鰭《おひれ》をつけて広まることを、璋子は知っていた。やむを得ない時は女房達に歌を代作させた。待賢門院には堀川局《ほりかわのつぼね》をはじめ有名な歌人が揃《そろ》っていた。

璋子は歌を失うのと同時に、心の底を打ち明ける手段を失ってしまった。誰に言っても、本当の自分の心は伝わらない。自分の言葉は誰にもまっすぐに届かない。璋子は深く諦《あきら》めていた。

璋子の立場は、傍《はた》からは伺《うかが》い知ることのできない心労の多い難しい立場だった。鳥羽上皇を立ながら、治天《ちてん》の君《きみ》白河上皇の機嫌《きげん》を取り結ぶ。鳥羽上皇は璋子が入内《じゅだい》した日からずっと、白河上皇の圧倒的な政治力に圧迫感を抱いていた。

大治四年（一一二九）の正月二十九日、白河上皇は璋子が鳥羽上皇を気遣《きづか》ってお諫《いさ》めしたために拗《す》ねてしまったこともあった。璋子は白河上皇が鳥羽上皇の諒承《りょうしょう》を得ずにある公卿《くぎょう》を昇叙《しょうじょ》させる指示を出した事などをそれとなく諫《いさ》めた。だが翌日になっても白河上皇の機嫌《きげん》が芳《かんば》しくないことを知って璋子は非常に驚き、兄徳大寺実能《とくだいじさねよし》に仲介を頼んだ。白河上皇がようやく機嫌《きげん》を直したのは二月十三日のことだった。それ程二人の上皇の間に立つことは、心労の多いものであった。

しかも璋子の周囲は、藤原忠実《ただざね》のように璋子の些細《ささい》な瑕《きず》を取り立てて大仰《おおぎょう》に噂する貴族だらけであった。

待賢門院では、歌会は一度も行わなかった。その代わり、闘鶏《とうけい》、石名取《いしなどり》、扇紙合《おうぎがみあわせ》など、誰もが楽しめる遊びの会を始終行った。幼い皇子達や姫宮も一緒に楽しめる、心躍《おど》り笑いのあふれる遊びの会を開いて、なおかつ御所にはいつも薫香《くんこう》が焚《た》きしめられ趣味の良い調度《ちょうど》が調《ととの》えられ、気品を保《たも》っていた。

十六歳の時に佐藤義清《さとうのりきよ》が「こんな世界があったのか」と驚いたような、夢のように朗らかで優美な世界を璋子は作り出していた。

それが璋子の矜持《きょうじ》だった。

運命に打ちひしがれたりは、しない。どこまでも明るく誰もが楽しくなるような世界を作り出してみせる。

鳥羽上皇もそのほがらかで優美な待賢門院の雰囲気と子供達の伸びやかな笑顔に心惹《ひ》かれて、美福門院得子と出会ってからも、最後まで待賢門院に心を寄せ続けたのである。

璋子《たまこ》は、上皇、天皇に仕える姫としての高貴さと華やかさを兼ね備えた女性であった。

生涯を通じて西行は、神に仕える姫君である斎院《さいいん》、斎宮《さいぐう》に対する同情を込めた歌を詠《よ》んでいる。

鳥羽上皇と春日局《かすがのつぼね》の間に生まれた頌子内親王《しょうしないしんのう》は五辻斎院《いつつじさいいん》と呼ばれたが、病気のため斎院《さいいん》を辞退した。紫野《むらさきの》にある斎院《さいいん》の本院を寂しく去った五辻斎院《いつつじさいいん》に、西行は歌を贈った。


「君住《す》まぬ　御内《みうち》は荒《あ》れて　有栖川《ありすがは》　忌《い》む姿《すがた》をも　映《うつ》しける哉《かな》」

(あなた様がお住みになっていらっしゃらない斎院《さいいん》の御内《みうち》は、今ではすっかり荒れております。本来ならば僧である私は斎院《さいいん》に伺《うかが》うのは慎《つつし》まなければならないのですが、かつてあなた様の清らかなお姿を映《うつ》した澄んだ有栖川《ありすがわ》に、僧形の忌《い》む姿を映《うつ》したことでございます)


また、後年、源平の戦乱が続き伊勢に斎宮《さいぐう》が不在となった時、荒れて築垣《ついがき》もなくなった伊勢の斎宮《さいぐう》を見た西行はこんな歌を詠んだ。

「いつかまた　斎《いつき》の宮のいつかれて　標《しめ》の御内《みうち》に　塵《ちり》を払《はら》はん」
（いつかまた平和な世の中が実現して、斎宮《さいぐう》が以前のように潔斎《けっさい》し、注連《しめ》がめぐらされた御内《みうち》に塵《ちり》を払って、伊勢の神に奉仕なさる日が来るのだろうか。来てほしいものだ）

そして関白藤原忠通《ただみち》と得子は、待賢門院璋子に決定的な策謀《さくぼう》をしかけたのである。

待賢門院璋子の御願寺《ごがんじ》である法金剛院《ほうこんごういん》の法橋《ほっきょう》藤原信朝《のぶとも》が、検非違使庁《けびいしちょう》に拘禁《こうきん》された。日吉神社《ひえじんじゃ》で得子を呪詛《じゅそ》したという疑いをかけられたのである。

さらにその直後、待賢門院判官代《ほうがんだい》の源盛行《みなもとのもりゆき》夫婦が土佐国《とさのくに》に、朱雀《すざく》という巫女《みこ》が上総国《かずさのくに》に流された。広田神社《ひろたじんじゃ》で得子を呪詛《じゅそ》した罪である。広田神社の宝物殿《ほうもつでん》を探すと銀筥《ぎんばこ》があり、そこに得子の髪が入っていたのが証拠とされた。銀筥《ぎんばこ》に得子の髪を誰が入れたのかは、わからない。だがそれが呪《のろ》いの品であることは、誰の目にもわかった。そうなると、「待賢門院璋子が皇后得子を呪《じゅ》詛《そ》している」、という噂は、打ち消しようもなく広がっていった。

「ねえ、堀川……」

冬の庭を眺めながら、璋子は堀川局《ほりかわのつぼね》に語りかけた。

「わたくしは、髪を下ろそうかしら」

「え？」

堀川局は息を呑んで璋子を見た。

端正なその横顔に漆黒《しっこく》の髪は幾筋《いくすじ》もの光り輝く滝のように流れ落ちていた。

「もったいのうございます」

堀川局は思わずつぶやいた。

「流罪《るざい》になった源盛行《みなもとのもりゆき》達は、気の毒でした」

「女院《にょういん》様はご存じなかったことでございます」

「でも……わたくしも、この頃は普通ではありませんでした。皇子や姫のことを案ずると、毎日毎日思い屈して、涙が流れ、息ができなくなっていました」

藤原忠通《ただみち》と美福門院得子の権勢が増すにつれ、崇徳上皇のこと、重仁親王《しげひとしんのう》のこと、皇子達や姫宮の行く末を案じて、璋子の心痛は傍《はた》からも見ても並々ならぬものであった。

日に日に璋子は思いやつれていった。

堀川局も璋子が夜通しすすり泣いているのを聞いていた。時には悲しい叫び声をあげることもあった。堀川局はよからぬ噂が広まるのを防ぐため、夜はなるべく自分が付き添うことにして他の者達を遠ざけていたほどだ。

堀川局は璋子の尋常《じんじょう》でない様子を知っていたので、あるいは自分の知らない時にこっそりと璋子が源盛行《みなもとのもりゆき》を召して得子の呪詛《じゅそ》を命じたかもしれない、と思うことさえあった。

だが今涼やかな白い横顔を見上げて、堀川局は確信した。このお方は呪詛《じゅそ》などという陰湿な事を画策《かくさく》できるお方ではない。白河上皇と鳥羽上皇の間を取り結ぶ、という難しい立場を生き通したお方なのだ。

いつも周りの人達に気を遣《つか》い続け、皇子や皇女、女房達が喜ぶような催《もよお》し事を開き、明るく和《なご》やかな待賢門院を守って生きてきたお方だ。

このお方が人を恨《うら》んで呪詛《じゅそ》を画策《かくさく》する筈《はず》が無い。

「恐れながら……どなたかが仕組《しく》んだものかもしれません。銀の筥《はこ》も御髪《おぐし》も、調《ととの》えようと思えば訳なく調《ととの》えられるお方もいらっしゃいます」

「いいえ。もう、そんなことはどうでも良いのです。今までは皇子達や姫の行く末が心配で、なんとかして守りたいと心を砕《くだ》いてきました。でもわたくしが宮中にいれば、わたくしのために良かれと思って何かをしてしまう者も出るかもしれません。今度のことで、わたくしが宮中にいることが新院《しんいん》(崇徳上皇)や重仁親王《しげひとしんのう》に思わぬご迷惑をおかけするかもしれない、と気づいたのです。

それよりも」

待賢門院璋子はしずかに微笑んだ。

「わたくしは、嬉しいのです。今初めて、こうして冬の光が庭の枝越《えだご》しに池に零《こぼ》れて煌《きら》めいているのを見て、心に沁《し》みました。

残り少ない人生です。

こんな美しい日の光を見て、御仏《みほとけ》のお慈悲を喜び、帝《みかど》と民《たみ》の幸せ、わたくしの皇子達や姫の幸せを日々祈って暮らせたら、こんなに有り難いことがありましょうか。

恨《うら》んだり嘆《なげ》いたりして残りの人生を過ごすのは、もったいないではありませんか」

待賢門院璋子は、今は別人のように静かに微笑んでいた。

十七歳から今日まで、いつも気の張《は》る高貴な人々に取り巻かれ、人々を気遣《づか》って笑っていた、あの華やかな笑みは、今は無い。

誰も訪れることのなくなった庭で、ただ自分の心だけに向き合って、璋子は座っていた。

その流麗《りゅうれい》な眉と鼻はしずかな曲線を描き、形の良い口元は微かな笑みを湛《たた》えていた。

もはや宮中に璋子は何の未練もなかった。子供達の行く末だけが案じられたが、末っ子の第五皇子も無事に出家して仁和寺《にんなじ》で暮らしている。璋子の御願寺《ごがんじ》である法金剛院《ほうこんごういん》は、仁和寺《にんなじ》のすぐそばにある。待賢門院璋子は、末の皇子を導師《どうし》（剃手）として法金剛院《ほうこんごういん》で落飾《らくしょく》した。

永治二年（一一四二）二月二十六日のことである。

西行はすぐに待賢門院璋子を慰めるべく一品経《いっぽんぎょう》の勧進《かんじん》を思い立った。法華経《ほっけきょう》二十八品《ぽん》を、一人一品《いっぽん》ずつ書写して待賢門院璋子に贈ろうというのである。

永治二年(一一四二)三月十五日、西行は内大臣《ないだいじん》藤原頼長《よりなが》を訪ねた。

「一品経《いっぽんぎょう》の勧進を行っております。すでに鳥羽上皇、崇徳上皇はじめ、貴顕《きけん》の方々からも皆いただきました。どうぞ写本をお引き受けください。

料紙《りょうし》の美悪は問いません。ただ御自筆でお願いいたします」

二十三歳の内大臣藤原頼長《よりなが》は、咄嗟《とっさ》に頭の中で日時を計算し、舌を巻いた。

待賢門院の出家は二月二十六日。まだ十数日しか経っていない。

それなのに目の前のこの年若い僧は、すでに鳥羽上皇、崇徳上皇をはじめ貴顕《きけん》の人々を回って法華経《ほっけきょう》二十八品《ぼん》の写経を頼んで歩き、すでにその方々の了承を取り付けている、というのだ。

速い。こんなに仕事のできる男が、一人でも配下にいてくれたら……。

頭が切れすぎて周りの人々がことごとく阿呆《あほう》にしか見えない若き内大臣藤原頼長《よりなが》は、日頃、自分の指示の意味が全然わからず右往左往《うおうさおう》する役人達が、まだるっこしくてならなかった。

「御坊、年はいくつか?」

「二十五歳でございます」

「そんな若さで……」

世を捨てたのか、と言おうとして藤原頼長《よりなが》は、西行の表情の晴れやかさに、再び驚いた。実は西行の行動の素早さは、西行の内心の歓《よろこ》びを表していた。

これで陰謀蠢《いんぼううごめ》く俗界から璋子が解《と》き放たれ、ともに御仏《みほとけ》の弟子となる道を歩むことができるのである。取り巻きの人々が離れ、ひっそりと一人で祈る日々の続くであろう璋子のために、鳥羽上皇や崇徳上皇や有縁《うえん》の人々の直筆《じきひつ》の法華経《ほっけきょう》二十八品《ぼん》を、西行は捧《ささ》げたかった。

「女院《にょういん》様は、お一人ではございません。ご覧ください。女院《にょういん》様をお支えする方々が、これほどいらっしゃるのです」

西行は、遙《はる》かな璋子に、それだけを伝えたかったのである。


その三年後、四十五歳で璋子は亡くなり、法金剛院《ほうこんごういん》の五位山《ごいさん》に葬《ほうむ》られた。璋子の臨終の時、鳥羽上皇は自ら磬《けい》を打ちながら哭泣《こくきゅう》したという。璋子の死の枕辺《まくらべ》に、あの法華経《ほっけきょう》二十八品があったと、西行は堀川局から伝え聞いた。

璋子の一周忌《いっしゅうき》が明けた頃、璋子の面影《おもかげ》を振り切るように、西行は陸奥《みちのく》への旅をした。遠い東の地の果てへの一人旅は困難で、命の危険もあった。

旅立つ前に西行は、璋子の皇女である統子内親王《とうしないしんのう》（後の上西門院《じょうさいもんいん》）に参上し、別れの挨拶をした。

「さりともと　猶逢《なほあ》ふことを　頼《たの》むかな　死出《しで》の山路《ぢ》を　越《こ》えぬ別《わか》れは」

（遠い修行の旅に出かけますので再びお逢《あ》いすることは、とてもむずかしいとは思われますが、それでもやはり期待いたしております。死出《しで》の山路《やまじ》を越《こ》える別れではございませんので）

「この春は　君に別《わか》れの　惜《を》しきかな　花の行《ゆくゑ》へを　思ひ忘《わすれ》て」

（この春は内親王様にお別れすることがまことに名残惜《なごりお》しゅうございます。いつもの春でしたら散りゆく花に名残《なごり》を惜しむのですが、内親王様へのお名残《なごり》惜しさに、それさえも忘れてしまいまして）

統子内親王《とうしないしんのう》に「返歌をなさい」と承《うけたまわ》って、女房六角《ろっかく》の局《つぼね》が彩《いろど》り美しい飾《かざ》り紐《ひも》を垂《た》らした檜扇《ひおうぎ》に、歌を書いて差し出した。

「君がいなん　形見《かたみ》にすべき　桜さへ　名残《なごり》あらせず　風さそふなり」

（あなたが遠い修行の旅に出られたら、あなたの形見《かたみ》にしたいと思っている桜の花までも、名残《なご》りを留《とど》めることなく風が誘って散らしてしまうことです）

十月十二日、平泉に着いた日は、雪降り、嵐烈《はげ》しく、ことの外《ほか》の荒天だった。だが西行は、早《さっ》速衣川《そくころもがわ》が見たくて、そのまま向かった。

河の岸に着き、衣川《ころもがわ》の城が城柵《じょうさく》を巡《めぐ》らしているのを見た。それは戦《いくさ》の準備をしているような、もものしい様子だった。

衣には雪が染《し》み透《とお》り、ガタガタと体全体が震《ふる》えた。だが寒さに体力は消耗《しょうもう》し、もうすぐその震《ふる》える力さえ奪《うば》われるだろう。そうなれば、この足元の雪に倒れ伏《ふ》すまでだ。雪は柔らかく心地良さげに西行の足元に積もっていた。

何故今、自分は生きているのだ。西行は、心底不思議だった。

璋子が死んだ時、自分は死んでも構《かま》わなかった。

それなのに自分は何故、こうして陸奥《みちのく》にまで来て、吹雪《ふぶき》の衣川《ころもがわ》を見ているのだろう。自分は何をまだ、見ようとしているのか。

見ている間に、絶え間なく雪の降りかかる汀《みぎわ》がびしびしと凍《こお》りついていった。

そうだ。この光景を今見ているのは、自分一人なのだ。

真っ白い吹雪《ふぶき》が無数の礫《つぶて》となって顔に突き当たり、川岸の水さえ凍《こお》り付く荒々しい極北《ごくほく》の地。

だがこの雪と大地の極限の大自然は、何と美しいのだろう。

西行は、「ものを見る心地《ここち》」がした。

「とりわきて　心もしみて　冴《さ》えぞわたる　衣河みに　きたる今日《けふ》しも」

（とりわけ身ばかりでなく心までも染《し》み透《とお》って寒いことだ。衣川《ころもがわ》を見にきた、まさにその今日は）


西行は、決然と踵《きびす》を返した。

今日ここで「ものを見る心地がした」こと。それを歌う者は、自分以外に、この世界に一人もいないのだ。

歩くにつれて身体の内部は温まり、震《ふる》えは止まった。

西行は初めて、璋子が心に抱えていた「地獄」に対峙《たいじ》しうるものとして、「歌」を確《しか》と手にすることができた、と思った。


奥州藤原秀衡のもとに一冬を過ごし春を迎えた西行は、平泉の束稲山《たばしねやま》の全山を埋《う》め尽《つ》くすように咲き乱れる桜に出会い、吉野のほかにこれほど見事に桜の咲く地があるのかと驚いた。そして西行は憑《つ》かれたように奥羽山脈を越え、出羽に出た。

桜の花の盛りは、短い。

その間に西行は平泉から出羽へ旅し、両方の桜を、同じ年の春に見たのである。

出羽国《でわのくに》、滝《たき》の山《やま》という寺で見た桜は、都の桜よりも薄紅《うすくれない》の色濃《こ》い花で、たくさんの桜の木々が並び立っていた。

「たぐひなき　思《おも》ひ出羽《いでは》の　さくらかな　うすくれなゐの　花のにほひは」

（またとない思い出になりそうな出羽の桜であることよ。濃いめの薄紅《うすくれない》の色が格別に美しい）

薄紅《うすくれない》色のひときわ濃《こ》い、鮮《あざ》やかに咲き満《み》ちる出羽国《でわのくに》の桜。

西行にとって北国に咲くその艶麗《えんれい》な桜は、待賢門院璋子《たいけんもんいんたまこ》の面影《おもかげ》そのものであった。

都ではまだ誰も知らない、出羽《でわ》の桜の美しさ。

花に酔いしれながら、西行は思った。

自分が歌にしなければ、この目の前の桜は、この璋子の微笑のような優しい出羽《でわ》の花の美しさは、誰も知らないのだ。

陸奥《みちのく》から帰ると西行は都を離れ、吉野山や高野山に庵《いおり》を結んで、「花」と「月」を歌った。

「あくがるゝ　心《こゝろ》はさても　やまざくら　散《ち》りなんのちや　身《み》に帰《かへ》るべき」

（桜が咲いていると、花へのあこがれに、心は身体からさまよい出してしまう。それはどうしても止《や》まないとしても、山桜が散った後は、心はこの身にかえることだろうか）

「あく（その場所を）離《か》る（離れる）」は、心が何かに惹《ひ》かれて、もともと居るべき所を離れてさまよっていくこと、「憧《あこが》れ」の心である。

昔、吉野の大峰の桜に出会って初めて知った、花に憧《あこが》れる心。

西行は出羽《でわ》の色濃《こ》い桜に酔いしれ、吉野の山桜を見て、出家以前のあの吉野の大峰の桜に出会った時の自分の心を、まざまざと思い出したのである。

「ゆくへ《ゑ》なく　月に心の　澄《す》み澄みて　はてはいかにか　ならんとすらん」

（どこへいくのかわからないほど　わたしの心はこの澄《す》んだ月のようにどんどん澄《す》んでいって、いったいその果《は》ては　どうなってしまうのだろうか）

たった一人で澄《す》んだ月を見ていると、自分の心もこの月のようにどんどん澄《す》んで、どこまで行ってしまうのか、わからなくなってしまう。広い宇宙に吸い込まれてしまう気がする。自分の心もこの月の光のように澄みに澄んで透明になり、この身を離れてどこまでも月に惹《ひ》かれて行ってしまうような、不安で心惹《ひ》かれる思いがした。

月を見ても、西行の心は身から離れ、あこがれ出てしまうのであった。

第三章　保元の乱　兼賢阿闍梨編

近衛天皇《このえてんのう》が、十七歳の若さで崩御《ほうぎょ》した。久寿二年（一一五五）七月二十三日のことである。御所に見舞いに参上しようとしていた鳥羽上皇《とばじょうこう》と美福門院《びふくもんいん》得子《ひた》は、近衛天皇《このえてんのう》がすでに崩御《ほうぎょ》したとの知らせを受けると御所に行くのも取りやめ、悲しみに浸る間もなく次の天皇を誰にするか話し合った。

崇徳《すとく》上皇の嫡子《ちゃくし》重仁親王《しげひとしんのう》は、賢明で穏やかな性質だった。年齢も十六歳である。この親王が天皇位を継ぐのがふさわしいと考える人々が、朝廷内で多かった。崇徳上皇も今度こそは重仁親王《しげひとしんのう》が天皇になるだろうと期待していた。

しかし得子はそれだけは、絶対に嫌だった。重仁親王《しげひとしんのう》が天皇になれば崇徳上皇は院政を執《と》れる。そうすれば今までに得子が築いてきた地位や権力は根底から覆《くつがえ》る。崇徳上皇と得子の立場は逆転し、我が身は一気に危うくなる。得子は四宮雅仁親王《しのみやまさひとしんのう》の子、守仁親王《もりひとしんのう》を天皇に立てようとした。

ただし父雅仁親王《まさひとしんのう》は四宮であり、立場は上皇の嫡子《ちゃくし》重仁親王《しげひとしんのう》に及ばない。

だが結果は、崇徳上皇が願った重仁親王《しげひとしんのう》でも、得子が推《お》した守仁親王《もりひとしんのう》でもなかった。

立太子《りったいし》もしていない四宮雅仁親王《まさひとしんのう》が、天皇に決まったのである。

鳥羽上皇に相談された関白藤原忠通《ただみち》は、三度まで「これは人臣の容喙《ようかい》すべきことではありません」と奏上《そうじょう》を避けていたが、四度めに鳥羽上皇に問われた時、父の雅仁《まさひと》親王を飛び越えて子の守《もり》仁《ひと》親王を天皇に立てることはできない。まず雅仁《まさひと》親王が天皇になるのがふさわしい、と答申《とうしん》した。

守仁《もりひと》親王が即位するまでの中継《なかつ》ぎとして父雅仁《まさひと》親王を後白河《ごしらかわ》天皇とし、子の守仁《もりひと》親王を皇太子に立てることに決定したのである。

四宮雅仁《しのみやまさひと》親王はすでに二十九歳になっていたが、朝に夕に今様《いまよう》に耽《ふけ》っていた。夜が明けても戸・蔀《しどみ》を開けないで日が出ることを忘れ、日が高くなるのにも気づかず今様《いまよう》を歌い続け、喉《のど》を三度も潰《つぶ》した。和歌や学問には見向きもしないで、父鳥羽上皇からは「天皇の器《うつわ》ではない」と言われていた。

しかし崇徳上皇だけは、解《わか》っていた。雅仁《まさひと》親王は、そういう方法でしか周囲に訴える事ができなかったのだ。雅仁《まさひと》親王は、鳥羽上皇や得子、藤原忠通《ただみち》に、「自分は天皇の位に就《つ》く気はない」と訴えていたのである。「自分は今様狂《いまようぐる》いだ」と主張することで雅仁《まさひと》親王は、得子や藤原忠通《ただみち》に担《かつ》ぎ上げられることを必死に拒《こば》んでいたのだ。

崇徳上皇は、待賢門院璋子が亡くなった時、悲嘆《ひたん》に暮《く》れる雅仁《まさひと》親王に、「一《ひと》つ所《ところ》に、我《わ》が許《もと》に（寂しいだろう。こちらに来て、一緒に住むがいい）」と、崇徳上皇の御所に来るよう誘った。雅仁《まさひと》親王は、崇徳上皇の里内裏《さとだいり》であった三条西洞院第《さんじょうにしのとういんだい》に移り住んだ。璋子の五十日の喪が明けるとすぐに、御所でも雅仁《まさひと》親王は、狂ったように今様《いまよう》を夜ごとに歌い続けた。

それなのに結局は藤原忠通《ただみち》と得子の策謀《さくぼう》によって、雅仁《まさひと》親王は天皇にさせられてしまったのである。

崇徳上皇の胸底深く、深い後悔が激しく身を焼いた。

父鳥羽上皇が譲位《じょうい》を迫ったあの時、自分が藤原忠通《ただみち》の言葉に従いさえしなければ良かったのに。譲位《じょうい》さえしなければ、或いは我が子重仁《しげひと》親王を皇太子に立てられたかもしれなかったのだ。

それなのに自分はあの時、

「躰仁親王《なりひとしんのう》は天皇の御子《みこ》となっておられますから、全く懸念《けねん》はございません、ぜひ位を譲《ゆず》られますように」

という藤原忠通《ただみち》の言葉を、全く疑うことができなかったのである。

今の自分には、藤原忠通《ただみち》の策略《さくりゃく》が、身に沁《し》みてわかる。

だがあの頃の自分は、白河上皇《しらかわじょうこう》に守られ何の苦労も無く天皇となり、誰もが自分の正統性を認めるものと信じていた。だから藤原忠通《ただみち》の言葉の裏の恐ろしい奸計《かんけい》を、見抜けなかったのだ。

それまで藤原忠通《ただみち》は、鳥羽上皇からも崇徳天皇からも、使いやすい臣と見られていた。藤原忠《ただ》通《みち》の父忠実《ただざね》は摂関家《せっかんけ》の権益を守ろうと白河上皇《しらかわじょうこう》と対立したし、弟頼長《よりなが》は正論を持ち出すので理屈っぽくて使いにくい。その点忠通《ただみち》は実直で凡庸な臣下で、時には理屈に合わない要望でも黙って通してくれた。

よもやこの実直で凡庸な男が、敵方の美福門院得子と通じ自分を陥《おとし》いれようと画策《かくさく》しているとは、この時崇徳天皇には、思いも寄らなかったのだ。

宣旨《せんじ》が下りてそこに「皇太子《こうたいし》」ではなく「皇太弟《こうたいてい》」と記されていた事を知った時、初めて崇徳上皇は、世の中の裏側を知った。自分が取り返しのつかない失敗をしてしまったことがわかった。その思いは日々募《つの》って我が身を苛《さいな》んだ。自分一人のことならば、まだしも運命と諦《あきら》めることもできる。だが、日増しに賢く成長する重仁《しげひと》親王を見るにつけ、崇徳上皇は深い後悔に我が身を掻《か》きむしられる思いがした。

近衛《このえ》天皇が崩御した時、崇徳上皇は今度こそ重仁親王《しげひとしんのう》が帝位に就《つ》けるものと思った。だが人々の予想は覆《くつがえ》り、守仁《もりひと》親王の父四宮雅仁《しのみやまさひと》親王が天皇として即位することが決定した。その日雅仁《まさひと》親王は、崇徳上皇と同居していた三条西洞院第《さんじょうにしのとういんだい》の御所から、後白河天皇となるべく出立《しゅったつ》したのである。

しかし即位した時から、後白河天皇《ごしらかわてんのう》は変わった。天皇となった瞬間、後白河天皇は太古《たいこ》から脈々《みゃくみゃく》と続く魂を己が一身に受け継《つ》いだと感じた。この魂を自分は次の世代に引き継がなければならない。以前は今様《いまよう》しか興味の無かった後白河天皇の心に、初めて「自分の代でこの魂を絶えさせるわけにはいかない」という思いが宿《やど》ったのである。

後白河天皇はその後、誰も予想できなかった時代を生きることになる。

荒々しい武士が、次々に京に攻め寄せた。平治《へいじ》の乱では藤原信頼《ふじわらののぶより》と源義朝《みなもとのよしとも》に監禁《かんきん》されて一人馬に乗って仁和寺《にんなじ》へと脱出し、平清盛《たいらのきよもり》には鳥羽御所《とばごしょ》に幽閉《ゆうへい》され、平家都落《へいけみやこお》ちの時は西国へ連れ去られるところを辛《から》くも脱走し、木曾義仲《きそよしなか》には法住寺御所を焼かれて逃げ出した。それでも後白河天皇は諦《あきら》めなかった。相反する勢力に、節度などかなぐり捨てて宣旨《せんじ》を乱発し、あらゆる手段を使って生き延びた。

後白河天皇は、摂関家《せっかんけ》も、公家《くげ》も、武士も、誰一人信じられなかった。

一方、京にも鎌倉にも、後白河天皇を信じられる者は、一人もいなくなった。

気の狂うほどの孤独に今様にのめり込むことによって辛《かろ》うじて耐え続け、後白河天皇《ごしらかわてんのう》は後鳥羽《ごとば》天皇《てんのう》へと、その血脈を伝えたのである。

高野山の西行庵《あん》に西住《さいじゅう》がある知らせを持ってきたのは、近衛天皇崩御《このえてんのうほうぎょ》からまだ一年も経たない久寿三年（一一五六）五月の末のことであった。西住《さいじゅう》は、出家遁世《しゅっけとんせい》以前ともに空仁法師《くうにんほうし》を訪ねた元武士の親友源季政《みなもとのすえまさ》で、西行と同じ頃出家していた。

何と今度は、鳥羽上皇が危篤《きとく》らしいというのである。

これまで絶対的権力を握っていた鳥羽上皇の支配が、揺らぎ始めた。

彼方《かなた》の空に風雲が起こり始めていた。

久寿三年六月四日、再び西行庵《あん》を西住《さいじゅう》が訪れた。

「昨夜、新院《しんいん》（崇徳上皇）が一院《いちいん》（鳥羽上皇）のお見舞いに鳥羽殿へ行かれ、追い返されたそうだ」

「まことか」

振り返りもせず、西行は唸《うな》った。

仮にも玉座にあったお方だ。そのお方を、どこの誰が追い返すことなどできるのだろうか。

「ああ。昨夜、新院《しんいん》（崇徳上皇）は鳥羽殿《とばどの》にお見舞いにあがった。だが、院近親《いんきんしん》が一院（鳥羽上皇）の御申しつけだと申して、がんとして門を開けなかった。やむなく新院《しんいん》は、引き返されそうだ」

父鳥羽上皇が重病だというのに、一目会うことも叶《かな》わない。人一倍繊細《せんさい》で誇り高い心を持った崇徳上皇がどんな悔しさをかみ殺していたかと、西行は思った。院近親にそれを命じたのは、着々と策謀《さくぼう》を張り巡《めぐ》らしている藤原忠通《ただみち》と美福門院得子に違いない。

崇徳上皇と西行は、歌を通じて親交があった。

西行が待賢門院璋子の供養を行ったおり、崇徳上皇から仏前に供えるため扇《おうぎ》が下賜《かし》された。故《こ》女院《にょういん》へのお供えにふさわしい優雅な贈り物である。

崇徳上皇御製の歌も添えられていた。

「ありがたき　法《のり》に扇《あふぎ》の　風《かぜ》ならば　心の塵《ちり》を　払《はら》へとぞ思ふ」

（この扇《おうぎ》を供《そな》えることによって、逢《あ》うことの難しいという仏法に逢《あ》えるのならば、扇《おうぎ》の風で私の心に積もった煩悩《ぼんのう》の塵《ちり》を払って欲しいものだ）

西行は歌をお返しした。

「塵《ちり》ばかり　疑《うたが》ふ心　なからなん　法《のり》を仰《あふ》ぎて　頼むとならば」
（新院《しんいん》様（崇徳上皇）が仏法にお逢《あ》いになられますことを、塵《ちり》ばかりもお疑いになってはなりません。この扇《おうぎ》をあおぐように仏法を仰《あお》いで、お頼みしようとなさるのならば。ご安心ください。必ず御仏の法《のり》（慈悲）にお逢《あ》いになられます）

崇徳上皇の歌は真情がこもり、西行の歌と響《ひび》き合っている。崇徳上皇と西行は気質があっていたのかもしれない。

鳥羽上皇と後白河天皇の御所に、有力な武士達が集められたという。表向きは万歳の沙汰（貴人の死の備え）ということだが、それにしては大げさすぎる。一体何に備えているのだろうか。朝廷側では、あからさまに崇徳上皇への警戒を深めているのである。

六月半ばのことである。西行は庵《いおり》を出て、杣道《そまみち》を歩いた。

杣道《そまみち》の頭上には小暗《おぐら》いほどに木々が生《お》い茂《しげ》り、足元は雨続きで泥濘《ぬかる》んでいた。滑《すべ》りやすい道を西行の草鞋《わらじ》はものともせずに素早く捉《とら》え、縦横《じゅうおう》に走る木の根を軽々と踏み越えて行く。たちまち大伝法院《だいでんぼういん》近くの丘に着いた。

このあたりは高野山の寺に属さない修行僧が、思い思いに庵《いおり》を並べて住んでいる。西行自身は煩《わずら》わしさを避けて、そこよりは山深い不便な所に一人庵《いおり》を結んでいた。

西行は奥の方の、閑雅《かんが》な庵《いおり》に向かっていた。庵《いおり》はどれも同じような作りではあったが、それだけに柱の選びよう、切り揃《そろ》えた屋根の材質、扉や床の手入れの届きように、おのずと住む人の品性が表れる。この庵《いおり》は贅沢《ぜいたく》すぎず大きすぎないが、清潔で趣味の良さが感じられた。

扉の前で、西行は小声で呼びかけた。

「兼賢阿闍梨《けんけんあじゃり》様」

「どなたじゃ」

「西行にございます」

「ほう、これは珍しい」

滑《すべ》りの良い遣《や》り戸《ど》が、からりと開けられた。

簡素な墨染《すみぞ》めの僧衣の中背の僧が現れた。細面で、鼻も口元も小さく目立たない。いかにも公《く》家風《げ》の顔立ちではあるが、細い目は鋭く体つきは痩《や》せて引き締まっている。厳しい修行を長年積んだ人の目と体つきである。

兼賢阿闍梨《けんけんあじゃり》は、中関白藤原道隆《なかのかんぱくふじわらのみちたか》の子孫という名家の血筋である。仁和寺《にんなじ》で出家し数年間修行を積んだが、名利《みょうり》や位階を望まず、その後高野山に上った。

高野山でも寺には属さず、ひっそりと庵《いおり》を結んでいる。

周りの修行僧もそれを知っているので兼賢阿闍梨に一目《いちもく》を置き、誰ともなく庵《いおり》の周囲の草を引いたり、嵐の折には壊れた庵《いおり》を繕《つくろ》ったり、うるさくない程度に気を遣《つか》っていた。

庵《いおり》の周囲が雑草もなく小綺麗なのは彼らの奉仕の表れであった。

兼賢阿闍梨本人は、決して高貴な出自を誇ることなく、ひっそりと修業の日々を送っていた。年月が経つほどに、兼賢阿闍梨は有徳の僧として高野山でも声望を集めるようになっていた。

兼賢阿闍梨が招き入れるのに従って、西行は庵室《あんしつ》に入り静かに扉を閉めた。

「折り入って、お願いがございます」

「ほう。何かな？」

「山を下りて、仁和寺《にんなじ》にお越しいただきたく存じます」

「何故じゃ？　今更《いまさら》」

兼賢阿闍梨は目を丸くした。仁和寺でこのまま修行を続けていれば、その家柄からも今頃は高位の僧になっていたであろう。それを嫌って高野山に来た自分が、どうして今更《いまさら》、再び仁和寺に行けよう。仁和寺は、皇室と縁の深い名刹《めいさつ》であった。

声をひそめて、西行は語った。一院《いちいん》ご不予《ふよ》（ご病気）の噂があること。

六月一日には、一院《いちいん》（鳥羽上皇）の崩御《ほうぎょ》に備えて万歳《ばんぜい》の沙汰《さた》があり、伊勢平氏《いせへいし》、河内源氏《かわちげんじ》、源《みなもとの》義朝《よしとも》はじめ有力な武士達が後白河天皇側に召集されて忠誠を誓わされ、この日より源義朝《みなもとのよしとも》らが御所を守護することとなったこと。六月三日の夜、新院《しんいん》が一院《いちいん》のお見舞いに伺ったのに、側近らに阻《はば》まれ対面もできなかったこと。都では新院と藤原頼長が一院亡き後、挙兵するという噂が立っていること。それらは、大原に住む寂然《じゃくぜん》と、寂然《じゃくぜん》の兄藤原為業《ふじわらのためなり》（寂念）があらゆる伝手《つて》を頼りに収集した知らせであった。

西行はその極秘の最新の知らせを、余すところなく兼賢阿闍梨に打ち明けた。

いわば、手の内をすべて明かして見せたのである。

「美福門院様と関白藤原忠通《ただみち》殿は、すでに大勢の武士達をいつでも動員できる態勢を整えているそうでございます。

都に通じる道は敵方の武士が通らないよう、警備の兵がついています。

新院（崇徳上皇）は、張り巡《めぐ》らされた罠《わな》が狭められていくように、日に日に追い詰められていらっしゃいます」

西行の語気に、思わず熱がこもった。

あの時と、同じだ……。

こみ上げる思いがあった。

遠き日、あのお方、待賢門院璋子も身に覚えのない呪詛《じゅそ》事件に巻き込まれ、罠《わな》にかかった兎のように、なすすべもなく追い込まれていったのだ。

あの時は、自分は何一つできなかった。

だから今度だけは、なんとかして新院を御守りして差し上げたい。

思いを飲み下すように西行は一瞬目を閉じ、静かに目を開けると、用件を切り出した。

「今後、いつどのような事態になるか、わかりません。

もし万一戦《いくさ》が起こり新院の御身《おんみ》が危うくなるような事が出来《しゅったい》したならば、新院を敵方の武士達からお匿《かく》しし、仁和寺《にんなじ》へお移《うつ》りいただきたいのです。

そのために恐れながら、兼賢阿闍梨《けんけんあじゃり》様に仁和寺へお越しいただきたいのです。

私どもが新院を仁和寺にお遷《うつ》しした際に、兼賢阿闍梨様には、仁和寺にて新院をお守り申し上げていただきたいのです」

「新院を、仁和寺に」

兼賢阿闍梨は、さして驚いた風もなく、しばらく無言で考え込んだ。

兼賢阿闍梨には今も宮中に要職を担《にな》っている親戚がいる。宮中の内密な噂は、高野山の兼賢阿闍梨にまで伝わっていた。その上、兼賢阿闍梨は仁和寺の僧とも高野山の僧とも繋《つな》がっている。

当時の僧達は、独自の情報網を持っていた。皇族や貴族や有力な武士達が病気になれば、真っ先に僧が呼ばれ加持祈祷《かじきとう》を頼まれる。人には言えない悩み事、例えば誰かに呪《のろ》いを受けそうな疚《やま》しい事をした覚えのある者の相談をひそかに受けることもある。どこの家の誰がどんな病気か、どこの家は今どんな問題に直面しているか、僧達は一番良く知っていた。

もちろん僧達は世間には決して口外することはないが、僧同士の間では、お互い世俗を離れた者同士という心安さも手伝って、意外とそのような噂は伝わってくる。

だから兼賢阿闍梨のもとにも、すでにある程度の不穏《ふおん》な噂は伝わっていた。しかし兼賢阿闍梨は内心、西行のもたらした情報の正確さに舌を巻いた。具体的な日付も人名も、西行はきちんと調べて遺漏《いろう》なく語った。

「しかし……」

それは、成《な》らぬ。西行」

「何故でございますか」

「仁和寺には、新院の弟宮《おとうとみや》の覚性法親王《かくしょうほうしんのう》がいらっしゃる。

もし、新院が仁和寺にお移《うつ》りになったら、後々覚性法親王《かくしょうほうしんのう》にどんなお咎《とが》めがあるやもしれぬ。

そうなったら、何とお詫《わ》び申し上げてもお詫《わ》びのしようがないではないか」

「ですから」

静かに西行は続けた。

「万一戦《いくさ》が始まれば、その日、私が仁和寺にいらっしゃる兼賢阿闍梨《けんけんあじゃり》様にお知らせいたします。そうしたら、すぐに覚性法親王《かくしょうほうしんのう》には仁和寺をご出立《しゅったつ》いただき、鳥羽殿《とばどの》へ一院（鳥羽院）のお見舞いに伺《うかが》っていただきたいのです。

それで、覚性法親王《かくしょうほうしんのう》が鳥羽殿《とばどの》に参上されれば、必ずや取り次ぎの者にも警護の者にも知れ渡ります。

覚性法親王《かくしょうほうしんのう》がこの件と一切《いっさい》関《かか》わりなき事が天下に証明できます。

覚性法親王《かくしょうほうしんのう》が鳥羽殿《とばどの》にお入りになったのを見届けましたら、折《お》りを見計《みはか》らって、私が再び仁和寺の兼賢阿闍梨《けんけんあじゃり》様にお知らせいたします。

その後、新院（崇徳上皇）を仁和寺にお遷《うつ》しいたします。

時機さえ見定めて事を運べば、決して覚性法親王《かくしょうほうしんのう》にご迷惑はおかけいたしません。

しかし仁和寺の方々では咄嗟《とっさ》の場合に、ここまで取り仕切れるお方はおりません。

それゆえ兼賢阿闍梨様、この件は阿闍梨《あじゃり》様にしか、お願い申し上げられないのです。

西行、伏《ふ》してお願い申し上げます。なにとぞ仁和寺に行ってくださいませ」

「うーむ」

兼賢阿闍梨は唸《うな》った。

なるほど、出世に汲々《きゅうきゅう》としている小心な仁和寺の僧達に、こんなに危険で咄嗟《とっさ》の決断と度胸を必要とするこの役目を任せられる者は、誰一人、いそうにない。

かといって……目の前にかしこまっている不敵な面構《つらがま》えの西行を見て、腹の底で兼賢阿闍梨はかすかに笑った。

もし高野の名高い僧が山を下りて仁和寺へ行ったとしたら、必ずや周りが「何事か」と大騒ぎするだろう。その点、無位の草庵《そうあん》住まいの自分一人が山を下りたとしても、誰も気にとめる者はあるまい。西行め、そこを見越《みこ》して、わしに頼んできおったな。

それに、新院（崇徳上皇）や覚性法親王《かくしょうほうしんのう》に拝謁《はいえつ》し仁和寺の僧達に話をつけるのには、ある程度宮中や仁和寺と面識のある人間でなければならない。

なるほど。この男、隅《すみ》から隅《すみ》までよく考え抜いたとみえる。

「しかし」

細い目を鋭く光らせて、兼賢阿闍梨《けんけんあじゃり》は西行に尋《たず》ねた。

「そなたの筋書きは、露見《ろけん》するやもしれぬぞ。覚性法親王《かくしょうほうしんのう》を鳥羽殿《とばどの》にご出立《しゅったつ》いただき、その間に新院（崇徳上皇）に仁和寺へお越《こ》しいただく。そのためには、わし一人の力ではかなわぬ。

どうしても仁和寺の誰かにそなたの筋書きを話し、協力してもらわなければならない。だがそうすれば、口さがない僧どもの事だ、噂が事前に漏《も》れるやもしれぬ。事が漏《も》れた途端《とたん》に、そなたの筋書きは失敗するぞ。

それに、そなたはどうやって戦《いくさ》の最中に、時機を見計《みはか》らってわしに知らせ、新院を仁和寺までお遷《うつ》しできる、などと申すのか。

野犬のように殺気だって新院を探し回っている武士どもの眼を潜《くぐ》り抜けて。そんな事は到底できるものではない。

どこかの段階で綻《ほころ》びが出れば、たちまちそなたの筋書きは狂い、事は失敗するぞ。

失敗した場合、新院や覚性法親王《かくしょうほうしんのう》はどうなるのか。

わしの命は、良い。

それは良いとしても、仁和寺にも高野山にも大いに迷惑がかかるであろう。

事が露見《ろけん》して帝《みかど》側に引き出されたら、わしはいったい何と言って申し開きをすれば良いのだ」

「その時は」

西行は面を上げて、兼賢阿闍梨《けんけんあじゃり》を見た。

西行のくぼんだ目が、ぎらりと光った。

「この西行が、一切を仕組《しく》んだ、と、主上《しゅじょう》に申し上げてください。

余人《よじん》は知らず、主上《しゅしょう》だけは、それで得心《とくしん》していただける筈《はず》でございます」

「うむ」

兼賢阿闍梨は、思わず声に出して唸《うな》った。

なるほど。西行も元は徳大寺実能《とくだいじさねよし》の家人《けにん》として少年の頃から仕え、待賢門院にも親しく出入りした佐藤義清《さとうのりきよ》である。

その頃は四宮《しのみや》であった後白河天皇も、母君待賢門院《たいけんもんいん》のもとでのびやかに暮らしていたことであろう。あるいは幼い四宮《しのみや》は少壮の武士であった西行に馴染《なじ》んでいたかもしれない。

帝《みかど》にも新院にも親交のある西行ならば、事の一切を仕組《しく》んだと言っても、何ら不思議はない。

「万一、事が露見《ろけん》したら」

西行は、きっぱりと言い切った。

「帝《みかど》側の方々に、こうおっしゃってくださいませ。

兼賢阿闍梨様も仁和寺も高野山も、委細《いさい》は全く預《あず》かり知らず。

一切は西行が計画し、万事《ばんじ》西行が指図《さしず》した事。

阿闍梨《あじゃり》様はこの西行に脅《おど》されて、不本意《ふほんい》ながら従ったまでである、と。

それは、阿闍梨様お一人の御為《おため》ではございません。

仁和寺の為《ため》、高野山の為《ため》、覚性法親王《かくしょうほうしんのう》様の御為《おんため》、ひいては新院の御為《おんため》でございます。

ゆめご遠慮なさらないでくださいませ」

兼賢阿闍梨《けんけんあじゃり》は無言で頷《うなず》いていた。

もしこの先、帝《みかど》と新院との間に本当に戦《いくさ》が起こるとしたら、理は新院にある。

かねてより兼賢阿闍梨自身も、心ひそかに思っていた。

藤原道隆《みちたか》の流れを汲《く》み朝廷の事情にも明るい兼賢阿闍梨には、よくわかっていた。

帝位の正統性は、鳥羽上皇の四宮《しのみや》にすぎない帝《みかど》より、先《さき》の天皇新院の嫡子《ちゃくし》重仁《しげひと》親王にある。義は新院にある。

しかし、苟《いやしく》も今上天皇《きんじょうてんのう》である。

朝廷の権威をかざして、美福門院得子と関白藤原忠通《ただみち》一派が、すでに圧倒的な数の武士達を味方に取り込んで帝《みかど》の周囲を固めていた。

帝《みかど》を相手にした戦《いくさ》。勝ち目があるとは、到底思えなかった。

どう考えてもこの戦《いくさ》、新院が敗北しそうだ。西行の計画も、緻密《ちみつ》なようでいて離《はな》れ業《わざ》や綱渡《つなわた》りの連続で、失敗する目算《もくさん》の方が高そうだ。

それなのに、この男は一切の責めを、自分一人で負ってみせようと言うのだ。

こうまで言われて、後に引けるか。

兼賢阿闍梨は、腹を括《くく》った。

腹を括《くく》ってみると、不思議に晴れやかな気分になった。

この男の計画が、成《な》るか、成《な》らぬか、それはわからない。

帝《みかど》や得子、藤原忠通《ただみち》一派を相手にした、大博打《おおばくち》である。

一生幾《いっしょういく》ばくならず。無常迅速《むじょうじんそく》。それならば一生に一度くらい、負け戦《いくさ》に参戦し大義に殉《じゅん》じてみるのも、悪くはない。兼賢阿闍梨は告げた。

「それでは、早速支度《さっそくしたく》を調《ととの》えて、下山するとしよう。そなたからも、仁和寺《にんなじ》の誰かにそう伝えておいてくれ」

西行は合掌して、深々と兼賢阿闍梨に一礼した。

音のしないように遣《や》り戸《ど》を滑《すべ》らして、ゆかしい草庵《そうあん》を西行は後にした。

兼賢阿闍梨の草庵《そうあん》の眼前には、高野山の素晴らしい眺望《ちょうぼう》が広がっていた。

山また山が、遙《はる》かに連《つら》なる景色。

だが世俗《せぞく》を遠く離れたここ高野でも、本寺金剛峯寺《こんごうぶじ》と末院大伝法院《だいでんぼういん》が、いつ果てるともしれない争いを続けていた。

都も、ほどなく激流に襲われるだろう。

鴨川《かもがわ》の河原が血に染まる光景を、西行はありありと思い浮かべた。

新院も帝《みかど》も、西行にとっては待賢門院璋子の御子《みこ》であり、昔なじみの懐かしい存在だ。

それなのに私利私欲や勢力争いのために二人の兄弟を担《かつ》ぎ上げて引き離し、亀裂《きれつ》を深め、どす黒い二つの渦《うず》として激突させようとする勢力があるのだ。

海を見たい。唐突《とうとつ》に西行は思った。

過去も現在も未来永劫《みらいえいごう》も、寄せては返す白い波を見たい。どこまでも続く澄《す》んだ青空を見たい。人間界の汚《けが》れをすべて浄《きよ》めて流す清らかな川を見たい。

だが西行はそんな思いを振り払い、自分の庵《いおり》に帰るべく歩き出した。

新院と帝《みかど》と、そしてあのお方が巻き込まれた激流なら、今は自分も足を踏み入れよう。

激流の果てに守らなければならない物を、自分は守ろう。

守るべきものなど、あるのか。世を捨てた身の、自分に。

だが西住も寂然《じゃくぜん》も、そして今はまた兼賢阿闍梨《けんけんあじゃり》も、己の危険を顧《かえり》みずに力を貸し、ともにそれを守ろうとしてくれている。

山々の連《つら》なりを見据《みす》えながら、西行は心に決めた。

そのために自分はあの日、世を捨てたのだ。惜しむべきものなど、何一つ無い。

足早に西行は杣道《そまみち》を急いだ。急いで庵《いおり》へ戻り仁和寺《にんなじ》宛《あ》ての書状を認《したた》めて、西住《さいじゅう》に託《たく》さなければならない。

兼賢阿闍梨に仁和寺へ行くよう頼んだ後に、西行は、高野山を下りた。

第四章　保元《ほうげん》の乱 新院編

炬火《たいまつ》の揺《ゆ》らめく闇を、葬列が行く。

七月二日、安楽寿院御所《あんらくじゅいんごしょ》で崩御《ほうぎょ》した鳥羽上皇は、その夜安楽寿院の御塔に遷《うつ》された。その葬列に、西行は付き従った。墨染めの僧衣の西行が葬列に加わっても、誰も怪しむ者はいなかった。

北面《ほくめん》の武士《ぶし》として鳥羽上皇《とばじょうこう》に仕えていた頃の思い出が、西行の目に浮かんだ。昔、まさにこの安楽寿院《あんらくじゅいん》が落慶《らっけい》（新築）した時に、鳥羽上皇は左大臣徳大寺実能《さだいじんとくだいじさねよし》を連れて下見し、西行はただ一人御供《おとも》として従ったのである。

「今宵《こよひ》こそ　思《おも》ひ知《し》らるれ　浅《あさ》からぬ　君に契《ちぎ》りの　ある身《み》なりけり」

（たまたま御葬送《そうそう》にめぐりあった今宵《こよい》こそ、本当に思い知られたことです。昔も、そしてまた今もこうして安楽寿院《あんらくじゅいん》の御幸《みゆき》の御供《おとも》をさせていただくとは。亡き鳥羽上皇《とばじょうこう》には、前世からの浅からぬご縁のある我が身だったのでした）

いよいよ葬列は御塔に到着した。参列した人々が帰った後も西行は残り、翌日昼頃まで僧侶達とともに法要をした。

「訪《と》はばやと　思《おも》ひ寄《よ》らでぞ　嘆《なげ》かまし　昔《むかし》ながらの　我身《わが》なりせば」

（昔ながらの在俗のわが身でありましたなら、出家した今のように、ご供養《くよう》のため、お訪《たず》ねしたいなどとは思いもよらず、ただ嘆くばかりであったことでしょう）


もし自分が、出家遁世《しゅっけとんせい》しない昔ながらの自分であったならば、安楽寿院御本塔にまで御供《おとも》し、弔問《ちょうもん》できるような身ではなかっただろう。鳥羽上皇にとってもあのお方にとっても、自分は物の数に入らぬ身であった。

それなのに、出家遁世《しゅっけとんせい》したことによって、自分は高貴の人々が去った後までこの場に残り、一晩奉仕することができた。

翌日退出する際《さい》、何気なく西住《さいじゅう》がすれ違い囁《ささや》いて去っていった。

「今日の夕刻、昔の東山《ひがしやま》の御坊の庵《いおり》へいく。寂然《じゃくぜん》様も一緒だ」

そのまま西行は夏の日光の差す安楽寿院を後にした。

西行は、出家当初に結んだ東山《ひがしやま》の庵《いおり》にいた。床に吹き込んで溜《た》まった木の葉や埃《ほこり》を掃《は》きだした頃、二人の僧が庵《いおり》を訪れた。

一人は西行と同じ簡素な法衣に痩《や》せて武骨な体躯《たいく》を包んだ僧、西住《さいじゅう》である。出家後は仁和寺《にんなじ》の守覚法親王《しゅがくほうしんのう》に仕えた。一緒に修行の旅をし、互いに庵《いおり》を訪《たず》ね合い、西行の影のように歳月を共に過ごしてきた腹心の友である。

一人は柔らかな絹地の僧衣をまとい品の良い穏やかな表情の寂然《じゃくぜん》である。父藤原為忠《ふじわらのためただ》は歌人であり、その三兄弟も歌人である。三人とも出家して常磐《ときわ》や大原に隠棲《いんせい》し、寂念《じゃくねん》（為業《ためなり》）、寂超《じゃくちょう》、寂然《じゃくぜん》の三寂《さんじゃく》と呼ばれた。特に寂然《じゃくぜん》は西行と気が合い親しかった。寂然《じゃくぜん》の兄藤原為業《ふじわらのためなり》はこの頃権大進《ごんのだいしん》という官職にあり、宮中の情報を寂然《じゃくぜん》に伝えてくれた。

西行は、二人に汲《く》みたての清水《しみず》を土器《かわらけ》でふるまった。

三人は話し合い、ここ東山の西行庵《あん》をこれから毎日訪《おとず》れて情報を伝え合うことにした。

二日後の七月五日の事である。東山の西行庵《あん》に来た西住《さいじゅう》が、囁《ささや》いた。

「検非違使《けびいし》達が大勢高松殿《たかまつどの》に招集《しょうしゅう》されているぞ」

高松殿《たかまつどの》は後白河天皇《ごしらかわてんのう》の御所である。検非違使《けびいし》達が御所に招集《しょうしゅう》されているのは、只事《ただごと》ではない。朝廷の権力によって後白河天皇側に強大な武力を結集させているのだ。

宮中に詳《くわ》しい寂然《じゃくぜん》が呟《つぶや》いた。

「新院（崇徳院）と左大臣藤原頼長《よりなが》が結託《けったく》して軍を起こし謀反《むほん》する、という噂が都中に広まっているからだろうな」

その翌日の七月六日に、僧正坊《そうじょうぼう》が報告した。

「東山法住寺《ほうじゅうじ》で武士達が捕らえられたぞ」

鎧兜《よろいかぶと》の武士十四、五騎、徒歩《かち》の武者を含めて総勢三十余名だったという。藤原頼長《よりなが》の家人、大和国《やまとのくに》の宇野親治《うのちかはる》の武士達だった。後白河天皇側の藤原頼長《よりなが》への挑発である。

七月八日には鳥羽上皇の初七日《しょなのか》が盛大に行われたが、崇徳上皇は参加しなかった。

この日藤原頼長《よりなが》の邸宅東三条殿《ひがしさんじょうどの》に兵が乱入し、邸内において祈祷《きとう》していた平等院の僧を捕《と》らえた。僧は「関白藤原忠通《ただみち》殿と藤原頼長《よりなが》殿の仲が和睦《わぼく》するための祈祷《きとう》だ」と言ったが、後白河天皇への呪詛《じゅそ》と謀反《むほん》の動かぬ証拠とされた。

この間、崇徳上皇は動いていない。鳥羽上皇の崩御《ほうぎょ》以来、鳥羽田中殿《とばたなかどの》に籠《こ》もったきりだ。それなのに、じりじりと罠《わな》が狭《せば》められていくように謀反《むほん》の噂は広まり、謀反《むほん》の証拠とされるものが握られ、謀反《むほん》に備える為《ため》という口実で、天皇側に大勢の兵が招集されている。

西行は、時勢を測っていた。

七月九日の夜、崇徳上皇は鳥羽田中殿《とばたなかどの》を脱出し、故白河上皇ゆかりの白河北殿《しらかわきたどの》に移った。

東山の山際《やまぎわ》に一条《ひとすじ》の紅《くれない》が射《さ》しはじめる東雲《しののめ》に、それを僧正坊から聞いた西行は、尋《たず》ねた。

「覚性法親王《かくしょうほうしんのう》は、どこにおられる？」

「七月八日に一院（鳥羽上皇）の初七日《しょなのか》を終えられると、仁和寺《にんなじ》へ戻られたようだ」

寂然《じゃくぜん》の言葉を聞いて、西行は言った。

「僧正坊、頼む」

「応《おう》！」

頷《うなず》くと、僧正坊は消えた。


仁和寺《にんなじ》へ静かに行く高僧と、供の僧二人がいた。北院《ほくいん》で、高僧は案内を請《こ》うた。

「兼賢阿闍梨《けんけんあじゃり》様に、お目通り願います」

編《あ》み笠《がさ》を下ろすと、日に焼けて大作りな目鼻立ちの僧の目は、穏やかに伏せられていた。地味な黒の僧衣ではあるが、柔らかな光沢は絹地であるらしい。手にした黒檀《こくたん》の数珠《じゅず》も艶《つや》やかだ。供の僧達はまだ十代であるのか、頬が紅く、藁草履《わらぞうり》を履いた素足の踵《かかと》が美しい。

兼賢阿闍梨《けんけんあじゃり》が奥の間から現れると、僧は静かに合掌した。

「覚性法親王《かくしょうほうしんのう》様が亡き御父君のご供養《くよう》に鳥羽《とば》殿にお出ましの由《よし》、承《うけたまわ》りまして、御供に参上《さんじょう》いたしました」

「お役目、ご苦労。法親王《ほうしんのう》様はすでにお支度調《したくととの》えられており、すぐにお出かけになるゆえ、しばし、待たれよ」

格調高い網代輿《あじろごし》が、しずしずと京の大路《おおじ》を行く。傍《かたわ》らには絹地の法衣を纏《まと》った高僧と、二人のうら若い供の僧が従っていた。

だが昨夜、崇徳院が鳥羽田中殿《とばたなかどの》を脱出して白河北殿《しらかわきたどの》に入ったという知らせは後白河天皇側にすでに通達されて、大路《おおじ》は全て武士達が厳重に警備していた。

鳥羽《とば》殿にさしかかる手前で、武士達が輿《こし》を見咎《みとが》めた。

「おい、そこの輿《こし》は、どなたの輿《こし》じゃ」

輿《こし》は止まり、高僧が静かに振り返った。

「恐れ多くも亡き一院の皇子、覚性法親王《かくしょうほうしんのう》のお輿《こし》でございます。亡き院のご法要に向かわれる所です」

「初七日《しょなのか》は、先になさったではないか」

「御父君のご供養《くよう》です。四十九日までは、亡き院の御霊《みたま》は中有《ちゅうう》におられます。毎日でも御経を捧《ささ》げに上がられたいという尊いお志《こころざし》なのです」

「まことか。昨夜、怪しき輿《こし》が御所を移られたという噂じゃ。大路《おおじ》を行く輿《こし》は、重々念を入れて取り締まれとお達しがある。お通しする訳には参らぬ。さっさとお帰りなされい」

武士達は腰の刀を振り上げて、僧を脅《おど》した。高僧は、一足前に出て、武士達に向き合った。若い供の僧が、輿《こし》を背に、高僧の左右に控《ひか》えた。高僧がしずかに武士達に目を向けた。

その時、武士達の振り上げた太刀が、止まった。

僧はただ静かに佇《たたず》んでいるだけなのに、何故か、どこからも打ち込めない。

武士達は、痺《しび》れたようにその場に凍《こお》り付いた。

背後の松から、ばらばらと烏《からす》が舞い降りた。

舞い降り際《ぎわ》に武士達の項《うなじ》を素手で一打ちした。

武士達は声も無く崩《くず》れ落ちた。

高僧は、何事も無かったように輿《こし》に戻った。

若い供の僧も高僧に従い、再び輿《こし》はゆっくりと動き始めた。

こうして鳥羽殿《とばどの》に、輿《こし》は運び入れられた。

覚性法親王《かくしょうほうしんのう》が無事に鳥羽殿《とばどの》に迎え入れられるのを見届けると、若い供の僧二人は、僧衣を脱ぎ捨てた。

烏天狗《からすてんぐ》の姿に戻ると、ひらりと木の枝に飛び移り、東山の西行庵《あん》に知らせに行った。

高僧は絹地の法衣を着たまま素早く武士達のたむろする大路《おおじ》を抜け、仁和寺《にんなじ》の兼賢阿闍梨《けんけんあじゃり》へと向かったのである。

その日のうちに、御所に召集する宣旨《せんじ》が源義朝《みなもとのよしとも》に届いた。源義朝《みなもとのよしとも》は、正装して朝廷の使者から宣旨《せんじ》を受け、使者が去ると愛用の太刀を磨《みが》き始めた。

太刀は義朝《よしとも》が日々自分で磨《みが》いていた。名工が鍛《きた》えた大太刀である。坂東武者好みの力強いしなりを持つ刀身《とうしん》に、美しい刃文《はもん》がゆったりと波打っている。刃先《はさき》は鋭く繊細《せんさい》で、堅《かた》い首も切れるが髭《ひげ》まですっと切れてしまう。いつか思う存分これを振《ふ》るいたい。磨《みが》くたびに、義朝はそう思っていた。戦《いくさ》がしたい。たとえそこが死に場所となっても構《かま》わない。武家の棟梁《とうりょう》たる者、晴れの場所で思う存分名刀を振《ふ》るい、鍛《きた》え抜いた武芸を発揮《はっき》したい。源義朝は神棚《かみだな》に捧《ささ》げた宣旨《せんじ》を見上げた。

源義朝は、すでに坂東では歴戦の武将だった。坂東の地は院や伊勢神宮などの寺社に寄進された荘園が増え、在地豪族《ざいちごうぞく》との間で果てしなく領地争いを繰り返していた。義朝はそれを武力でまとめあげ、坂東武者の間で確固たる勢力を有していた。だが朝廷から見れば、源義朝は東夷《あずまえびす》の跋《ばっ》扈《こ》する地の一武将に過ぎなかった。いくら坂東で戦《いくさ》に勝ち坂東を掌握《しょうあく》しても、京での官位は低かった。

晴れて宣旨《せんじ》をいただいた今こそ、手柄《てがら》を立て名をあげれば、一躍《いちやく》名声を手にし官位も上がり、源家一門の繁栄《はんえい》を築《きず》くことができるだろう。

源義朝には、宣旨《せんじ》が神々《こうごう》しく光を放《はな》って見えた。

平清盛《たいらのきよもり》も同じ頃、宣旨《せんじ》を受け取っていた。だが清盛は、最後まで躊躇《ためら》っていた。

平家一門は、既に西海の海賊退治によって手柄をたて朝廷に認められていた。平家は西海貿易と瀬戸内海の交通を掌握《しょうあく》し、富と武力を蓄《たくわ》えていた。朝廷でも着々と人脈を築き上げている。わけても父平忠盛《たいらのただもり》は重仁親王の乳母夫《めのと》であり、平清盛は重仁親王の乳母子《めのとご》でもある。

今の名声と地位、朝廷の力関係を、平清盛は秤《はかり》にかけていた。できれば中立を保ち後白河天皇にも崇徳上皇にも弓を引きたくはなかった。


七月十一日に日付が変わった直後、未明の暗闇を三手に分かれた後白河天皇側の軍隊が粛々《しゅくしゅく》と進軍し始めた。

手柄を立てるのを待ち望んでいた源義朝《みなもとのよしとも》軍二百騎は、白川北殿《しらかわきたどの》南門へとまっしぐらに向かう中央の大炊御門大路《おおいみかどおおじ》を行き、最大の兵力を誇る平清盛軍三百騎は、南の二条大路を、源義康《みなもとのよしやす》軍百騎は、北の近衛大路《このえおおじ》を行った。

夜討《ようち》ちである。なりふり構わぬ熾烈《しれつ》な野戦《やせん》に慣れた、東国の戦《いくさ》のやり方であった。

その日源義朝《みなもとのよしとも》が夜討《ようち》ちを提言し、信西は答えた。

「合戦の事はすべてお主の考え通りでよい。先《さき》んじる時は人を制《せい》し、後《おく》れる時は人に制《せい》せられる、という故事《こじ》にも適《かな》っている。一人もこの御所に残ることなく、兵をこぞって攻撃に立ち向かわれよ」

一方その頃、崇徳上皇側の藤原頼長《よりなが》も同じく夜討《ようち》ちを進言されていた。だが頼長《よりなが》は

「夜討《ようち》ちなどは、十騎、二十騎の武士達の私事《わたくしごと》の戦法だ。これは天皇と上皇の一国の政《まつりごと》を争う戦《いくさ》である。夜討《ようち》ちが良いとは思わない」

とそれを退《しりぞ》けた。

源義朝は、出陣にあたって立ち上がり、紅《くれない》の扇《おうぎ》で日の出を描いたものを開いて見せ、

「この世に生まれて、この戦《いくさ》に合うのは、我が身の幸運だ。今までの戦《いくさ》はすべて私戦で、朝廷の権威を恐れ、存分に戦えなかった。今宣旨《せんじ》をいただいて、朝敵《ちょうてき》を平《たい》らげ恩賞《おんしょう》に預《あず》かること、これこそ我が家の面目《めんぼく》だ。武勇をこの時に発揮《はっき》し、命をただいまに捨てて、名を後代《こうだい》に上げ、恩賞《おんしょう》を子孫に施《ほどこ》そう」

晴れ晴れと歓《よろこ》び勇《いさ》んだ。

鴨川《かもがわ》を隔《へだ》てて源義朝は、大将自ら敵陣にまっさきに馬で駆け出そうとしたのである。

攻められた崇徳上皇側も、鴨川《かもがわ》を死守して果敢《かかん》に敵を押し返した。

たった一人で西門を守っていた武将は、まだ十七、八歳の若武者、源為朝《みなもとのためとも》であった。

源為朝《みなもとのためとも》は身の丈《たけ》七尺（二メートル十二センチ）、生まれついての弓の上手で、左腕が右腕よりも四寸（十二センチ）長く、このため八尺五寸（二メートル五七センチ）の大弓を引く、人並み外れた大男である。

普段は革製の練鐔《ねりつば》をつけた太刀で三尺五寸（百六センチ）あるのを、なんと熊の皮で作った尻鞘《しりざや》に入れて腰に下げていた。源為義《みなもとのためよし》の八男だったが、暴《あば》れ者すぎて十三歳の頃、父為義《ためよし》に勘当されて九州に追われた。だがわずか三年間で九州を征服し、朝廷の許しもなく勝手に鎮西《ちんぜい》（九州）の惣追捕使《そうついぶし》になってしまった。父の源為義《ためよし》はそのために官職を解《と》かれたのである。

この戦《いくさ》で晴れて父為義《ためよし》に呼ばれ崇徳上皇のために戦えると、源為朝《みなもとのためとも》は勇《いさ》んだ。源為朝《みなもとのためとも》は、

「千騎でも、万騎でも、一番強い所へ為朝《ためとも》を一人、遣《つか》わせてください」

と申し出て、たった一人で西門を任され、平清盛の大軍と激突した。

この日源為朝《みなもとのためとも》は、白地《しろじ》の錦《にしき》の直垂《ひたたれ》に唐綾縅《からあやおどし》の鎧《よろい》、兜《かぶと》には竜頭《たつがしら》をきらめかせ、鞘《さや》には美しい金属の覆《おお》い（覆輪《ふくりん》）をかけた長覆輪《ながふくりん》の太刀《たち》を佩《は》き、八尺五寸の大弓を持って、白葦《しろあし》毛《げ》の太くたくましい馬に金覆輪《きんぷくりん》の鞍《くら》を置いて乗り、平家の軍勢を迎えた。

伊勢《いせ》の名門伊藤五、伊藤六兄弟が突き進むと、源為朝《みなもとのためとも》は伊藤六を、鎧《よろい》の頑丈《がんじょう》な胸板《むないた》ごと射通《いとお》し、その上その矢は、伊藤五の鎧《よろい》の射向《いむけ》の左袖《ひだりそで》に、裏まで突き刺さった。

十七歳の伊藤六は、瞬時もこらえられず、落馬して死んでしまった。

伊藤五は、袖《そで》に矢が立ったまま取って返して、安芸守平基盛《あきのかみたいらのもともり》（平清盛の次男）に
「六郎は死んでしまいました。これをご覧ください。筑紫《つくし》の八郎殿の弓勢《ゆんぜい》のすごさよ。この忠清《ただきよ》は、負傷しました。この矢は、伊藤六の胸板《むないた》を突き通し、私の射向《いむけ》の袖《そで》の裏にまで突き刺さりました。これほどの弓勢《ゆんぜい》は、いまだ見たことがありません。いかがしますか。引き返させなさいませ」

と言ったので、平清盛軍は退却して、別の門を攻めようとした。

源義朝《よしとも》軍と源為朝《ためとも》軍はついに対陣し、両将軍は互いに馬上で名乗り合った。義朝《よしとも》は
「さては遥《はる》か年下の弟ではないか。どうして兄に敵対するのか。兄に弓引く者は、罰が当たるぞ。投降しろ、助けよう」

と言うと、為朝《ためとも》はからからと笑って、

「や、兄君。兄に向って弓引く者に罰が当たるならば、父に向かって矢を放つ者はいかがか」

と申した。道理なので、義朝《よしとも》は声も出せない。為朝が見ると、馬上の義朝は人並み優《すぐ》れて背が高く、兜《かぶと》の正面が、射当てるのによさそうに見えた。為朝は自慢の鋭い矢をつがえ、まだ暗い中を透《す》かし見て、一矢で射落とそうとしたが、

「待て待て、しばし。主上《しゅしょう》、上皇といえどもご兄弟でいらっしゃる。父為義《ためよし》と兄義朝《よしとも》は敵味方に

分かれている。『主上《しゅしょう》がお勝ちになれば、お主を頼んで、私はそちらに参ろう。上皇がお勝ちになれば、私を頼んで、お主を助けよう』と、内々《ないない》に約束があるのかもしれぬ。ずっと勘当されて親不孝の身であったのに、今また親の許しもなく兄を射殺《いころ》して、重ねて不孝をしたら大変だ」と、思い直して、矢を外《はず》した。為朝《ためとも》の心の内は、優しく情けもあったのである。

それぞれの門で激闘が続いた。だが圧倒的に敵の数が多い。為朝は西門だけは守り抜こうと、「大将軍の義朝《よしとも》に矢風《やかぜ》を浴びせよう」と家臣に告げて、さっと立ち上がった。

為朝は鏃《やじり》のよい征矢《そや》をつがえ、よく引き絞《しぼ》ってひょうっと射《い》た。矢は、義朝の兜《かぶと》の竜頭《たつがしら》に鍬形《くわがた》を取り付けた兜《かぶと》の星を、七つ、八つ、からりと射散《いち》らして、後ろの御堂の門の方立の板に深々と突き刺さった。義朝《よしとも》は目の前が暗くなり落馬しそうになったが必死に立ち直り、「為朝《ためとも》の腕前は、聞いていたほどでもないな。義朝《よしとも》ほどの敵を、下手に射たものだな」

と言うと、為朝《ためとも》は大声をあげて笑い、

「一の矢は、兄君に遠慮して、わざと的《まと》を外《はず》しました。お許しくだされば、二の矢は、お言葉に従い、見事に射貫《いぬ》くことにいたしましょう」

と言って矢をつがえて引くのを見て、義朝《よしとも》はまずいと思ったのか、門の扉の陰へ馬を寄せ「相模《さがみ》の若者ども、いつのために命を惜しむべきか、攻《せ》めよ攻《せ》めよ、駈《か》けよ駈《か》けよ」

と命じたので、皆、人に負けまいと一斉に門に進みよった。

源義朝《よしとも》は攻めあぐんで、後白河天皇の御所に使いを送って火攻めの可否を伺《うかが》い、信西がこれを許可した。

そして、ついに白河北殿《しらかわきたどの》に火が放たれた。崇徳上皇のいる御所を、崇徳上皇もろとも火攻《ひぜ》めにしたのである。崇徳上皇側の武将達は奮戦《ふんせん》し、身を楯《たて》にして崇徳上皇と藤原頼長《よりなが》を逃がした。だが藤原頼長《よりなが》は流れ矢が顔に当たった。瀕死《ひんし》の藤原頼長《よりなが》は故郷宇治《うじ》にたどり着いて父藤原忠実《ただざね》に面会を求めるが、藤原忠実《ただざね》は藤原摂関家《せっかんけ》の存続を思い、面会を許さなかった。藤原頼長《よりなが》は一晩苦しみ抜いた末に亡くなった。

崇徳上皇は敗走し、如意山《にょいさん》に逃げ込んだ。

崇徳上皇の御供《おとも》には、源為義《みなもとのためよし》、家弘《いえひろ》、季能《すえよし》などが従った。道は馬に乗って行けないほど狭く急な山道となり、崇徳上皇は馬から降りて歩いた。武士達は皆馬から降りて崇徳上皇の手を引き、崇徳上皇の足をいたわりながら進んでいった。そのうちに山中にて、崇徳上皇は疲労のあまり俄《にわか》に気を失った。

御供《おとも》の人々は、慌《あわ》て騒いで崇徳上皇を支えたが、皆どうしてよいかわからず、途方《とほう》に暮《く》れた。

しばらくして、

「誰《たれ》かおるか」

と、崇徳上皇がおっしゃった。

側《そば》にはこれほど大勢の人々が居並《いなら》んでいるというのに、崇徳上皇は、

「誰もいないのか」

とつぶやいた。何も見えないのだろうか。

武士達が、

「それがし、候《そうろう》」「それがし、候《そうろう》」と、声々に名乗《なの》り出ると、

「水は、あるか。飲ませてくれ」

と仰《おお》せになったので、人々は谷の方へ走り降りてみたが、川はなく、水は無かった。

「これはどうしたものか」

と人々が困り果てていると、そこに老僧が通りかかった。水瓶《みずがめ》に水を入れて寺の方へ運んでいるところらしい。人々は老僧を呼び止め、水を分けて貰《もら》った。崇徳上皇は水を飲むと、

「もうここまでで良い、どうしても体が動かないのだ。私をここに捨てて、そなた等は、それぞれ逃げ延びるがよい。私一人なら、命乞いすれば命ばかりは奪われないであろう。そなた等がここに残れば戦いが始まり、命を落とすことにもなろう」

と言う。源為義《みなもとのためよし》以下の兵《つわもの》どもはみな落涙して鎧《よろい》の袖《そで》を濡《ぬ》らしながら、

「お見捨てすることなどできません」

と口々に言った。すると、どこからか先刻の老僧が現れた。

「わしは如意ヶ嶽薬師坊《にょいがたけやくしぼう》じゃ。鞍馬山僧正坊《くらまやまそうじょうぼう》から崇徳上皇をお守りするよう言われておったが、わしは、あいつは偉そうで好かぬ。それでさっきは様子を見ておったが、君《きみ》の仰《おお》せに感じ入り申した。この君《きみ》こそ、臣下を思うまことの君《きみ》じゃ。この如意ヶ嶽薬師坊《にょいがたけやくしぼう》が、君《きみ》をお守りし、山伝いに仁和寺《にんなじ》までお運びいたす」

老僧が合図すると、粗末な輿《こし》と四人の烏天狗《からすてんぐ》が現れた。

如意ヶ嶽薬師坊《にょいがたけやくしぼう》は、木深《こぶか》い崖際《がけぎわ》に向かって言った。

「そこの鞍馬山《くらまやま》の烏天狗《からすてんぐ》ども。行って、僧正坊《そうじょうぼう》に伝えよ。そなたらは、今宵一晩《こよいひとばん》、偽物《にせもの》の輿《こし》を仕立てて京中を適当に歩き回り、戸を叩いておれ。さぞ僧正坊《そうじょうぼう》が悔しがるじゃろう」

如意ヶ嶽薬師坊《にょいがたけやくしぼう》は、崖《がけ》に向かってかかか、と大笑した。

如意山《にょいさん》から烏天狗《からすてんぐ》が東山《ひがしやま》西行庵《あん》に戻り、如意ヶ嶽薬師坊《にょいがたけやくしぼう》の言葉を伝えると、途中から僧正坊《そうじょうぼう》の顔色がみるみる真っ赤になり、両眼は怒りにかっと見開かれた。

「おのれ、如意ヶ嶽薬師坊《にょいがたけやくしぼう》め」

「だから」

西行は呆《あき》れて僧正坊の肩を叩《たた》いた。

「何度も話しておいただろう。此度《こたび》、お主には別に大事な役目を果たして欲しいと」

「そりゃ、そうだが……、なんだか、薬師坊《やくしぼう》の方が、目立ちそうだ」

「お主は、目立っては困る。これからすぐ仁和寺《にんなじ》へ行き、兼賢阿闍梨《けんけんあじゃり》様にご連絡してくれ。新院《しんいん》が仁和寺《にんなじ》に向かわれている。お迎えする準備をしてくださいと、お伝えしてくれ。薬師坊《やくしぼう》は、おそらく山伝いに嵐山《あらしやま》から嵯峨野《さがの》に目立たぬよう移動しているだろう。万一敵方が襲《おそ》ってきた時、新院を護《まも》りながら小人数で応戦するのは、手に余ろう。道々鞍馬山《くらまやま》の烏天狗《からすてんぐ》を忍ばせて、いざという時は新院《しんいん》を御守りしてくれ。頼んだぞ、僧正坊。お主にしか頼めない、大事な役目なのだ」

「応《おう》！」

大事な役目、と言われると、この大天狗《おおてんぐ》は嬉《うれ》しくなるらしい。

瞬《また》く間に庵《いおり》から消えた。


追っ手の目を避けて崇徳上皇は七月十一日夜、仁和寺北院《にんなじほくいん》に着き、出家を遂《と》げた。

朝廷側が、崇徳上皇が北院にいる事を知り、上皇を北院から仁和寺《にんなじ》別院の土橋旧房に遷《うつ》して拘束するのは、七月十三日のことである。だが、まだ誰も崇徳上皇の行方《ゆくえ》を知らなかった七月十二日の夜、西行は一人、仁和寺北院《にんなじほくいん》を訪《たず》ねて、兼賢阿闍梨《けんけんあじゃり》に歌を託《たく》した。

「かゝる世に　影《かげ》も変《かは》らず　澄《す》む月を　見《み》る我身《わがみ》さへ　恨《うら》めしきかな」

（大事件が起こって、思いもかけず新院が御出家になるような世の中が恨《うら》めしいばかりか、こんな時でも常に変わることなく光り輝いて澄んでいる月を、こうして美しいなあ、と見ている我が身までもが恨《うら》めしく思われることです）

この日、ただ一人仁和寺北院《にんなじほくいん》で月を見上げている自分が、西行はつくづく不思議だった。先日も鳥羽上皇の葬儀に立ち会い、人々が立ち去った後も一晩供養した。もし出家していなかったら、自分は、対立する鳥羽上皇と崇徳上皇の両方に、こうして仕えることができただろうか。

すべてを捨てて出家したからこそ、今自分はこうして、鳥羽上皇にも崇徳上皇にも歌を捧《ささ》げることができたのかもしれない。西行はしみじみと感慨《かんがい》に耽《ふけ》った。だが結局自分には歌を捧《ささ》げることしか出来なかったのか、という思いも、この先西行は抱《かか》え込むことになった。

第五章　保元の乱 その後

人間というものは、どこかで輝く時を待っているのであろうか。

源義朝《みなもとのよしとも》は、宣旨《せんじ》を受けて戦《いくさ》ができることを、心底喜んでいた。見事に戦えば名を残すことができる。それはこれまでどんなに戦果を上げても地方の私闘とみなされてきた坂東武者の、悲しい心躍《こころおど》りだった。

源為朝《みなもとのためとも》も、戦《いくさ》に喜び勇《いさ》んだ。生来乱暴者すぎて父源為義《ためよし》に勘当され九州に追われた。このままでは、いくら強くても単なる無法者として九州に埋もれる他なかった。それが今は晴れて父為《ため》義《よし》に命じられて、都で帝《みかど》と上皇《じょうこう》の大戦《おおいくさ》に参戦できる。

為朝《ためとも》は、思う存分に戦った。


保元《ほうげん》の乱《らん》の後、前例の無い厳しい処断が連日続いた。

後白河天皇の乳母夫《めのと》、信西《しんぜい》によるものであった。

崇徳院は讃岐《さぬき》に流された。源為義《みなもとのためよし》とその子供達は源義朝に、平忠正《たいらのただまさ》は甥《おい》の平清盛によって斬刑に処せられた。

死刑は平安京では三百四十年間行われていなかった。源為義《みなもとのためよし》もそれを知っていたからこそ、我が子義朝を頼って自首したのである。信西《しんぜい》の処断によって父や弟達を斬刑にしなければならなくなった源義朝は、驚愕《きょうがく》した。

驚愕《きょうがく》したのは、源義朝だけではなかった。

西行も崇徳院の讃岐《さぬき》流刑《るけい》の知らせを聞いて、茫然《ぼうぜん》とした。

天皇の流刑《るけい》は四百年前、奈良の都の頃に淳仁《じゅんにん》天皇が淡路島《あわじしま》に流されて以来、絶えて無かった。

西行も寂然《じゃくぜん》も西住《さいじゅう》も、深い挫折感を抱いてそれぞれの庵《いおり》に戻っていった。


保元《ほうげん》の乱の後、後白河天皇の周りには、支える者がいなくなってしまった。

天皇を補佐《ほさ》していた摂関家の力は衰えた。左大臣藤原頼長《よりなが》は戦死し、藤原忠実《ただざね》は京都の北にある知足院《ちそくいん》に幽閉された。藤原忠通《ただみち》も摂関家の所領を守ることで精一杯だった。


信西《しんぜい》は、こうして表舞台に出た。

信西は出家前は藤原通憲《ふじわらのみちのり》といい当世無双《とうせいむそう》の秀才博学と言われたが、摂関家ではないので出世は望めないと諦《あきら》めて出家し、少納言入道《しょうなごんにゅうどう》と呼ばれていた。

それが保元《ほうげん》の乱《らん》の後は、摂関家の衰退によって信西が万事を裁断するようになった。

信西は、妥協しなかった。今は長年積み上げた我が学識を生かす時だ。信西は生ぬるい日本の先例ではなく、和漢の書籍に基づく理非と道理によって、容赦なく混乱を裁いた。

保元の乱に勝利したものの、後白河天皇は己の正統性に今一つ自信が持てなかった。

もともと四宮であり、亡き鳥羽上皇《とばじょうこう》には「天皇の器《うつわ》ではない」と言われ、人脈も乏しかった。

だからこそ信西は、敵側に立った者達を殊更峻烈《ことさらしゅんれつ》な処断によって押さえ込んだ。批判する人々を震え上がらせて沈黙させた。その上で信西は、長年焼失していた大内裏《だいだいり》を新造し、記録所を置き、法制を整えて後白河天皇の権威を高め、新たな秩序を作り上げたのである。

だが信西は、反発も一身に背負うことになった。

それからわずか四年後、反信西派が、動いた。

平清盛が熊野参詣《くまのさんけい》に行き京を留守にした隙《すき》を突き、院近臣藤原信頼《いんきんしんふじわらののぶより》と源義朝が結んで後白河院と二条天皇を幽閉《ゆうへい》し、信西打倒の狼煙《のろし》を上げた。

平治の乱《へいじのらん》である。

信西は事前に危険を察して妻子を逃れさせ、自分は宇治に脱出した。だが追っ手が迫ると、大道寺《だいどうじ》の山中の地面に穴を掘って自分を穴底に埋めさせた。

湿った穴底で追っ手の馬の蹄《ひづめ》や足音が近づくのを聞きながら、信西には後悔の念は、ひとかけらもなかった。

保元《ほうげん》の乱後、連日峻烈《しゅんれつ》な処断を続けた頃から、信西は己《おのれ》一身に反発が集中するのはわかっていた。

源義朝は、父為義《ためよし》と五人の弟を自らの手にかけなければならなかった時、必死の形相《ぎょうそう》で信西に訴えた。

「このたびの戦《いくさ》で第一の功《こう》を挙《あ》げたのは私、源義朝である。私の働きがなかったら、後白河天皇は勝利されていたかどうか、わからない。この私の働きに免《めん》じて、父と弟達の命を救って欲しい」

だが信西はそれを退《しりぞ》けた。

この戦《いくさ》は、天皇家も摂関家《せっかんけ》も源氏も平家も、父と子が、兄と弟が、敵味方に分かれて戦った戦《いくさ》である。ここで情を断ち敵を一掃《いっそう》しておかなければ、混乱は収まらない。非情に徹しなければ、理非《りひ》は通らないのである。

理非の通る世の中、道理と法の通る世の中でなければならない。それは摂関家《せっかんけ》でないために出世を諦《あきら》めた信西の長年の夢であった。いくら学問を積んでも、この世の中は道理も法も通用しなかった。院や摂関家に取り入った者は能力が無くても重用《ちょうよう》された。家柄の良い者と、権力者にこびへつらう者が出世した。官位は成功《じょうこう》によって売買されていた。人脈と財力があれば能力が無くても優遇され、それが無ければどんなに実力があっても這《は》い上がれない世の中だった。

保元《ほうげん》の乱後、信西が後白河天皇の下で施政《しせい》を行っていた間、信西は土地争い等の評定《ひょうじょう》も理非を良く調べて決定した。そのためこの時期の裁断《さいだん》は公明正大であったということだ。

源義朝の必死の訴えを退《しりぞ》けた時から、信西はこの日の来るのを予想していた。だからこそ妻と子供達を全員、素早く邸《やしき》から逃がすことができたのである。

自分は、理非と道理に一命を賭《か》けたのだ。何の悔いることがある。自分の心には、一点の曇《くも》りもない。

信西は土の匂いの立ちこめる穴の中で、己の胸を腰刀で突いた。

信西の首は土中から掘り出されて、獄門《ごくもん》の前の木に懸《か》けられた。


その後平清盛は熊野参詣《くまのさんけい》の途中で知らせを聞き、急いで都に戻り御所に幽閉《ゆうへい》されていた二条天皇を六波羅《ろくはら》の自邸に取り戻した。後白河院はただ一人、馬に乗って仁和寺へ脱出した。藤原信頼《のぶより》・源義朝と平清盛の戦《いくさ》が起こった。藤原信頼《のぶより》は斬首され、源義朝は鎌田次郎正清《かまたのじろうまさきよ》とともに逃げる途中、尾張国《おわりのくに》で殺された。源義朝の嫡子《ちゃくし》源頼朝《みなもとのよりとも》は、平清盛の義母池禅尼《いけのぜんに》の必死の命《いのち》乞《ご》いにより一命を許されて伊豆に流された。

平治《へいじ》の乱の後、平清盛はいよいよ強大な権力を握った。保元《ほうげん》の乱、平治《へいじ》の乱を治めた平清盛に敵《かな》う者は、天下にいなくなった。

平家が栄華《えいが》を極《きわ》める世となったのである。


源義朝も、源為朝《みなもとのためとも》も、信西も、自分が活躍できる時を待っていた。

無名のまま埋《う》もれて死にたくない。命を賭《か》けて活躍し、後世に我が名を刻みたい。

その一心で源義朝も源為朝《みなもとのためとも》も華々《はなばな》しく戦った。信西は表舞台に躍《おど》り出て峻烈《しゅんれつ》な処断を敢行《かんこう》した。己の生きた証を残したい。それは人間の本源的な思いかもしれない。

西行自身も、深くその思いを味わっていた。

西行は在俗中ただ一首、勅撰集《ちょくせんしゅう》「詞花和歌集《しかわかしゅう》」に歌が入れられたが、その歌は身分が低いため「詠み人《よびと》知らず」と記された。西行は自分の名前さえ勅撰集《ちょくせんしゅう》に刻《きざ》むことができなかったのだ。自分の歌は、所詮《しょせん》自分の死とともに、永遠に日の目を見ずに滅びるしかないのだろうか。遁世《とんせい》して幾年が経とうと、「我が歌を残したい」という思いを、西行は振り払うことができなかった。

信西の厳しい処断に愕然《がくぜん》としつつも、西行には信西の思いを否定することはできなかった。もともと信西は待賢門院に判官代《ほうがんだい》として仕え、西行とも面識があったのである。

信西の妻で後白河院の乳母《めのと》であった紀伊二位《きのにい》が亡くなった時、西行は歌を贈った。

「流《なが》れ行《ゆく》　水《みづ》に玉《たま》なす　うたかたの　あはれあだなる　この世なりけり」

（川を流れて行く水に、玉《たま》となって浮かぶ泡《あわ》。その泡《あわ》がすぐ消えてしまうように、あわれではかないこの世の人の運命でございます）

西行は紀伊二位《きのにい》のために、心をこめて美しい十首の歌を捧《ささ》げ、信西の子息達とも哀悼《あいとう》の歌を交わしている。

紀二位《きのにい》の人生も、信西の人生も、流れて行く水に浮かんだ泡《あわ》の玉《たま》のようなものなのだろうか。野心も名声も、何もかも無に帰してしまう、あわれではかないこの世なのだ。


高野山の庵《いおり》に戻った直後、西行はしばらく何をする気にもなれなかった。

西行は敗北した。

西行は内心、崇徳院を仁和寺《にんなじ》に遷《うつ》して出家させれば、南都（奈良）辺りの寺に預けられる程度で事が収まると読んでいた。平安京になって以来四百年、帝《みかど》の流刑《るけい》の先例は無かったからである。

だが信西の処断の峻烈《しゅんれつ》さは、西行の予想を超えた。

今になってみれば信西の意図は、西行にはわかる。後白河天皇の権力は、実は盤石《ばんじゃく》ではない。先《さき》の天皇、崇徳上皇を敬慕《けいぼ》する臣下達が朝廷にはまだ根強く残っている。京周辺に崇徳上皇を預けたら、再び崇徳上皇や嫡子重仁親王《ちゃくししげひとしんのう》を担《かつ》ぎ上げようとする者が出るかもしれない。だからこそ今、断固として排除しておかなければならないのだ。

自分の読みが甘かった、と痛切に西行は感じた。完膚《かんぷ》なきまでの敗北だ、と思った。

これほど多くの血が流れ、先の帝《みかど》が讃岐《さぬき》へ流された大事があったというのに、高野山では何事も無かったかのように朝夕鐘《かね》と誦経《ずきょう》の声が響き、伽藍《がらん》の下を僧達が行き交《か》っている。西行にはそれが奇妙で理不尽《りふじん》な事に思えてならなかった。

自分は何をしたのだろう、自分は何ができたのだろう。自分には何の力も無かった、という苦い思いが始終、西行の脳裏《のうり》を離れなかった。

吉野で西行は金峯山《きんぶせん》から熊野路《くまのじ》へと山を駈《か》ける修験道《しゅげんどう》の行者達《ぎょうじゃ》に出会い、興味を持った。

西行は、吉野の寺で顔見知りになった宗南坊行宗《そうなんぼうぎょうそう》という行者《ぎょうじゃ》に相談した。

「私は大峰《おおみね》の修行をしたいのですが、僧が修験道《しゅげんどう》の修行をするのは例がないので気がひけます」

宗南坊《そうなんぼう》は、

「何か不都合《ふつごう》なことがありましょう、何事《なにごと》も結縁《けちえん》のためですから、どうぞ」

というので西行は言った。

「私のような捨《す》て聖《ひじり》が山伏《やまぶし》の礼法を正しく守って通ることは、できそうにありません。何事《なにごと》も免除してくれるなら、御供《おとも》しましょう」

「そのことは皆が存じています。人それぞれですから、ご心配なく」

と宗南坊《そうなんぼう》は請《う》け合った。

ところが実際に大峰《おおみね》に入ると宗南坊《そうなんぼう》は、礼法を殊更《ことさら》厳しくして責めさいなんだ。

西行が

「私はもとより名声を好まず、利益《りやく》を思いません。ただ結縁《けちえん》のためと思っていたのに、こんな驕慢《きょうまん》な人の下で、身を苦しめ心をくだくことになるとは、悔しい」

と泣いて訴えると、宗南坊《そうなんぼう》は、

「この苦しみは、来世の地獄、餓鬼《がき》、畜生《ちくしょう》、三悪道《さんあくどう》をつぐなって無垢無悩《むくむのう》の宝土《ほうど》に移る心なのですよ」

と懇々《こんこん》と諭《さと》した。

それを聞いてからは西行は熱心に行《ぎょう》に打ち込み、行《ぎょう》を全《まっと》うしたという。武家の名門出身の西行にとって、行《ぎょう》の厳しさ以上に、先輩の山伏《やまぶし》に新入りとしてこき使われるのが辛かったのかもしれない。

大峰修験道《おおみねしゅげんどう》は、狭く笹深《ささぶか》い尾根道を蟻《あり》のように岸壁《がんぺき》にへばり付いて行く「蟻《あり》の門渡《とわた》り」、屏風《びょうぶ》のようにそそり立つ岸壁に行者《ぎょうじゃ》も引き返したという「行者還《ぎょうじゃがえ》り」などという難所が、そこかしこに待ち受けている。真下は切り立った断崖《だんがい》。ともすれば霧で足場も見えなくなる岩場を、先達《せんだつ》のたどるのを見よう見まねで必死にたどるのである。

大峰《おおみね》の深仙《しんせん》は、聖域の中でも最も深い神秘の地であった。

「深《ふか》き山に　澄《す》みける月を　見ざりせば　思出《おもひいで》もなき　我身《わがみ》ならまし」

（山深いここ深仙《しんせん》に、太古から住《す》み、清らかに澄《す》んだ神聖な月を見ることがなかったら、私にはこの世に思い出など何もないと言っていいだろう）

思い出もなき我が身ならまし。

それは、苦い思いを抱えて大峰修行《おおみねしゅぎょう》に入った西行の心の底からふっと出たつぶやきだったかもしれない。

家を捨て官位を捨てて出家遁世《しゅっけとんせい》した。

だが修行を積んで高僧になる訳でもなく、捨《す》て聖《ひじり》として彷徨《さまよ》い歩いている。

自分の人生は、何だったのか。

それなのに、ここ大峰《おおみね》の最も深い神聖な地には、こんなにも神秘的な澄《す》んだ月が輝いている。

この深仙の月だけが、この世の自分の一生の思い出となるかもしれない。

「月澄《す》めば　谷《たに》にぞ雲《くも》は　沈《しづ》むめる　峰吹《みねふき》はらふ　風にしかれて」

（月がいよいよ澄んでくると、雲は谷に沈んでいくようだ。神聖な峰を吹き祓《はら》う風の力で、雲という雲はすべて谷一面に敷《し》き散らされて）


風によってすべての雲が吹き払われ谷に沈む光景を、西行は初めて見た。

月はいよいよ恐ろしいまでに澄《す》み、強い力で輝き渡っていた。

星々はぎっしりと天にちりばめられ、せわしなく瞬《また》き交《か》わしている。

下界で見上げるのとは、星々の大きさが違った。

星々を浸《ひた》す闇の底深さが違った。

銀河の果てまで深い闇は広がり、その闇の彼方《かなた》にも、星々は瞬《また》いている。

金剛界曼荼羅図《こんごうかいまんだらず》は、無限に規則正しく動き続ける星々の群れを描きだしていたのではないか。

図像が描く世界の正確さに、西行は舌を巻いた。

倍伊知《へいち》という宿《しゅく》で月を見上げると、梢《こずえ》の露《つゆ》が袂《たもと》に降《ふ》り懸《か》かってきた。

「梢洩《こずゑも》る　月もあはれを　思《おも》ふべし　光《ひかり》に具《ぐ》して　露のこぼるゝ」

（梢《こずえ》を洩れて、露《つゆ》が落ちてくる。その露に月の光が宿《やど》っている。こんな美しい夜は、私だけでは

なく月もしみじみとあわれと思っているのだろう。月の光を宿《やど》した露《つゆ》が、この私の袂《たもと》に光りながら零《こぼ》れてくるよ）

皓々《こうこう》と天に輝く月の光は、大樹の梢《こずえ》を洩《も》れる露《つゆ》の一雫《ひとしずく》ごとにその光を宿《やど》しつつ、この自分の袂《たもと》にまで零《こぼ》れてくる。露《つゆ》と私の感動の涙とに濡《ぬ》れた袂《たもと》は、月の光を宿《やど》して夜目《よめ》にもほんのりと光っている。

この私の袂《たもと》に宿《やど》っているのは、あの彼方《かなた》に輝く月と、同じ月の光だ。大日如来《にょらい》からすべての仏《ほとけ》、菩薩《ぼさつ》が現《あらわ》れ、無限に響《ひび》き合いつつ、慈悲の光となって遍《あまね》く衆生に降《ふ》り注がれる胎蔵界曼荼羅図《たいぞうかいまんだらず》を、西行は思った。

吉野《よしの》から熊野《くまの》に至る大峰修行《おおみねしゅぎょう》で修行者《しゅぎょうしゃ》達は一度死の苦しみを味わい、再生するという。西行も行《ぎょう》を遂《お》えて、この世に戻ってきた。

崇徳院が讃岐《さぬき》に流されて以来、歌というものはすっかり世に行われなくなってしまった。後白河天皇は相変わらず今様《いまよう》に耽《ふけ》り、歌は好まない。歌は、急速に滅《ほろ》びに向かっていた。

西行は、大きな危機感を抱いて、寂然《じゃくぜん》に歌を書き送った。

「言《こと》の葉《は》の　なさけ絶《た》えにし　折節《をりふし》に　あり逢《あ》ふ身こそ　かなしかりけれ」

（崇徳院が讃岐《さぬき》におうつりになり、和歌の道がすっかり衰《おとろ》えてしまったこの時代に生きてめぐり逢《あ》う我が身こそ、悲しいことです）

寂然《じゃくぜん》からも、返歌が届いた。

「敷島《しきしま》や　絶《た》えぬる道に　泣《な》く泣《な》くも　君とのみこそ　跡を忍ばめ」

（崇徳院が讃岐《さぬき》にお遷《うつ》りになって絶《た》えてしまった和歌の道に、涙ながらもあなたとだけ崇徳院の御跡《おんあと》を、在《あ》りし日の和歌が盛んであった時代を偲《しの》びましょう）

讃岐《さぬき》の崇徳院の女房から、西行庵《あん》に手紙が届いた。崇徳院から直接手紙を届けることはかなわないので、女房からという形をとったのである。

「水茎《みづくき》の　書《か》き流《なが》すべき　方《かた》ぞなき　心の内《うち》は　汲《く》みて知らなん」

（あまりに悲しくて、手紙をどのように書いたらよいかもわかりません。私の心の中は、どうぞお察しください）

西行は、使いの者に歌を託《たく》した。

「ほど遠《とを》み　通《かよ》ふ心の　ゆくばかり　なほ書《をか》き流《なが》せ　水茎《みづくき》の跡」

（讃岐《さぬき》とは遠く隔《へだ》たっていますので、実際に通うことは叶《かな》わず、ただ心が通《かよ》うばかりです。でも心は通《かよ》っていますから、それでもなお書いてください。そのお手紙を）

使いが帰るのを見送りながら、西行は崇徳院がいたわしく、今すぐ讃岐《さぬき》に行きたくて、矢も楯《たて》もたまらなくなった。

寂然《じゃくぜん》は、後に讃岐《さぬき》に崇徳院を訪《たず》ねる旅をした。

実は西行もこの時、ひそかに寂然《じゃくぜん》の旅に同行したのである。だが西行は途中で思いとどまり引き返した。

都では、こんな今様《いまよう》が流行っていた。

「侍藤五君《さぶらひとうごぎみ》　召《め》しし弓矯《ゆだめ》は　など問《と》はぬ　弓矯《ゆだめ》も篦矯《のだめ》も　持ちながら　讃岐《さぬき》の松山《まつやま》へ　入《い》りにしは」

（侍藤五君《さぶらひとうごぎみ》よ、崇徳院《すとくいん》のお取り寄せになった弓矯《ゆだめ》（弓の曲がりを直す道具）はどうして使ってみないのか。弓矯《ゆだめ》も篦矯《のだめ》（矢の曲がりを直す道具）も持っていながら、讃岐《さぬき》の松山《まつやま》へ入ってしまったのはどうしてか）

曲《ま》がった世の中を直す道具を持っていながら、侍藤五君《さぶらひとうごぎみ》よ、崇徳院がお取り寄せになったその道具を、どうして使ってみないのか。

都の普通の人々も、崇徳院に罪がなかったことに、気づき始めていた。人々の不審《ふしん》な思いは、いつか歌となって人々の間に伝わった。誰が作ったとも知れない、はっきりと意味のわからない歌なのでかえって歌いやすく、人々の割り切れない不審《ふしん》な思いも託《たく》しやすい。歌はいつか都中に広がっていた。

保元《ほうげん》の乱の後、後白河天皇の心にも、埋《う》めることのできない空白が生じた。

藤原忠通《ただみち》や得子に担《かつ》がれてはいても、彼らの関心が自分ではなく守仁親王《もりひとしんのう》にあるのは、後白河天皇にもわかっていた。

後白河天皇はふと、傀儡女乙前《くぐつおとまえ》を思い出した。

確か乙前《おとまえ》は、母待賢門院璋子に近い年頃ではなかったか。

信西が乙前を探し出し、後白河天皇は乙前を召して今様《いまよう》の師とした。

乱の三年後、後白河天皇は守仁親王《もりひとしんのう》に位を譲り後白河上皇（後白河院）となった。守仁親王は二条天皇となった。平清盛は院にも天皇にも慎重に巧《たく》みに仕えていた。

乙前の今様《いまよう》は後白河院が習っていたものと節《ふし》や歌い振《ぶ》りが違う曲もあったが、後白河院は乙前の今様《いまよう》を習い直した。後白河院は乙前の今様こそ、幼い頃聞いた懐かしい今様《いまよう》である気がしたのである。

以前から仕えていた傀儡女《くぐつ》あこ丸は、嫉妬《しっと》してこう言い立てた。

「乙前の今様《いまよう》は、どうせ源清経《きよつね》なんかから習ったんでしょうよ。乙前は目井《めい》の養女だもの、まさか実子でもないのに、今様の秘曲《ひきょく》「足柄《あしがら》」までは、教えないでしょう」

それを聞くと、乙前は毅然《きぜん》として後白河院に申し上げた。

「私は確かに目井の養女でございますが、私の歌を聞いて監物源清経《けんもつみなもとのきよつね》様は『めったにない美しい声だなあ。将来きっと有名になるだろうよ』とおっしゃって、目井に『この娘に教えなさい』

と命じ、目井も神仏に誓《ちか》ってすっかり教えてくれたのでございます。この黒白《こくびゃく》をどうやって決着つけるのでしょうか。目井とともに正統な今様を伝える大大進《おおだいしん》の娘小大進《こだいしん》が、青墓宿《あおはかのしゅく》におります。どうか小大進《こだいしん》を呼び寄せて、歌をお聞きくださいませ」

美濃国青墓宿《みののくにあおはかのしゅく》から傀儡女《くぐつ》小大進《こだいしん》が御所に呼び寄せられ、大広間で今様の会《え》が開かれた。小大進《こだいしん》が秘曲《ひきょく》「足柄《あしがら》」を歌うと、それは乙前に教えられた後白河院の歌と同じだった。人々はみな「あこ丸のとは似ていない」「乙前の『足柄《あしがら》』と同じだ」と言い合った。

「後白河院の御歌も聞かない田舎から上ってきた者が、これほど少しも後白河院の御歌と違わないとは。今様の正統の筋というものは、素晴らしいものでございます」

と感涙した者もいたという。

あこ丸は腹を立てて小大進《こだいしん》の背中を強く打って、

「そんなに良いという歌、また歌いなさいよ」

と言った。その場にいた人々はみな、それを非難したという。

こうして後に、後白河院は今様集「梁塵秘抄《りょうじんひしょう》」を編纂《へんさん》したのである。

不思議なことにこの「侍藤五君《さぶらひとうごぎみ》」は、そこに入っている。後世に伝わることを知りながら後白河院は、この歌をあえて「梁塵秘抄《りょうじんひしょう》」に入れたのである。

ずっと今様狂《いまようぐる》いを装《よそお》い、必死に「帝位に就《つ》く気持ちは無い」と周囲に訴えていた若き日の雅仁《まさひと》親王《しんのう》が、「梁塵秘抄《りょうじんひしょう》」の、ここにいる。

璋子の没後、兄崇徳上皇が「一《ひと》つ所《ところ》に、我《わ》が許《もと》に（寂しいだろうから、こちらに来て一緒に住もう）」と声をかけてくれたのを、後白河院は終生忘れなかったのである。

こんな今様が都で流行っている最中に、元北面《ほくめん》の武士の西行が讃岐《さぬき》に行けば、崇徳院が武士を集め再び謀反《むほん》を企《くわだ》てているという噂が立ちかねない。

西行は寂然《じゃくぜん》と別れて安芸《あき》の一宮《いちのみや》、厳島神社《いつくしまじんじゃ》へ向かった。

厳島神社《いつくしまじんじゃ》は平清盛が勢力を伸ばす以前は、それほど都の人々に知られていなかった。しかし今や平清盛は正三位播磨守《はりまのかみ》となり、厳島神社《いつくしまじんじゃ》は俄然《がぜん》朝廷でも知られるようになった。

平家の守り神である厳島神社《いつくしまじんじゃ》に崇徳院の事を祈って参り終えると、月が大変明るかった。

「もろともに　旅《たび》なる空に　月も出《い》でて　すめばや影《かげ》の　あはれなるらん」

（月は大空を旅して、私も旅の空にあります。月も私も、一緒に旅の空にあるので、澄《す》み渡る月の光が、格別あわれ深く感じられるのでしょう）

月も大空を渡っていく旅人であり、自分も都から遙《はる》か遠くにいる旅人である。月も自分も、こうして一緒に旅をしているのだ。

その時西行は、讃岐《さぬき》を旅している寂然《じゃくぜん》、都から遠く流されている崇徳院の身の上を思った。寂然《じゃくぜん》も崇徳院も、今こうして同じ月を見ているのだろうか。月は明るく澄《す》んでいた。

保元《ほうげん》の乱の、七年後のことである。

兼賢阿闍梨《けんけんあじゃり》はそのまま高野山へは帰らず、仁和寺にとどまっていた。やがて僧都《そうづ》となったという噂が、西行の元に届いた。僧都《そうづ》になると、天皇により紫衣が許可される。

西行は早速、仁和寺《にんなじ》の兼賢阿闍梨《けんけんあじゃり》のもとへこんな歌を届けさせた。

「袈裟《けさ》の色や　若紫《わかむらさき》に　染《そ》めてける　苔《こけ》の袂《たもと》を　思《おも》ひ返《かへ》して」

（僧都《そうづ》になって早々と袈裟《けさ》の色を若紫《わかむらさき》に染められたのですね。かつての墨染《すみぞ》めの袂《たもと》を思いかえして）

皮肉っぽい歌をわざわざ贈って寄越《よこ》した西行に、これを読んだ時、兼賢阿闍梨《けんけんあじゃり》はむっとしたであろうか。

「そなたではないか。苔《こけ》の袂《たもと》で高野の庵《いおり》に住んでいたわしを、仁和寺《にんなじ》に連《つ》れ出しおったのは」

荒い修行を積んだ遁世者《とんせいしゃ》らしい鋭い細い目に怒気《どき》を含んで苦笑いしている兼賢阿闍梨の顔が、西行の目に浮かぶ。

だが教養深い兼賢阿闍梨なら、すぐに気づくであろう。

若紫《わかむらさき》、という美しい言葉は、袈裟《けさ》よりも、むしろ源氏物語の優雅な世界がふさわしい。

(名門道隆流藤原氏《みちたかりゅう》の兼賢阿闍梨様には、雅《みや》びな源氏物語の世界、若紫《わかむらさき》こそ、ふさわしゅうございますね。おめでとうございます)

歌に隠された西行の祝福の気持ちである。

こぢんまりとした品の良い兼賢阿闍梨の鼻と口元を、西行は思い浮かべた。幻の兼賢阿闍梨の苦笑いは、次第に照れたような笑いに崩《くず》れていく。

「法親王様《ほうしんのうさま》がのう、わしを離してくださらんのだ」

兼賢阿闍梨の面影《おもかげ》に向かって、西行は頷《うなず》いてみせる。

「そうでございましょうとも」

皇室ゆかりの格式の高い仁和寺《にんなじ》も、これから先は武士どもがどのような荒々しい所業《しょぎょう》に及ぶかもしれない。

武士とも堂々と渡り合う度量があり、一方で朝廷にも礼を尽くして対処できる兼賢阿闍梨は、貴重な人材である。覚性法親王《かくしょうほうしんのう》が手放したがらないのも無理はない。

それに名利《みょうり》を求めない質朴な兼賢阿闍梨の人柄は、温和な覚性法親王《かくしょうほうしんのう》に気に入られたに違いない。

このたびの昇進も、きっと覚性法親王《かくしょうほうしんのう》の覚《おぼ》えめでたき所以《ゆえん》であろう。

覚性法親王《かくしょうほうしんのう》様を、どうかよろしくお願い申し上げます。

西行は、兼賢阿闍梨に語りかけた。

後日、上西門院《じょうさいもんいん》のもとで育てられていた崇徳院の皇子宮《みや》の法印元性《ほういんげんしょう》が、仁和寺《にんなじ》に預けられることになった。覚性法親王《かくしょうほうしんのう》の命により、親身になって宮《みや》の法印《ほういん》の身辺の世話をしたのは、兼賢阿闍梨だったということである。

第六章　宮《みや》の法印《ほういん》

保元《ほうげん》の乱が終わり、崇徳院が讃岐《さぬき》に流されてから、三年あまりの歳月が流れた。

高野山の西行庵《あん》を、ひっそりと訪れる一人の僧があった。

「西行殿。元性法印《げんしょうほういん》様には、折り入って御坊にお話しされたき儀《ぎ》がございます。遠路申し訳ありませんが、ぜひ一度、仁和寺《にんなじ》まで御足労《ごそくろう》いただきたく存じます」

「宮《みや》の法印《ほういん》様が」

元性法印《げんしょうほういん》は、人々の間で親しみを込めて『宮《みや》の法印《ほういん》』と呼ばれている崇徳院の第二皇子である。御年まだ九歳の皇子は、六歳の時に保元《ほうげん》の乱に遭《あ》い、今は仁和寺花蔵院《にんなじけぞういん》に預けられている。

西行は仁和寺《にんなじ》を訪ねた折に、一、二度挨拶に伺《うかが》った程度であった。

あえて会うのを控えていたのである。

崇徳院の皇子に元武士の西行が近づいては、あらぬ謀反《むほん》の嫌疑《けんぎ》がかかりかねない。

だが、その宮《みや》の法印《ほういん》が、自分に会いたがっているという。

自分の噂を、仁和寺の僧達からでも聞いたのであろうか。

「すぐにこのまま、ご一緒に仁和寺へ参りましょう。しばしお待ちください」

手早く身支度《みじたく》を調《ととの》えると西行は使いの僧とともに高野山を下り、仁和寺へ急いだ。

夜も更《ふ》けた頃、嵯峨野《さがの》の仁和寺に到着した。花蔵院《けぞういん》の一室に通されると、供の僧を従えた宮《みや》の法印《ほういん》が入室した。厳《おごそ》かな法衣がいたわしいほどに優美な少年であった。

つぶらな目を見張って、皇子は声をかけた。

「こんなに早《はよ》う来てくれるとは。有難う」

西行がその日のうちに参上したことに、皇子は驚きの表情を浮かべていたのだ。

「お召《めし》があれば、私は直《ただ》ちに参ります」

微笑んで、西行は一礼した。

白い豊かな頰が、崇徳院に似ていた。

問いかけるように小首をかしげる仕草《しぐさ》は、はっとするほど待賢門院璋子《たいけんもんいんたまこ》と同じだった。

宮《みや》の法印《ほういん》は供の僧を振り返り、

「下がって良い」

と声をかけると、改めて西行に向き直った。

まだ幼さの残る皇子のさりげない様子に、生来の気品がにじみ出ていた。

誰もいなくなると宮《みや》の法印《ほういん》は急に心配そうな顔になり、思い詰めた眼差《まなざ》しを西行に向けた。

「どうして少納言《しょうなごん》入道は、父上の御経さえも、都に入れてくださらないのでしょう」

薄紅色の唇が細かく震《ふる》えている。

あの夜、待賢門院璋子も、囚《とら》われた小鳥のように切羽《せっぱ》詰まった眼差《まなざ》しで、狂おしいほどに激しく自分を見詰めてきたのを西行は思い出した。ふと見ているのが辛くなり、西行は面を伏《ふ》せた。

讃岐《さぬき》に流された崇徳院《すとくいん》は、「今生《こんじょう》は仕損《しそん》じた」（自分の人生は、失敗してしまった。ただ来世に、望みをかけよう）と、後生《ごしょう》の菩提《ぼだい》のために、三年の歳月をかけて、五部の大乗経《だいじょうきょう》を書き写した。五部の大乗経とは、華厳経《けごんきょう》、大集経《だいじっきょう》、大品般若経《だいほんはんにゃきょう》、法華経《ほっけきょう》、涅槃経《ねはんきょう》、合わせて百九十巻に及ぶ天台大乗仏教《てんだいだいじょうぶっきょう》の経典である。

「浜千鳥《はまちどり》　跡《あと》は都に　通《かよ》へども　身《み》は松山《まつやま》に　ねをのみぞ鳴く」

（私の書いたこの筆の跡《あと》は浜千鳥《はまちどり》のように自由に都へ通《かよ》っていくけれども、この身はここ松山《まつやま》でただただ泣くばかりです）

崇徳院《すとくいん》は、この切ない一首を写経の奥に書きつけて、

「こんな遠国《おんごく》にこの経を捨て置くのは不憫《ふびん》だ、せめて都の辺《あた》りの寺院に奉納《ほうのう》したい」と、弟君である仁和寺の覚性法親王《かくしょうほうしんのう》の許《もと》に送ったのである。

だが信西は、『この経文は都を呪詛《じゅそ》するのではないか』と言って、都近くに入れることを許さず、讃岐《さぬき》に送り返した。

それを聞きつけた崇徳院は、憤激《ふんげき》のあまり舌先を食いきって、自らの血で、写経にこう書きつけたという。

「この写経を三悪道《さんあくどう》に放りこめ、その力を以て日本国の大魔縁《だいまえん》となり、皇を取って民となし、民を取って皇となさん」

（この写経を地獄道《じごくどう》、餓鬼道《がきどう》、畜生道《ちくしょうどう》の三悪道《さんあくどう》に放り込み、その力を以て日本国の大魔縁《だいまえん》となり、天皇を取って民とし、民を取って天皇としよう）

その噂《うわさ》は京まで伝わり、人々を震《ふる》え慄《おのの》かせた。

西行も、それは伝え聞いていた。

宮《みや》の法印《ほういん》は、懸命《けんめい》に語りかけた。

「もはや御身《おんみ》は都に帰ることが叶《かな》わない父上が、せめてお許しがあれば、お経だけでも都近くに納めたい、と願われ、御手ずから御写しになった五部大乗経《ごぶだいじょうきょう》なのに。それさえもまかりならぬ、と送り返されるなど、あまりに惨《むご》いことです」

皇子は立場上、今まで誰にも胸の内を明かすことができなかった。

だが、使いの者に皇子の願いを聞くやその日のうちに駆けつけてくれ、年少の自分の話にしずかに耳を傾けてくれている西行のたたずまいを見ているうちに、なぜか皇子は、この僧にならすべてを話せそうな気がした。

皇子は思い切って西行に聞いた。

「父上の御経は、松山の海へ捨てられてしまうのですか」

西行は顔を上げた。それは、初めて聞く話だ。

「僧達が、噂をするのを聞きました。

讃岐《さぬき》では、どこの寺でも神社でも、父上のお経を怖《こわ》がって、納めるのを拒んでいるそうです。

呪《のろ》いの血書だと言って。

それで朝廷の役人達と讃岐《さぬき》の役人達とが相談し、いっそのこと、海に沈めてしまおう、という話が出ているそうなのです」

西行は、深く驚いた。と同時に、さもありなん、という胆汁《たんじゅう》のように苦い思いがこみ上げてくるのを噛《か》み締《し》めた。

役人達にとって、不吉な経文《きょうもん》など、さっさと厄介払《やっかいばら》いしたいだけなのだ。経文《きょうもん》の供養《くよう》など、どうでもいい。我が身に災《わざわ》いが降りかからなければ、我が身さえ良ければ、それで良い。世の中の人々は、みなそう考えるであろう。

だから、世の外に、自分は出たのだ。

世の外側から見る者の、遠い深々とした眼差《まなざ》しで、西行は皇子を見た。

宮《みや》の法印《ほういん》は、そこに不思議な微笑が漂《ただよ》っているのに気づいた。

この僧は、知っている気がする。自分が六歳で皇子の座を追われ、仁和寺に預けられたこと。

その前に何か大きな戦《いくさ》があったこと。その前に帝《みかど》だった父上がいたこと。そしてそのずっと昔、自分が生まれる遙《はる》か以前のことも。

「畏《かしこ》まりました」

涼やかな皇子の面差《おもざ》しに向かって、低いが力のこもった声で西行は答えた。

「御父君をお思いになる、そのお優しいお気持ちこそ、御父君の御写経への何よりの御供養《ごくよう》でございます。どうぞお心を安らかになさってください」

宮《みや》の法印《ほういん》の顔に、微笑が浮かんだ。ほころび始めた花びらのような、初々しい微笑だった。

翌日の早朝、西行は仁和寺を出た。

人外の者に会うために、である。

「それは、わしが行かねばなるまいな」

宮《みや》の法印《ほういん》の話を西行から聞くと、僧正坊《そうじょうぼう》はにやりと笑った。

鞍馬山《くらまやま》の、昔西行の庵《いおり》のあった崖際《がけぎわ》の平地に、西行と僧正坊は立っている。

西行は僧正坊にこの話を聞かせるために、鞍馬山《くらまやま》まで訪ねて来たのである。

「松山の天狗《てんぐ》どもに任せるには、そいつは少々危なすぎる」

面白がっておるな、こやつ。

僧正坊の横顔を眺《なが》めて、西行は内心思った。

この大天狗《おおてんぐ》は、危ない話が大好きなのだ。

「しかし、西行。お主といると、面白いのう」

先に言われてしまった。

「お主はどうしていつも、負ける方ばかりに付くのじゃ」

耳が痛くなるほどの大声で、僧正坊は、かかと笑った。


谷に向かって口笛を吹くと、僧正坊は怒鳴った。

「鴐丸《かけすまる》」

谷から谷へ、風が吹き渡った。

音も無く、目の前の地面に墨色の衣をまとった若者が降り立ち、平伏した。

「おぬし、舟を漕《こ》げたよのう」

「へい」

「筏《いかだ》も組めるか」

「そりゃあ」

若者は、不機嫌そうにぼそっと言った。

「俺は、樵《きこり》でさ。切った木で筏《いかだ》を組み、川を下って届けるのが仕事でしたから」

「少し遠くへ行ってもらうが、良いか」

「へい」

日本中の天狗《てんぐ》に名の知られた大天狗《おおてんぐ》、僧正坊に対して、無礼なほどの仏頂面《ぶっちょうづら》のまま、ぞんざいに若者は答えた。

「わしと二人だ。場合によってはここへは帰れなくなるかもしれぬが、それでも良いか」

若者は、ぱっと頬を紅潮させ、目を輝かせると
「へいっ」

と元気よく答え、地面に額がつくほど深く平伏した。

面白がっておるな、この若い天狗《てんぐ》も。やれやれ、と西行はため息をついた。

「あの烏天狗《からすてんぐ》は、昔、樵《きこり》だったんだ」

鷲丸《かけすまる》が姿を消した崖《がけ》の方を向いたまま、僧正坊は、つぶやいた。

僧正坊は滅多《めった》に無駄話はしないが、話したくなると一人で勝手に話し続けるので、西行は相槌《あいづち》も打たずに放っておいた。

「保元の戦《いくさ》の頃だったとか。たまたま自分の里の近くで仕事をしていたあいつは、ふいに騒々しい蹄《ひづめ》や物音を聞いたんだ。

何事かと木を降りてみると、髪をざんばらに振り乱し、血相《けっそう》変えた武者が、

「この辺りに、どこか抜け道は無いか」

と、あいつを捕まえて聞いたそうだ。

道はここで途切れていて、目の前は川だ。

武者達がたどってきた道は、切った木を筏《いかだ》で川に流すための杣道《そまみち》で、ここで行き止まりになっている。周りは険しい山の中で、騎馬が駆け抜けることなんか、とても無理だ。

あいつはつい、川の上流の、少し曲がって流れの緩《ゆる》くなった一所を指さして教えた。あの辺りなら、水の深さは、馬がなんとか行けるかも知れない。武者達はあいつを突き放し、すごい勢いでそっちへ向かった。

だがその後を、追手の大軍が押し寄せてきた。武者達と追手の軍の姿が対岸の林に消えてしばらく経った頃、阿鼻叫喚《あびきょうかん》が聞こえた。

自分の里の方だと気づいたあいつが山を駆けおりてみると、里では追手と武者達が戦っている真っ最中だった。

武者達は、家々に火を放って逃げようとしたらしい。

あちこちで火の手があがった。

家々や納屋《なや》に、あっという間に火が燃え広がった。

あいつは夢中で自分の家に駆け込もうとしたが、火の勢いが強すぎて入れなかった。

あいつには二親《ふたおや》はなくて、年取った爺さんだけが家にいたのだが、助けられなかった。

ようやく火が鎮《しず》まり武者達も去った後で、焚火《たきび》を囲んで生き残った里人達が話し込んでいるのを、あいつは耳にした。

「どうやって武者達は来たのだろう。

川の向こうから」

それを聞いた時、あいつは、もう里にはいられない、と思ったという。

里の人々に、合わせる顔が無い。あいつはそのまま、夜の山に入っていった。

そうして幾日も山伝いにあちこち彷徨《さまよ》った末に、鞍馬山のわしらに出会った、という訳さ」


四国松山の海岸に、大勢の人々が立ち並んでいた。

京からわざわざ来た官吏《かんり》や武士達、地元の役人達が居並び、皆一様に沖合を見詰めている。

その周りを、ぞろぞろさまざまな人々が取り囲んでいる。農民も商人も老人も子どももいる。

草鞋《わらじ》を履《は》いた者もいれば、裸足で砂を踏んでいる者も多い。

天気は晴朗。引《ひ》き潮《しお》で波はやや高かった。強い風に煽《あお》られて、白兎の群れのような波頭が沖まで立ち騒いでいる。

沖合には、一艘《そう》の船が浮かんでいる。

船には一人の役人と、警護の二人の武士、船を漕《こ》いでいる二人の水夫が乗っていた。

積み荷は黒漆《くろうるし》の塗られた櫃《ひつ》である。中には崇徳院の大乗経《だいじょうきょう》が納められている。

役人達は結局この不吉な櫃《ひつ》を、浜辺で経をあげて供養《くよう》した後に沖合に沈めてしまおうとしたのだ。

大勢の人々が、櫃《ひつ》が海中に投じられるのを見届けるために浜辺に集っていた。

立派な袈裟《けさ》をかけた僧侶が、長々とお経をあげた。

長い袖《そで》を浜風に翻《ひるがえ》して、美しい衣装を着た童子達《どうじたち》が現れた。頭に宝冠《ほうかん》を着け、髪は角髪《みづら》に結っている。童子達《どうじたち》は舞を奉納《ほうのう》した。

「そろそろ良い頃合いだ」

日射しをちらちら反射する波に眼を細めながら、人々は沖を見詰めた。

船の向こうに、流木のようなものが見えた。

ゆっくりと、それは船の方へ流れてくる。だが人々は気にも留めなかった。

遥《はる》か沖合で良く見えなかったし、海を流木が漂うことなど、少しも珍しいことではない。

船に乗っている人々も、それを見たが、やはり気に留《と》めなかった。

それは流木というより、筏《いかだ》であるらしい。木と木を括《くく》った縄《なわ》は半ば朽《く》ちているらしく、外れかかった木がゆらゆら揺れているようだ。筏《いかだ》の隅には、汚い薦《こも》が載《の》っている。

誰も気が付かなかったが、外れかけた木と木の間から、細い竹筒《たけづつ》が見えていた。

その竹筒の下の海中には、二人の松山天狗《まつやまてんぐ》がいた。

彼らは潮《しお》をかいくぐって泳ぎながら、船の方へと、巧《たく》みに筏《いかだ》を運んでいた。


「そろそろ良いであろう」

役人の声に、あくびをかみ殺して船を漕《こ》ぎ続けていた水夫達は、手を休めた。

役人は、薄気味悪い黒い櫃《ひつ》に、恐る恐る手をかけた。

早くこんな仕事は終わらせてしまいたい。

その時。

船の横にぴたりと付けた筏《いかだ》の上の薦《こも》をぱっと跳《は》ね除《の》け、何か大きな獣のような物が船に飛び移った。

ぐらり、と大きく船が傾《かし》いだ。

船の人々は凍り付いた。

両肩に振り乱した長い髪。頭には頭襟《ときん》を付け、鈴懸《すずかけ》、結袈裟《ゆいげさ》を佩《お》びた山伏装束《やまぶししょうぞく》に身を固め、足には高下駄《たかげた》を履《は》いている巨大な獣が、突如躍《おど》り出たのだ。

おまけに、真っ赤に塗りたくった顔に突き出た高い鼻の、天狗《てんぐ》の面までかけている。

「かっかっかっかっかっ」

心底心地《ここち》よさげな大音声《だいおんじょう》の笑い声をあげて、大天狗《おおてんぐ》僧正坊は両袖《りょうそで》を大きく振り上げ、大薙刀《おおなぎなた》を振りかざした。

「て、天狗《てんぐ》だあ」

水夫二人は腰を抜かしてへたり込み、役人は黒櫃《くろひつ》にしがみつき、武士達は及び腰で剣を構えた。

それを僧正坊は薙刀《なぎなた》で軽くいなすと、黒櫃《くろひつ》を手にして震《ふる》えている役人をひっぺがして黒櫃《くろひつ》を奪い、左脇に抱え込んだ。

背後から、ぱちぱちと火の粉が飛んだ。

人々が振り返ると、船底いっぱいに油が撒《ま》かれ、それに火が付けられたのだ。

すでに船端《ふなばた》が燃え始めている。

船尾には、松明《たいまつ》を掲げた烏天狗《からすてんぐ》がいた。

足元に、空になった油壷《あぶらつぼ》が転がっている。

船の人々が僧正坊に気を取られている隙《すき》に、船尾に飛び乗った鵟丸《かけすまる》が、筏《いかだ》から抱えてきた油壷《あぶらつぼ》の油を船底に撒《ま》き、火打石で松明《たいまつ》を灯して、油に点火したのだ。

だが、鶖丸《かけすまる》の袴《はかま》に、火が移った。油を撒《ま》く時、袴《はかま》を油で濡《ぬ》らしてしまったらしい。

鶖丸《かけすまる》は、咄嗟《とっさ》に俯《うつむ》いて火を消そうとした。

その時、武士の刀が鶖丸《かけすまる》のみぞおちを貫き、剣先は背中の外に突き出た。

血しぶきと炎が、鶖丸《かけすまる》の身体を覆《おお》った。

「おのれっ」

僧正坊の薙刀《なぎなた》が武士の首を一振りで海中に払い落したが、その勢いで、鶖丸《かけすまる》の身体も武士の身体も、諸共《もろとも》に海中に沈んだ。

船は燃え上がった。

水夫達は、海に転がり落ちるようにして逃げた。役人は震《ふる》えている。残った武士は、剣を構えたまま後ずさっている。

僧正坊はしっかと左腕に黒櫃《くろひつ》を抱え込むと、右手に大薙刀《おおなぎなた》をひっつかんだまま、ひらりと海中に飛び込んだ。

船は今や、巨大な炎の塊《かたまり》となっていた。

僧正坊が船から遠ざかり、しばらく海上を漂《ただよ》っていると、海の向こうから小さな舟が近づいてきた。

松山天狗達《まつやまてんぐ》だ。天狗達《てんぐ》は僧正坊と黒櫃《くろひつ》とを、小舟に引き上げてくれた。

午後の陽が海を照らしていた。

小舟は、沖の向こうにある瀬戸内の小島に向かっていた。

松山天狗《まつやまてんぐ》達の隠《かく》れ里《ざと》が、そこにあった。


「烏天狗《からすてんぐ》が死ぬと、どうなるか、お主は知っているか」

高野山の西行庵《あん》である。

ずっしりとした黒櫃《くろひつ》を西行に手渡した後、僧正坊はつぶやいた。

「知らぬ」

高野山の空を見上げて、西行は言葉を返した。

「烏天狗《からすてんぐ》が死ぬと、松明丸《たいまつまる》になるんだ」

「松明丸《たいまつまる》？」

「全身を火に包まれた魂、まあ、物《もの》の怪《け》だな。

天狗達の間で、そんな言い伝えがある。

烏天狗《からすてんぐ》が恨《うら》みを呑《の》んで死ぬと、松明丸《たいまつまる》という物《もの》の怪《け》になるそうだ」

「ふむ」

「鶚丸《かけすまる》は、松明丸《たいまつまる》になって空に飛び立ったような気が、わしはするのだ」

「ふむ」

「坊主のお主は、どう思う?」

「私も、そう思うよ」

柔らかな声で、西行は同意した。

「船を襲《おそ》う前の晩、わしはあいつに話してやったんだよ。

御経を奴らから取り戻して、崇徳院の皇子、本当にこれを大事に供養《くよう》してくださるお方に差し上げ、少しでも崇徳院の御恨《おうら》みを晴らして差し上げるのだ、とね。

まずかったか?」

「いや」

まずいも何も、鶚丸《かけすまる》はもう、いないのだ。

「あいつは、喜んでいたよ。心から喜んでいたよ。あいつだって、晴らしたい恨《うら》みは山ほど抱《かか》えていたからなあ。

だからあいつは身を焼かれながらも、空に向かって真《ま》っ直《す》ぐ飛んで行ったと、わしは思うのだよ」

「僧正坊、私も、まことにそう思うぞ」

「お主、坊主らしくないのう。松明丸《たいまつまる》って、物《もの》の怪《け》だぞ」

「良いではないか」

西行は、目の前の黒櫃《くろひつ》をそっと撫《な》でた。

幾重にも漆《うるし》を塗《ぬ》られた滑《なめ》らかな櫃《ひつ》である。名人の手になるそれは、蓋《ふた》と身が寸分の狂いもなく仕上げられており、一滴の海水もその中に沁《し》みていなかった。

先ほど丁寧に中を改めたが、きちんとした文字で一文字一文字記されたその筆跡は、昔と少しも変わらず気高く美しく、西行は思わず懐かしさに涙差しぐんだ。

ここを出て、どこかへ向かって飛び立ちたい。

この漆《うるし》の櫃《ひつ》の中に込められているのも、ただその切なる思いだけなのではなかったか。

今は深い恨《うら》みの血文字の記されたその大乗経《だいじょうきょう》が、西行にはただただ哀れでならなかった。

「僧正坊」

西行は僧正坊に向き直って呼びかけた。

「あ?」

「かたじけない」

「あ?　わっ
わっはっはっはっはっ」

慌《あわ》てて高笑いを残すと、たちまち僧正坊は高野山の谷に消えてしまった。

（あの消え方は、落ちたのではないか？）

と、西行が少々心配になったほど、それは唐突な消え方であった。

「おうい、鶖丸《かけすまる》のことは、ここ高野山で、しっかり供養《くよう》するぞ」

谷に向かって、西行は叫んだ。

坊主らしくないのう、と僧正坊にからかわれそうな、大声であった。


後年、宮《みや》の法印《ほういん》は、高野山で千日参籠《さんろう》した後に、険しい峰々を回峰《かいほう》する金峰山《きんぷせん》参詣《さんけい》という厳しい修行を成《な》し遂《と》げた。雅《みやび》な皇子は、命がけで崇徳院の供養《くよう》をしたのである。

宮《みや》の法印《ほういん》と西行とは、その後も折りにふれて、歌の贈答が続いた。

西行が五十を幾つか過ぎた頃である。ことのほかに荒れたある寒い夜、高野山に籠《こも》っていた宮《みや》の法印《ほういん》から西行庵《あん》に、

「この頃の寒さはいかがお過ごしでいらっしゃいますか」

という文とともに、小袖《こそで》が届けられた。

翌朝西行は
「今宵《こよひ》こそ　あはれみ厚《あつ》き　心地《ここち》して　あらしの音《をと》を　よそに聞《き》きつれ」

(小袖《こそで》をいただいた今夜は、格別に宮《みや》の慈悲深《じひぶか》いお心が身に染《し》みます。嵐の音が聞こえましたが、それもよそ事に聞こえるほど、とても暖かでした)

という歌をお贈り申し上げた。


崇徳院が亡くなってから十九年後のことである。

松山の海で船とともに焼失したと思われていた崇徳院自筆の五部大乗経《ごぶだいじょうきょう》が、実は宮《みや》の法印《ほういん》のもとに存在するということが、都の人々に明らかになった。

寿永二年(一一八三年)七月のことである。

時は木曽義仲《きそよしなか》が進撃を続けて京の都に押し迫る直前、まさに天下動乱の真只中であった。

公家吉田経房《くげよしだつねふさ》は、七月十六日の日記「吉記《きっき》」に、

『この天下を滅《ほろ》ぼすべき趣《おもむき》の経文《きょうもん》が、元性法印《げんしょうほういん》の許《もと》にあった。恐るべし、恐るべし』と書き記している。そして、ついに七月二十五日には、平家一族は安徳天皇と三種の神器を奉じ、打ち揃《そろ》って都落《みやこお》ちした。

『皇を取って民となし、民を取って皇となす』

崇徳院の呪《のろ》いがいよいよ発動したかと、都の人々は驚愕《きょうがく》し、震《ふる》えあがったのである。

第七章　松山

讃岐《さぬき》で崇徳院が崩御《ほうぎょ》した。長寛二年（一一六四）のことである。

その後、立て続けに不吉な事が続いた。

翌年、二条天皇《にじょうてんのう》がまだ二十三歳の若さで崩御《ほうぎょ》した。

二条天皇の葬儀の際、延暦寺《えんりゃくじ》と興福寺《こうふくじ》の僧達が争い、延暦寺の僧が興福寺の末院《まついん》である清水寺《きよみずでら》を焼き払った。興福寺と延暦寺の泥沼の争いがここに始まったのである。

その翌年、摂政《せっしょう》藤原基実《もとざね》が、二十四歳で病没した。

都で大火事があり、千余りの建物が焼亡した。

京市中の人々は、武器を手にした僧兵達が都に押し寄せるたびに肝《きも》を冷《ひ》やし、火の手があがるたびに、家財道具をまとめて逃げ惑《まど》った。

「ここのところ、次々に凶事が重なっている……」

日々の暮らしがどんどん苦しくなるのを、市中の人々は実感した。

「そういえば、讃岐《さぬき》の院が亡くなられて以来、変事が続いている。もしかして、讃岐《さぬき》の院の呪《のろ》いではないか……」

誰が言うともなく、人から人へ噂が囁《ささや》かれた。黒雲のように人々の心に不安が広がった。

それは吉田経房《よしだつねふさ》が「吉記《きっき》」に記《しる》すより、十数年も前のことである。まだ朝廷では崇徳院の怨霊は取り沙汰されていない。だが西行は市中の人々の不安な表情を目《ま》の当《あ》たりにした。

崇徳院の五部大乗経の実物を見た西行は、人々がそれを知った時の恐怖を予想した。人々の不安を、放ってはおけない。

西行は、崇徳院の霊を鎮魂《ちんこん》する讃岐《さぬき》への旅を決意したのである。

出立《しゅったつ》前の仁安二年（一一六七）十月十日の夜、西行は賀茂神社《かもじんじゃ》にひそかに参った。いつもなら僧形《そうぎょう》の西行は神社の中に入ることは憚《はばか》られた。しかし今回の旅は、場合によっては再び生きて帰って参詣《さんけい》することはできないかもしれないと覚悟していた。それで西行は人目のない夜、棚尾《たなう》の社《やしろ》（上賀茂神社の末社）に取り次ぎを頼んで幣帛《へいはく》を捧《ささ》げたのである。

「かしこまる　しでに涙《なみだ》の　かゝるかな　又いつかはと　思《おも》ふあはれ《わ》に」

（畏《おそ》れ多くも賀茂別雷《かもわけいかづち》の神に奉《たてまつ》る「しで（幣帛《へいはく》）」に涙をこぼしてしまいました。これから遠い旅に出て、またいつ参詣《さんけい》できるかはわからないと思いましたら、思わず感動してしまいまして）

四国への旅の途中、思い起こされるのは、昔、寂然《じゃくぜん》とともに密《ひそ》かに途中まで西国の旅をしたが、一人ひっそりと引き返したことだった。

播磨《はりま》の書写山円教寺《しょしゃざんえんぎょうじ》で、野中《のなか》の清水《しみず》を見た。以前ここに来てこの清水を見たことは、もう一昔《ひとむかし》、十年ほど前になったのである。

「昔見《むかし》し　野中《のなか》の清水《しみず》　かはらねば　わが影《かげ》をもや　思出《おもひいづ》らん」

（昔見た野中《のなか》の清水《しみず》は、今も少しも変わっていないから、今度映《うつ》してみたら、この清水《しみず》は、今の私の顔も、そして以前私が映《うつ》した若かった頃の顔をも、思い出してくれるだろうか）

瀬戸内海では、西行は海人《あま》や子供達に親しく声をかけた。

瀬戸内海の島で、京都から来た商人を見た。商人は海人《あま》達から串に刺している物を買い込み、船に積んでいた。都の人々が口にする海産物は、こうして運ばれていたのか、と西行はしみじみと眺《なが》めた。忙しそうに働く商人に、西行は話しかけた。

「あのう、それは、何を干《ほ》したものなんですか？」

商人は答えた。

「ああ、これですか？

これは、はまぐりを干《ほ》したものなんですよ」

「ほう、はまぐり。浜の、栗ですか。

同じ事なら、そうですね、牡蠣《かき》を挿《さ》して、干《ほ》したほうが、いいと思いますよ」

「はあ？」

商人は、不思議そうに西行を見た。

「果物の柿なら、ほら、串《くし》に挿《さ》して、干《ほ》し柿《がき》、というのが、あるじゃないですか。干《ほ》し栗《ぐり》、というのは、ないでしょう？　蛤《はまぐり》も牡蠣《かき》も、生き物を殺すのは罪深いことだけど、干し柿という名前なら、まあ、罪も軽くなるんじゃないでしょうか？」

「おなじくは　かきをぞ挿《さ》して　干《ほ》しもすべき　蛤《はまぐり》よりは　名《な》も便《たよ》りあり」

（おなじことなら、牡蠣《かき》を挿《さ》して干《ほ》したほうがいいですよ。蛤《はまぐり》よりは、名前もあっていますから）

商人は、笑い出した。

「干し柿、ですか？　そりゃあ、いい」

だが次の瞬間、ふと真顔《まがお》になって、西行に聞いた。

「お坊さん、蛤《はまぐり》だって、牡蠣《かき》だって、生き物を殺すことには、変わりませんよねえ。こんな商売をやっているわしらは、どうしたって、死んだら地獄行きですか？　殺生《せっしょう》で食っているわしらは、極楽へは行けないんでしょうね」

西行は、優しく笑って答えた。

「あなたにも、家族がいるんでしょう。あなたは、家族の命を守るために、商売をしているんでしょう？

大丈夫。心配ありませんよ。

蛤《はまぐり》も牡蠣《かき》も、大切な命ですが、あなたの子供達だって、大切な命なのです。

でも、干した蛤《はまぐり》の一つ一つは、みんな大切な命なんだから、商売をするときも、それらの命に祈りを捧《ささ》げる気持ちで、やりなさいね」

そう言うと、西行は歩き去っていった。

残された商人の心には、今まで感じたことのなかったような、深い安らぎの気持ちが広がった。

西行はこの旅で商人や漁師、子供達など、普通の人々に親しく話しかけて歌を作った。都の歌人達は普通の人々に声をかけ歌を作ることは、ほとんど無かった。

西行は殺生《せっしょう》を生業《なりわい》とする漁師や商人を見ると、武門に生まれ戦《いくさ》に生きなければならなかった自分を思い出す。出家していなかったら佐藤家代々の職である検非違使《けびいし》として、自分も殺生《せっしょう》をしていたであろう。

そして西行は、これから向かう崇徳院に思いを馳《は》せた。血を分けた兄弟と戦《いくさ》をしなければならなかった崇徳院。戦《いくさ》に敗れてこの地に流され、恨《うら》みを呑《の》んで死んだという。

漁師も商人も、この自分も、そして崇徳院も、無間地獄《むげんじごく》に墜《お》ちる身なのであろうか。

崇徳院は、本当に怨霊《おんりょう》となってこの世を呪《のろ》っているのであろうか。

それならば、たとえこの一身を投げ出しても崇徳院の苦しみを解き放ち、鎮《しず》めたい。

身が引き締《し》まるような思いで、西行は松山《まつやま》の浜辺に着いた。


「松山《まつやま》の　波《なみ》の気色《けしき》は　変《かは》らじを　形《かた》なく君は　なりましにけり」

（松山《まつやま》の波の景色は昔と変わらず、崇徳院《すとくいん》がお住まいの頃を偲《しの》ぶことができそうですが、院はあとかたもなくおなりになってしまったのですね、その御跡までも）


波は悠久《ゆうきゅう》の時の流れに打ち寄せては返している。昔寂然《じゃくぜん》とともに見た瀬戸内海の穏やかな波である。西行は慟哭《どうこく》をこらえていた。


西行は一人、讃岐《さぬき》の白峯《しらみね》の山道をたどった。

西行の目には、宮《みや》の法印《ほういん》に届ける時に見た、一字一字、丁寧に書き写された崇徳院の五部大乗《ごぶだいじょう》経《きょう》が浮かんだ。

崇徳院の無念の思い、深い恨《うら》みは、この時のまま凝《こ》り固まってしまったのであろうか。

崇徳院は凍《こお》り付いた時間に今も住み続け、恨《うら》みに身を焼かれ続けているのだろうか。

日が落ちた。ごうごうと烈《はげ》しく風が鳴っている。潮騒《しおさい》が山頂まで轟《とどろ》いている。

天も暗く、足元も暗い。

目も眩《くら》むような山頂で、狭く危うい岩場を踏みしめているのに、暗闇に包まれて、それさえも忘れてしまう。

暗い宇宙空間にただ一人投げ出されているようだ。

目の前にあるのは、崇徳院の塚《つか》だけであった。


両足を岩に踏みしめ、ゆっくりと呼吸を調《ととの》えて西行は印《いん》を結《むす》んだ。

烈《はげ》しい風が西行の体を吹き飛ばそうとする。

西行は動かない。

西行の腰と、両足と、踏みしめている岩とは今、同じように堅い。

しずかに西行は心を集中させ、澄《す》み渡らせていく。

次第に西行の足腰は、岩よりも堅い金剛石《こんごうせき》のようになり、踏みしめている岩山となり、広々とした大地へと広がっていく。

大地の上を、豊かな水が流れる。

川となり、さざ波となり、海となり、絶えず場所を変え、姿を変えて清らかな水が地上に流れる。

広々とした世界に風が吹き渡り、高い山には烈《はげ》しい火が燃え上がる。

西行の体は、いつしか全世界と等しくなった。


西行の心には、仁和寺《にんなじ》北院で別れたあの夜の崇徳院の姿がありありと浮かんだ。

讃岐の崇徳院の様子も目に浮かんだ。

我が身が都に帰るのはもう叶《かな》わぬから、せめてこれだけは都に納めたいと、一縷《いちる》の望みを抱いて写した五部大乗経《ごぶだいじょうきょう》も突き返された。

忿怒《ふんぬ》に目は裂《さ》け、瞋《いか》りに唇は噛《か》み切って鮮血が滴《したた》り落ちている。

その瞬間、崇徳院の抑《おさ》えに抑《おさ》えていた無念の思いは心から噴《ふ》き出し、大きな衝撃となって崇徳院の全身を襲《おそ》った。

崇徳院の意識が、飛んだ。

無意識のうちに、髪振《ふ》り乱し、引き攣《つ》った形相《ぎょうそう》で、崇徳院は自らの指を裂《さ》き、流れる血で呪《のろ》いの言葉を書き付けた。

「我、願《ねが》はくは、五部大乗経《ごぶだいじょうきょう》の大善根《だいぜんこん》を、三悪道《さんあくどう》になげうって、日本国の大悪魔とならむ」

そんな崇徳院に向かって、西行は歌いかけた。

「よしや君《きみ》　昔《むかし》の玉《たま》の　床《ゆか》とても　かゝらん後は　何にかはせん」

（我が君、崇徳院《すとくいん》様。昔あなた様がそこにいらっしゃいました玉座《ぎょくざ》でございましても、こうなってしまった後には、何になりますでしょうか）

昔、良い香りのする美しい御簾《みす》越《ご》しに漏《も》れてくる崇徳院の柔らかな声を慎《つつし》んで聞いた日のことを、西行は思い出さずにはいられなかった。

封《ふう》じ込められた記憶の扉《とびら》は開かれ、次々に思い出がよみがえってくる。

西行の乾いた頬に涙が流れていた。

この崇徳院と同じ薫香《くんこう》の馥郁《ふくいく》とした香り、同じように美しい御簾《みす》越《ご》しに聞いた懐かしい待賢門院璋子の柔らかな声を、西行は思い出した。

主上《しゅしょう》、時は流れたのです。こうなってしまっては、玉《たま》の床《ゆか》も、なんの事があるでしょうか。

どうぞ凍《こお》り付いた時間から解き放たれ、迷いから覚《さ》めてくださいませ。

今もなお御身《おんみ》を深い恨《うら》みの業火《ごうか》が焼き尽くしているのでしたら、どうぞこの西行も、もろともに焼き滅《ほろ》ぼしてくださいませ。

御身《おんみ》のお苦しみはすべてこの西行が、この歌とともにお引き受けいたします。

どうぞ御身《おんみ》お一人なりとも、涼しい心地よい風に吹かれ、迷いから解き放たれて新しい世界へ飛び立ってください。


海の向こうに暁《あかつき》の光が差した。

西行は、生きて再び暁《あかつき》を目にしたのである。


白峯《しらみね》を下りると、西行はしばらく弘法大師《こうぼうだいし》ゆかりの善通寺《ぜんつうじ》の辺りに庵《いおり》を結《むす》んだ。

「曇《くも》りなき　山にて海《うみ》の　月見《み》れば　島《しま》ぞ氷《こほり》の　絶《た》え間《ま》なりける」

（弘法大師がおいでになった神聖な山で、一点の曇《くも》りもない月に照らされる海を見ると　所々に浮かぶ瀬戸内海の島影は、氷の絶《た》え間《ま》のようだなあ）


月がとても明るくて、くもりなく山を照らしている。その山は昔、弘法大師《こうぼうだいし》空海《くうかい》がおいでになったという神聖な山だ。

山から海を照らしている月を見ると、明るい月の光は夜の波に揺れ、氷のようにキラキラと光っている。ずっと遠くの方まで、海全体が光り輝く氷の世界のようだ。

所々に島影が黒く浮かんでいる。

遠く近く浮かぶ、美しい瀬戸内海の島々である。

まるで、そこだけ氷が途切れているように見えた。

月の光が波に揺れて一面氷を敷《し》き詰《つ》めたように輝く海に、所々氷の絶《た》え間《ま》のように黒々と浮かぶ島々の影。その景色は例《たと》えようもなく美しかった。

そうして過ごしていても、西行が都へ帰る日が近づいてきた。

「こゝをまた　われ住《す》み憂《う》くて　うかれなば　松《まつ》はひとりに　ならんとすらん」

(こんなに気に入っているここもまた、旅人であるわたしは住みづらくなって、旅に憧《あこが》れ、どこかにさまよい出ていくだろう。

そうしたら、ただひとりの友達だったこの松は、またひとりになってしまうのだろうか)

旅の途中だから、西行には知っている人は誰もいない。西行にとって松だけが朝も夕もそばにいてくれた、ただひとりの友達であった。
松の木を友達にしなければならないほどの孤独。西行は、いつもそんな孤独を抱えていた。そして、西行は松の木にも、友達として呼びかけるような人懐かしさを持っていた。

こうして西行は京へ戻った。
西行が崇徳院を鎮魂《ちんこん》して帰ってきたことは、たちまち京中の人々に知れ渡った。西行が生きて帰ったことによって京の人々は、少なくとも崇徳院が誰彼《だれかれ》の見境《みさかい》なく人を呪い殺す怨霊《おんりょう》ではないらしいという事は、わかったのである。怨霊《おんりょう》に恐れおののいていた京の人々にとって、それがわかっただけでも、幾らか恐怖が和《やわ》らぐ思いであった。

四国の旅から帰ってからも、西行は高野山で一人庵《いおり》を結んで暮らしていた。

「さびしさに　堪《た》へたる人の　またもあれな　庵並《いほりなら》べん　冬の山里《ざと》」
(この寂しさに堪《た》えているひとが、もう一人いてほしいな。そうしたらこの冬の寂しい山里に、庵《いおり》を並べて住もうと思うのに)

この寂しさを分かち持ってくれる友を求める気持ちを、西行は思わず洩《も》らしてしまう。寂しくなんかない、と悟《さと》りすましたふりなど、西行はできない性質《たち》なのである。これだから西行は僧位《そうい》を得て高僧になることは、生涯無かった。

その一方で

「訪《と》ふ人も　思《おも》ひ絶《た》えたる　山里《ざと》の　さびしさなくは　住《す》み憂《う》からまし」

(一緒に住む人はおろか) 訪れる人さえいないと断念した山里であるが、この寂しさが無かったら、また住みづらいことだろう)

寂しさがなかったら、住《す》み憂《う》いことだろう。閑居《かんきょ》を愛し、孤独な一人住まいで歌ひとすじに生きる道を選んでいるのもまた、西行自身なのである。

ある夜、高野山の奥《おく》の院の橋の上で西行は月を見上げた。西行は以前西住《さいじゅう》が訪れてくれた時、一緒にこの橋で一晩中月を見上げたのを思い出した。

「こととなく　君恋《こ》ひわたる　橋《はし》の上《うへ》に　あらそふ物は　月の影のみ」
（聖地奥《おく》の院《いん》の橋の上にいても、何ということもなくあなたに逢いたいという気持ちが、あれからずっと続いています。聖地を照らす今宵《こよい》の月があまりにも美しくて、その月を見てはつのるあなたへの思いと競《きそ》い合うものはただ、あなたと見た、あの時の月の光だけなのです）

西行は橋の上の月を見上げて、ほとんど恋人に呼びかけるように、西住を懐かしく思い出して呼びかけている。それほどに高野山の庵《いおり》で、普段の西行は孤独な日々を過ごしていたのである。

西行は平清盛が福原《ふくわら》で行った千僧供養《せんそうくよう》に参加した。僧を千人集めて摂津《せっつ》の大輪田泊《おおわだのとまり》で法華経を誦《ず》させたのである。それとともに万灯会《まんどうえ》が行われた。天に星が輝き、漆黒《しっこく》の海に潮騒《しおさい》の響く大輪田泊《おおわだのとまり》に、人々によって一万の灯火が掲《かか》げられた。夜が更《ふ》けるままに灯火が消えるのを、無数の人々がおのおの点《とも》し継《つ》いで、一晩中灯火を灯し続けているのを眺《なが》めて、西行は詠《よ》んだ。

「消《き》えぬべき　法《のり》の光《ひかり》の　灯火《ともしび》を　かゝぐる輪田《わだ》の　泊《とま》りなりけり」
（そのままにしていては、消えてしまいそうな法《のり》の光《ひかり》を、こうして無数の人々の手によって点《とも》し

継《つ》いで、あかあかと掲《かか》げ続ける大輪田泊《おおわだのとまり》の、素晴らしい法会《ほうえ》ですね）

今は戦乱、飢饉《ききん》、大火事、疫病《えきびょう》、大地震。様々な災害の続く末世である。

放っておくならば、灯火などは、一陣の風に忽《たちま》ち吹き消されてしまうだろう。

一切の衆生《しゅじょう》を愛《いと》おしみ救おうとする御仏《みほとけ》の慈悲《じひ》、法《のり》の光《ひかり》などは、強い者だけが生き残るこの世では、必ず儚《はかな》く消えてしまうのが当然である。

人を陥《おとし》れて自分だけが勝とうとする醜い争いを、西行はこれまでに嫌というほど目にしてきた。生き抜くためには殺生《せっしょう》、盗みであろうと詐術《さじゅつ》、策略であろうと、どんな手段でもやって生き抜く他にない。敗者は滅びるしか無いのだ。

だが、はかなくかき消えてしまうはずの法《のり》の光《ひかり》は、何故かこの暗黒の世に、今も点《とも》り続けている。

空海《くうかい》や最澄《さいちょう》によって遙々《はるばる》この国にもたらされた法《のり》の光《ひかり》は、無数の人々の手によって灯《とも》し続けられ、受け継《つ》がれ、この大輪田泊《おおわだのとまり》に一万人の人々によって今、あかあかと輝く無数の灯火となって、かかげられている。

遙《はる》か昔、遠い天竺《てんじく》で掲《かか》げられた法《のり》の光《ひかり》、慈悲《じひ》は、絶えることなく時を超《こ》え空間を越《こ》えて、次々に灯《とも》され続けているのだ。

西行は大空にちりばめられた星々と月を見上げた。

この月や星の光と同じうつくしい光が、地上では無数の人々によって、灯火《ともしび》として、遠い昔から絶えることなく受け継がれ、灯《とも》され続けている。

なんという不思議な事であろうか。と西行は思った。


西行が太政入道《だじょうにゅうどう》平清盛に会うと、清盛は磊落《らいらく》に笑いかけた。

「のう、西行。この海を見よ。この海は瀬戸内《せとうち》に続き、筑紫《つくし》に続き、さらに唐《から》、天竺《てんじく》にまで続いているのだ。私はどこまでも続く、この海を見るのが好きだ。

都の者どもは狭い土地にひしめきあって、誰一人としてこの海を見ない。この海がどこまでも続き、世界の果てまで広がっていることを知らぬのだ。

私はこの海を通じて、世界の国々の宝物をこの国に入れたい。この国をもっと豊かにしたいのだ。お主は、何を見ている？」

「私か。私は……」

西行は天を見上げた。

「私は、月を見ている。

月は、天高く澄みに澄み切って輝いている。だがその光は、こうして、この足元の草露《くさつゆ》にも宿《やど》る。そして、一人一人の人の心にも宿《やど》るのだ。

見てみよ、清盛。天上に輝く月のひかりと同じひかりが、この草露《くさつゆ》の一粒にも、遥《はる》かな海の波の上にも宿《やど》っているだろう」

「ふうむ。お主らしいな」

平清盛は目を細めた。

「月か。だが、月の光では宋《そう》の銭《ぜに》は稼《かせ》げんし、米も手に入らぬからのう。月より、私はやはり、黄金のほうがいいな」

平清盛は目を細めてからからと声たてて笑った。ともに北面の武士だった頃のように。こんなに愉快に腹の底から笑ったのは、何年ぶりだろうか、と平清盛は思った。

第八章　蓮華乗院《れんげじょういん》

高野山で、寺院の建築を差配《さはい》している男がいた。

西行である。いつもは人気のない片隅に庵《いおり》を結んでひっそり暮らしているのに、高野山の中心部で、大きな敷地の足場の組まれた工事現場に立っている。

現場には大勢の工夫や石工が集まり、辺りは槌音《つちおと》や工人達の掛け声、資材を運ぶ物音などで騒がしい。

西行は数枚の図面や書類を抱え、工人達の棟梁《とうりょう》と話し込んでいる。普段花や山々を眺めて気ままにそぞろ歩いている西行とは、およそ似つかわしくない。

だが西行は涼しい顔で図面を指さして頑固そうな棟梁《とうりょう》と渡り合い、梁《はり》に上っている荒くれ男達を見上げて気さくに大声で話しかけている。こうしてみると中年を過ぎて押し出しも十分な風貌《ふうぼう》、張りのある声のこの男が、大工事の勧進元《かんじんもと》としてふさわしい貫禄《かんろく》を備えているように見えてくるから、不思議なものだ。

しばらく前から西行はここに寺院を建てているのである。もとはといえば、いかにもこの男らしく五辻斎院《いつつじさいいん》と呼ばれる不運な斎院《さいいん》への同情のためであった。

平治《へいじ》の乱の翌年の秋の夕べ、西行庵《あん》の前に立派な手輿《てこし》が寄せられ、西行は八条院《はちじょういん》に招かれた。

八条院暲子内親王《はちじょういんしょうしないしんのう》は鳥羽天皇と得子との皇女である。西行は、暲子《しょうし》内親王がまだ姫宮と呼ばれていた頃から親交があった。

かつて八条院の姫宮が、「虫合《むしあわせ》」といって、虫を持ち寄りその音や姿の美しさなどを競う会を催《もよお》したことがある。その時ある女房が、白河《しらかわ》の水に月が映《うつ》っている美しい細工を施《ほどこ》した虫籠《むしかご》を献《けん》上《じょう》した。西行は女房に頼まれてその虫籠《むしかご》にこんな歌を添えている。


「行《ゆ》く末《すゑ》の　名にや流《なが》れん　常《つね》よりも　月澄《す》みわたる　白川《しらかわ》の水」

（この虫籠《むしかご》の川の水に月が映《うつ》るように、ここ白川殿の近くを通る白川の水には、いつもより一層、月が澄《す》んだ光を落として映っています。そのように今宵《こよい》の虫合《むしあわせ》の評判は、行《ゆ》く末《すえ》遠く伝わることでしょう）


その八条院暲子《はちじょういんしょうし》のたっての頼みで、西行は暲子とともに白河の金剛勝院《こんごうしょういん》御所へ向かった。そこには暲子の母、美福門院得子《びふくもんいんなりこ》が瀕死《ひんし》の病床にいたのである。

得子は自分の遺骨を高野山に葬《ほうむ》って欲しい、と西行に頼んだ。

西行は心底驚いた。鳥羽上皇は安楽寿院境内《あんらくじゅいんけいだい》に三重塔を築いてそこに葬られているが、得子のためには、その南東にもう一つの三重塔を作っておいた。西行も、周りの人々も、得子は当然そこに葬られるだろうと思っていた。

得子は苦しい息の下で西行に頼みこんだ。

保元の乱で藤原頼長《よりなが》、源為義《ためよし》ほか多くの人々を滅ぼした得子は、京では怨霊《おんりょう》が恐ろしくて心安らげないのだという。

「西行殿。この頃では毎晩、鎧兜《よろいかぶと》の亡霊どもが夢に出てくるのです。目が覚めても震えが止まりません。

都の安楽寿院《あんらくじゅいん》に葬られたら、怨霊《おんりょう》どもはそこにも毎晩取り憑《つ》いてくるでしょう。

そう思うと、今から恐ろしくてなりません。

わたくしが死んだら、どうか都から遠く離れた高野山に葬《ほうむ》ってください。

あそこでは大勢のお坊様方が、日夜有り難い御経を唱えていらっしゃると聞きます。

高野山に遺骨を納め供養していただければ、
さすがの怨霊《おんりょう》も、あの高野山までは手が届かないのではないでしょうか。

高野山なら、わたくしも成仏できるのではないでしょうか。

西行殿、どうかその仲立ちを西行殿にお願いしたいのです」

得子は、途切れ途切れに語った。

西行は動転した。得子の謀略《ぼうりゃく》のせいで、これまで待賢門院璋子《たいけんもんいんたまこ》や崇徳院《すとくいん》がどれほど苦しめられたことか。

得子の成仏《じょうぶつ》など、西行は願いたくはなかった。今もなお崇徳院《すとくいん》は恨《うら》みを呑《の》んだまま讃岐《さぬき》に幽閉されている。その仇《かたき》の得子の成仏《じょうぶつ》を祈るくらいなら、むしろ自分も崇徳院とともに地獄の業火に焼き尽くされたいと西行は願った。

だが、西行は月を見上げた。月光は涼やかに金剛勝院《こんごうしょういん》御所にも降り注《そそ》いでいる。かなしげに、西行は己の墨染《すみぞ》めの袖《そで》を見下ろした。この僧衣をまとっているということは、自分も月と同じに生きると誓《ちか》うことであった。月の光がここにも降り注《そそ》いでいる以上、僧衣をまとった自分がそれを拒むことは、できない。

この夜西行は、出家以来一番辛い決断をした。美福門院得子と八条院暲子に、西行は責任をもって高野山に遺骨を迎え入れ、供養することを約束したのである。

永暦元年（一一六〇）十一月二十三日に得子は永眠し、遺骨は高野山の菩提心院《ぼだいしんいん》へ納められた。享年四十四歳であった。

「今日《けふ》や君　おほふ五《いつゝ》の　雲晴《は》れて　心《こゝろ》の月を　みがき出《いづ》らん」

（今日こそは美福門院様、どんなに厚く覆《おお》う五障《ごしょう》の雲も晴れ渡って、あなた様のお心の中に宿《やど》していられた月（仏性）を磨《みが》き出し、今日この月の光と同じように、輝き出させることでしょう）

この噂は、京の女性達の間で驚きをもって囁《ささや》かれた。西行法師が、あの得子を高野山に迎え入れ、供養してくれた。耳ざとい女達は、西行がかつて待賢門院璋子へ一品経《いっぽんきょう》を勧進し、崇徳院とも歌を通して親交があった事などを、噂しあっていた。
それなのに西行は、崇徳院の敵側ともいえる得子を高野山に迎え、菩提《ぼだい》を弔《とむら》ってくれたのだ。そんな西行であれば、自分達の後生《ごしょう》も導いてくれるのではないか。老いも若きも、西行に後生《ごしょう》の導きを頼む女性達が続出した。西行は、どんな女達の願いも聞き届けた。

元待賢門院璋子の女房であった堀川局《ほりかわのつぼね》とは後々まで親しかったので、こんな歌を交わしていた。

「この世にて　語《かた》らひおかん　ほとゝぎす　死出《しで》の山路《やまぢ》の　しるべともなれ」（堀川局）
（この世で、しっかり約束しておきますよ、西行さん。死出《しで》の山路《やまじ》を案内するというほととぎすのように、私が死出《しで》の山路《やまじ》をゆく時には、あなたが、どうぞ道案内をしてくださいね）
「ほとゝぎす　鳴《な》くなくこそは　語《かた》らはめ　死出《しで》の山路に　君しかゝらば」（西行）
（ほととぎすのわたくしは、泣く泣く道案内をいたしましょう。もしあなた様が、死出《しで》の山路《やまじ》に

かかられた折りには。どうぞお任せください）

堀川局と同じく璋子に仕えた待賢門院《たいけんもん》中納言《ちゅうなごん》が高野山の麓《ふもと》、天野《あまの》に庵《いおり》を結んでいた。高野山は女人禁制なので、尼達は麓《ふもと》の天野《あまの》に住んでいたのである。同じく待賢門院に仕えた帥局《そちのつぼね》が中納言の庵《いおり》を訪ね、その帰りに粉河寺《こかわでら》に参拝しようとした所、高野山からたまたま下りてきた西行と出会い、西行は道案内を頼まれた。御供《おとも》の女房がついでに吹上《ふきあげ》の浜を見ようと言い出したので、一行は粉河《こかわ》から吹上《ふきあげ》の浜まで足を延ばした。折悪《おりあ》しく大雨風が吹いてきて、人々は吹上社《ふきあげしゃ》の社殿に輿《こし》を寄せ雨宿《あまやど》りして残念がった。西行は社《やしろ》に歌を書き付けた。

「天下《あまくだ》る　名《な》を吹上《ふきあげ》の　神ならば　雲晴《くもは》れ退《の》きて　光顕《ひかりあら》はせ」

（天くだってここに鎮《しず》まっていらっしゃる神様、お名前を吹上《ふきあげ》の神と申し上げるならば、どうぞ雨雲を吹き払い、空を晴れ渡らせて、日の光を顕《あらわ》してください）

そう書き付けると、すぐに西の風が吹き変わり、たちまちに雲が切れて空は晴れ渡り、うららかに日の光が照ってきた。

一行の人々は拍手喝采《はくしゅかっさい》して喜び、歌枕《うたまくら》で有名な吹上《ふきあげ》、和歌浦《わかのうら》の景色を堪能《たんのう》したのである。

ある時西行は、摂津国《せっつのくに》の四天王寺《してんのうじ》へ行き雨に降られたので、江口《えぐち》という地の遊女に宿を借りようとした。

江口《えぐち》は交通の要衝《ようしょう》であり遊女でも有名だった。港に停泊している船に、舟を仕立てた遊女が、漕《こ》ぎ手の艫取女《ともとりめ》と大傘《おおがさ》を差し掛《か》ける小女《こおんな》を連れて近づいていく。航海を終えてほっとしている男達に向かって、遊女は声高らかに今様《いまよう》を歌いかける。男ばかりの船旅を続けた者達には、美しい衣装で歌う江口の遊女は、普賢菩薩《ふげんぼさつ》のように見えたかもしれない。男達は船に遊女を招き入れ、または舟に乗り移って江口《えぐち》の宿に一夜の夢を求める。江口《えぐち》はそんな華やかな地であった。

そこに西行がふらりと現れて、雨宿りの宿を借りようとした。

江口《えぐち》の遊女には、西行はみすぼらしい僧に見えた。それに、なんだか汗臭い。こんな汚い坊主が宿にいたら、せっかく遊びに来た客の興《きょう》が冷めてしまう。

すげなく江口《えぐち》の遊女は、断った。

すると西行は懐《ふところ》から短冊《たんざく》を取り出して、さらさらと書き付けて遊女に見せた。

「世《よ》の中《なか》を　いとふまでこそ　かたからめ　仮《かり》の宿《やど》りを　惜《お》しむ君哉《かな》」

（この世の中を厭《いと》い、俗世を捨てて出家までなさるのは、やはり難しいことでしょう。ですが仮《かり》

の宿《やど》り、たった一時の宿を貸してくださることとさえも、あなたは惜しむのですか）

江口《えぐち》の遊女妙《たえ》は、びっくりした。貧しく汚い僧とばかり思っていたこの僧が、即座にこんな歌を詠《よ》むなんて。この僧はいったい何者なのだろう。

西行は面白そうに微笑んでいる。

妙《たえ》にも多少の歌の心得はあった。江口《えぐち》は貴族達も遊びに来る有名な地なのである。貴顕《きけん》の人々をもてなすには、そのくらいの教養は必須であった。妙《たえ》は、歌を返した。

「家《いゑ》を出《い》づる　人とし聞《き》けば　仮《かり》の宿《やど》に　心とむなと　思《おも》ふばかりぞ」

（あなたは出家なさって、煩悩《ぼんのう》を断ち切ったお方とうかがっておりますので、お断りしたまでですよ。現世の執着であれ一時の雨宿りであれ、こんな仮《かり》の宿《やど》にお心をおとどめなさいますな、と思うばかりでございます）

妙《たえ》は嬉しかった。この僧は遊女の自分を蔑《さげす》んではいないのだ。ここに来る人々が心底では自分を蔑《さげす》んでいる事を、妙《たえ》は思い知っていた。それなのにこの僧は、自分に歌を詠《よ》みかけてくれた。自分は江口の遊女の名に恥じない当意即妙《とういそくみょう》な返歌をすることができた。若い今こそ江口《えぐち》の遊女などと持て囃されているが、いずれ自分も老いれば人々から捨てられ頼りない人生をたどる身である。でもこんな自分も、今日は歌で立派に面目《めんぼく》を立てることができた。それは辛いことの多い遊女妙《たえ》の人生で、ひとときの温かい思い出となったのである。

後に「新古今和歌集」の中で、妙は「遊女妙」としてその名を留《とど》めた。


五辻斎院《いつつじさいいん》の母、春日局《かすがのつぼね》も、西行を頼ってきたひとりだった。

春日局は美福門院得子に仕えていたが、鳥羽上皇の寵愛《ちょうあい》を受けて頌子《しょうし》内親王を生んだ。頌子《しょうし》内親王は、斎院《さいいん》に卜定《ぼくじょう》されながら病気のために辞退した五辻斎院《いつつじさいいん》である。賀茂神社の斎院《さいいん》は、葵祭《あおいまつり》の斎王《さいおう》となる華やかな役目である。五辻斎院《いつつじさいいん》の寂しさを思って、西行は歌を贈った。

春日局はその歌を見て、あることを西行に任せたいと思った。

春日局はかねて鳥羽上皇の供養と五辻斎院《いつつじさいいん》の病気平癒《へいゆ》を願って南部庄《みなべのしょう》の荘園を高野山に寄進《きしん》し、仏堂を建てたいと思っていた。春日局は、西行にその勧進《かんじん》、仏堂の造営の一切を任せたい、というのである。

「私に、でございますか？

私は、寺院勧進《じいんかんじん》の経験は全くありません。

とてもそんな大きなお役目は、承《うけたまわ》りかねます」

「いいえ、西行様。西行様にしか、お任せできないのです。

実は南部庄《みなべのしょう》の下司識《げししき》は、熊野別当湛増《くまのべっとうたんぞう》です。ですがわたくしには、どうもあの者に勧進《かんじん》を安心して任せることができないのです」

西行は目を伏せた。熊野別当湛増《くまのべっとうたんぞう》の父湛快《たんかい》は、平治の乱が起こった時、熊野に取り残された平清盛一行に鎧《よろい》と弓矢を贈った義理堅い男だったが、息子の湛増《たんぞう》は後年平家を裏切って源義経軍につき熊野水軍《くまのすいぐん》として名を馳《は》せた。春日局の危惧《きぐ》は当たっていたのである。

「それに」

春日局は、微笑んだ。

「天野《あまの》の方々のことも、こちらで陰《かげ》ながら大切にいたしますよ」

天野には、出家した西行の妻と娘が庵《いおり》を結んでいた。

若い身で尼となったこの娘を、西行はことのほかに愛《いと》しんでいた。


出家当時、西行は弟仲清《なかきよ》に娘の事を頼んだ。だが京に戻った折に、「あの娘は五つくらいになっているだろう。どんな風に成長しているだろうか」と思い、そっと弟の家を門の外から覗《のぞ》いたことがあった。すると娘はみすぼらしい帷《かたびら》（普段着）を着て、下使いの子供達に交《ま》じって土にまみれて遊んでいた。髪はゆたかに肩のあたりに伸びて、顔立ちもかわいらしく将来は美しい姫君になると思われるのに、「あれがわが娘だ」と思うとぐっと胸がつぶれてとても悔しく思われた。

すると娘が西行を見つけて、

「さあ、行きましょう、あっちにお坊さんがいるわ、恐ろしい」

といって家の中に入ってしまった。

西行は娘が不憫《ふびん》で八方手を尽くした。妻の縁《ゆかり》のある葉室《はむろ》家の冷泉殿《れいぜいどの》が「我が子にして、かわいがってあげましょう」と言ってくれたので、西行は娘を託した。冷泉殿《れいぜいどの》は名門藤原顕頼《あきより》の女《むすめ》である。西行の娘は冷泉殿にこの上なくかわいがられたのだが、十五、六ばかりに成長した頃、藤原顕頼《あきより》の姫君が婿《むこ》をとるので姫君の女《め》の童《わらわ》（召使）にさせることになった。

西行は不本意だった。

西行はこっそり冷泉殿の近くの小家に行き娘を呼び出して、初めて自分が実の父親であると名乗った。

「私はお前が生まれおちた時から、内心は帝《みかど》の后《きさき》、しかるべき高貴な方に嫁がせたいと思っていたのに、人の召使いにさせるとは夢にも思わなかった。たとえどんな幸せがあったといっても、しょせん世の中は儚《はかな》く安心することもできないものだ。尼になって母御と一緒に過ごしたらどうか」

言いながら西行は断腸の思いだった。目の前に現れた娘は、昔土遊びをしていた頃とは別人のように美しく成長し清らかだった。自分が出家さえしなかったら、いかようにも面倒を見てやれたものを。西行は自分自身の不甲斐《ふがい》なさに歯噛《はが》みした。

だが娘は、西行の予想以上に聡明《そうめい》だった。初めて見る父の言葉にその真意を悟り、すぐに心を決めた。

娘は父と会った事を誰にも言わず、ある日冷泉殿に、

「髪を洗わせてください」

と申し出た。

「おや、ついこの間洗ったではありませんか。一体どうしたのですか」

と冷泉殿は聞いたが、娘があまり熱心に頼むので、物詣《ものもう》でか何かに行くのだろうと思って許した。翌日娘が

「急いで乳母《めのと》のところへ行かなければならなくなりました」

というと、冷泉殿はわざわざ牛車を準備して送り出してやった。

娘はすでに牛車に乗り込んだ時に、

「ちょっと待ってください」

と帰ってきて、冷泉殿に向かってつくづくとその顔に見入って、何も言わずに立ち帰り牛車に乗って去っていった。

娘はそのまま西行の下で出家し、天野《あまの》の母の庵《いおり》に向かったのである。娘を五歳の頃から我が子のようにかわいがってきた冷泉殿は、娘と永く別れることになったのを知ると、涙にくれながら語ったという。

「うらめしいほどの心の強さですね。武士の血筋の者というのは、女子までこんなにひどく空恐ろしいものなのでしょうか。あれほどかわいがって育てたというのに」

冷泉殿はそう嘆《なげ》きながらも、思い直して言い添《そ》えた。

「ただし、少し罪も許されようと思うのは、すでに車に乗った時に、もう二度と相見《あいみ》ることはあるまいと、さすがに心細く思ったのでしょう。ちょっと立ち帰って私の顔をつくづく見つめていったのが、恨めしいなかに少し哀れなことです」

娘を慈しみ育ててくれた冷泉殿ではあるが、武家の血を引く娘の思いのほかの心強さに、野生の仔《こ》のような空恐ろしさを感じたのかもしれない。

西行には、人並み以上に美しく聡明な娘を尼にしてしまったことが、今でも口惜しい。自分が生きている間はそれとなく見守ってやれるから、まだいい。だが自分の死んだ後を思うと、春日局がこの先も娘に配慮してくれるという申し出は、身に沁《し》みて有り難かった。

西行はしばし考えた末に、言った。

「もし、お引き受けいたすのでしたら……わたくしに、考えがございますが……」

「何でしょう?」

「その寺院を、長日談義《ちょうにちだんぎ》の場として造っても、よろしいでしょうか」

「長日談義《ちょうにちだんぎ》?」

「はい。ご存じの通り高野山の本寺金剛峯寺《こんごうぶじ》と、末院大伝法院《だいでんぽういん》とは、長年教義や儀式を巡《めぐ》って激しい争いが続いております。先年は、大伝法院《だいでんぽういん》方が金剛峯寺《こんごうぶじ》の僧二人を殺害し、七百人あまりが追放され二百余坊が壊され、さらに合戦になって末院の大半が焼かれました。今後このような争いが起こることのなきよう、わたくしは本寺金剛峯寺と末院大伝法院の僧が集まって問答を交わす仏堂を作りたいのです。

かなり広い仏堂になり費用もそれなりに嵩《かさ》むと存じますが、いかがでしょうか」

「争いをなくすための、問答のお堂、ですか?」

「さようでございます」

「それは、願ってもないこと。問答によって、争いや戦《いくさ》が無くなること、それこそわたくしの願いでございます。どんなに御仏もお喜びになることでしょう。そんなお堂を寄進できたら、五辻《いつつじ》斎院《さいいん》やわたくしの後生も頼もしく思いますよ。

ぜひお堂を、長日談義《ちょうにちだんぎ》のための場にふさわしい立派な物にしてください。南部庄《みなべのしょう》の荘園は、必要なだけ寄進いたします。金剛峯寺《こんごうぶじ》と大伝法院《だいでんぽういん》の大勢の御坊様方が集《つど》えるよう、後《のち》の世にも恥ずかしくないお堂を造りおおせてください。

頼みましたよ、西行様」

西行は、深く頭を下げて、申し出た。

「寺院の名は、そうですね、お若く麗しい五辻斎院《いつつじさいいん》が寄進《きしん》されるお堂ですから、蓮華乗院《れんげじょういん》というのは、いかがでしょう」

「蓮華乗院《れんげじょういん》、ですか?」

「はい。極楽に咲く蓮《はちす》の花に乗る院、と書きます」

「まあ、蓮《はちす》の花に乗る院。美しい名ですね。さすが西行様」

「お気にいっていただけますれば、幸いに存じます」

「もちろん、気に入りましたよ。西行様。ぜひ蓮華乗院《れんげじょういん》を、美しいお堂にしてください」

「承《うけたまわ》りました」

西行は、飛騨《ひだ》の里に向かっていた。

「おっさまじゃ」

「おっさまじゃ」

子供達が、其処彼処《そこかしこ》から西行に寄ってきた。

「おうおう。大きゅうなったのう」

西行が笑いかけると、子供達は昔のように抱き上げてもらいたくて、ぴょんぴょん飛び跳《は》ねた。

もうずいぶん体の大きい子もいる。

一番小さい子供を西行は抱え上げ、飛び跳《は》ねている大きい子供達の頭を撫《な》でてやった。

「おっと」

いきなり木の枝を突きつけてくる子供をひょいと避けて、西行は尋《たず》ねた。

「爺様は、息災《そくさい》か。今、おられるか」

「ああ、おじゃる、おじゃる。こっちじゃ」

木の枝をぶら下げた子供が、西行の手を引っ張って、山道を駆け出した。

子供達が案内したのは山際《やまぎわ》の民家だった。雪深い土地なので屋根は急勾配《きゅうこうばい》で柱は太いが、家の中はそれほど広くない。しかし匠《たくみ》達の長老の家だけあって、連子窓《れんじまど》や梁《はり》などには、匠《たくみ》達が思い思いに精緻《せいち》な技を凝《こ》らしていた。

「これはこれは。西行上人《しょうにん》様。お久しゅうございます。こんなむさ苦しい所に、わざわざすみません。

一言お声をかけていただければ、若い者がすぐにご用を伺《うかが》いに参りましたものを」

囲炉裏《いろり》の奥で、小柄な老人が薄くなった頭を下げた。

「いやいや。今日は若い衆ではなく、お頭《かしら》にぜひ話したくて、こちらから参りましたよ。実はお願いがあるのです」

西行は穏やかに微笑むと、囲炉裏《いろり》の側に腰を下ろした。

山人に向かっても、西行の口調はほとんど都人に話すのと変わらない。老人は、「匠《たくみ》の長《おさ》」であった。

この辺りの山は険しすぎて米があまり作れない。そのかわり森が深く豊かな木材が採れる。それで山人達は税の一部、庸《よう》・調《ちょう》を免除してもらう代わりに、定期的に都に行って宮廷や寺社の普《ふ》請《しん》工事をしていた。目もくらむような高い足場を組んで、匠《たくみ》達は重い材木を抱えてひらりひらりと足場を登り、危険な工事現場で働く。高い技術と身軽で真摯《しんし》な働きぶりに、都人は度肝《どぎも》を抜いた。

西行は老人に、蓮華乗院《れんげじょういん》の建築工事の采配《さいはい》を任せたいと頼んだ。蓮華乗院を、争いをなくすための話し合いの場として作りたいという春日局と五辻斎院《いつつじさいいん》の願いを、噛《か》んで含めるように語った。資金も潤沢《じゅんたく》に春日局が寄進《きしん》を約束してくれることも付け加えた。

「西行上人《しょうにん》様。

もったいないことでございます。そんな有り難い仕事をわしらにさせていただくなんて。

しかもその大仕事の総元締《もとじ》めのお方が、わざわざこんな山奥にまで頼みに来てくださるなんて、今までわしは聞いたこともありません。

お偉い方々はわしらごときには話そうともされず、下役のお役人を通して指図《さしず》なさるだけでございます。

心得ました。わしが、飛騨《ひだ》、木曾《きそ》、紀伊《きい》の知り合いの樵夫《きこり》の親方達に声をかけ、選《え》り抜きの材木を調達しましょう。土掘り石切りの親方に頼んで、土台工事の工人どもも気持ちのいいしっかりした者達を集めます。匠《たくみ》達にはわしが棟梁《とうりょう》として目を光らせます。どうぞお任せください。

そんな有り難いお寺を建てるためなんだ。木を切ったり土を運んだりすれば、きっと仏様も喜んでくださる。わしらの後生《ごしょう》の功徳《くどく》にもなりますよねえ。

それに他ならぬ西行さんのお頼みとあっちゃ、ここらの山の匠《たくみ》どもは誰も彼も、やりかけの仕事も放《ほ》っぽり出して駆けつけますよ」

西行は長年旅の途中、この里を訪ねて匠《たくみ》達の仕事ぶりを見たり子供達に声をかけたりするのが好きだった。武芸を磨いてきた西行は、宮中で気取ったおしゃべりに終日を過ごす貴族達よりも、無口で一心に体を動かし鮮やかな技を見せる職人達の方が、性に合うのだった。それが思わぬ所で役に立った。

「西行さんのためなら」と、人々は喜んで木を切り、用材を運び、施工《せこう》した。

西行は、細工物《さいくもの》の職人達や絵師達にも直接足を運んで声を掛けた。

彼らの中には宋や韓《から》から来た職人も多かったが、西行は漢文の筆談と笑顔で意思を通じることができた。外つ国《とくに》から来た細工物《さいくもの》職人や絵師達は普段あまり農民や町人とは付き合いがなかったから、西行が友人のように話しかけてくれるのを喜び、快く仕事を引き受けてくれた。

西行はこれまでの旅で全国の寺院を実際に見ていた。京や奈良だけでなく、奥州平泉や西国の寺院の姿も目に焼き付けていた。西行ほど多くの寺や社を見て歩いた人物は少ないだろう。

西行は頭の中にまだ着工していない蓮華乗院《れんげじょういん》の姿を隅々《すみずみ》まで思い描くことができたし、必要な材木や丹《に》や金の量を計算する事もできた。

西行は、蓮華乗院建立《れんげじょういんこんりゅう》の事業に没頭《ぼっとう》した。

旧友の平清盛も、海運を担《にな》う海人《あま》達や商人達に声をかけてくれた。彼らは綾錦《あやにしき》や白磁《はくじ》など舶来の品を融通してくれた。

事業は思いのほか順調に進み、完成が近づいた。立派な蓮華乗院が高野山に姿を現した。

安元元年（一一七五）に発願され東別所《べっしょ》に建てられた蓮華乗院は、二年後の治承元年（一一七七）には高野山の中心、壇上《だんじょう》の大塔の隣に移築された。

蓮華乗院《れんげじょういん》の見事さと長日談義《ちょうにちだんぎ》の意義に、高野山も気づいたのであろう。その移築も西行が勧進《かんじん》した。西行は春日局の信頼に応《こた》えたのである。

その後、西行は高野山に一通の書状を寄せた。

「紀伊国日前宮《きいのくにひのくまのみや》造営の費用を高野山領《こうやさんりょう》に課されました例の件は、入道殿《にゅうどうどの》（平清盛）のお力によって、無事免除していただく運びになりました。素晴らしいことでございます。

これは弘法大師様《こうぼうだいしさま》、明神様《みょうじんさま》のお陰《かげ》でございましょう。

どうか入道殿のために百万遍尊勝陀羅尼《ひゃくまんべんそんしょうだらに》を、高野山全部のお寺で誦《ず》してくださいませ。

蓮華乗院《れんげじょういん》の柱絵《はしらえ》の事は、よくよくお計《はか》らいください。

私はただいま京におりまして、まだ高野のお山へは遅れております。

長日談義《ちょうにちだんぎ》、よくよくお心に入れて行ってください。　謹言《きんげん》

三月十五日　　　　　　　　　　　　　　円位《えんい》（西行）」

西行は高野山のために平清盛と交渉し、日前宮《ひのくまのみや》造営の費用を免除してもらうほど平清盛と親交が深く、高野山の信頼も得ていたのである。

蓮華乗院《れんげじょういん》の柱絵《はしらえ》や長日談義《ちょうにちだんぎ》についても細やかに指示している。

そして何故か今、高野山に帰るのが遅れているらしい。

この書が書かれた頃、都は不穏な空気に満ちていた。

平清盛は後白河法皇の院政《いんせい》を停止し法皇を鳥羽殿に幽閉《ゆうへい》した。

高倉天皇を譲位《じょうい》させ、まだ三歳の安徳天皇《あんとくてんのう》を立てた。安徳天皇《あんとくてんのう》は平徳子の子であり、平清盛の孫である。

平家の専横《せんおう》に対する不満の声が京の街に充満していた。この頃西行は高野山を去り伊勢《いせ》二見浦《ふたみがうら》に庵《いおり》を結んだ。

六月に平清盛が福原《ふくわら》に遷都《せんと》したことも、十二月末に平重衡《たいらのしげひら》が南都（奈良）を攻《せ》めて東大寺や興福寺《こうふくじ》を焼き払ったことも、西行は伊勢で聞いたのである。

しかし実のところ、「天野《あまの》の方々のことは、こちらで陰ながら大切にいたしますよ」という春日局の申し出に心動かされて、西行が蓮華乗院勧進《れんげじょういんかんじん》を引き受けるまでもなかったのだ。西行の娘は、西行の予想以上に天野《あまの》の里人に親しまれていた。娘は里人に手習いや縫《ぬ》い物を教え、里人は西行の妻と娘を終生大切にしたのである。

第九章　再度陸奥の旅

蓮華乗院《れんげじょういん》を建立《こんりゅう》すると、西行は高野山の庵《いおり》を出て伊勢《いせ》に移り住んだ。蓮華乗院建立に心血を注いだ数年間の疲れが出たのか、西行は無性《むしょう》に海が見たくなった。地上の争いに汚《けが》されることのない清らかな伊勢神宮《いせじんぐう》近くの二見浦《ふたみがうら》に、西行は庵《いおり》を結んだ。

源頼朝が挙兵し、富士川の戦で平維盛率《たいらのこれもりひき》いる平家軍が敗走して帰京すると、京は騒然となった。平清盛が熱病で急死し、木曾義仲《きそよしなか》も挙兵して比叡山に到着した。

その混乱のさなか、崇徳院の五部大乗経が宮の法印の元にあることが世間に知られた。寿永二年（一一八三）七月十六日、藤原経房《つねふさ》は「吉記《きっき》」に「恐るべし、恐るべし」と記した。

同年七月二十四日深夜のことである。

後白河院は誰にも告げずに法住寺《ほうじゅうじ》御所を出た。その日平家の北面の武士達が妙にそわそわしているのを院は不審に思った。「西国へ」「院も」という囁《ささや》きを耳にして、ぎょっとした。

誰にも気づかれることなく後白河院は御所を抜けて、細い月あかりを頼りに今熊野社《いまくまのしゃ》まで歩いた。付き従ったのは、知康という下級武士ただ一人であった。知康は、後白河院にいきなり供を命じられて行く先もわからないまま、暗闇を行く後白河院の後を必死に追った。後白河院は、今《いま》熊野社《くまのしゃ》なら目をつぶっても行ける。それは後白河院自身が紀州の熊野神社から御所の南に勧請《かんじょう》した社《やしろ》なのである。

闇に沈む森から、杜鵑《ほととぎす》の声が響《ひび》いた。

今熊野社の宮司《ぐうじ》を起こし、驚く宮司《ぐうじ》に輿《こし》を調《ととの》えさせると、後白河院は比叡山《ひえいざん》に逃げた。

比叡山に木曾義仲がいることは承知の上である。

平宗盛《むねもり》が後白河院の不在に気づいたのは、翌二十五日の辰《たつ》の刻《とき》（午前八時ごろ）だった。

その日宗盛以下平家一門は、安徳天皇と神器を奉じて都落ちした。

『皇を取って民となし、民を取って皇となす』

崇徳院の呪《のろ》いがいよいよ発動したのだと、京の人々は驚愕《きょうがく》し、震え上がったのである。


西行はこの国が危機に瀕《ひん》しているのを誰よりも感じていた。

西行だけが、崇徳院《すとくいん》の五部大乗経《ごぶだいじょうきょう》の実物を目にしていたのである。

西行は藤原定家《ていか》や慈円《じえん》に呼びかけて伊勢神宮に奉納する「二見浦百首《ふたみがうら》」を勧進《かんじん》した。西行は、伊勢神宮の神威と歌の力で危機を乗り越えることを願っていた。

西行は、伊勢でこんな歌を詠《よ》んでいる。


「深く入《いり》て　神路の奥《おく》を　尋《たづ》ぬれば　又上《うへ》もなき　峰《みね》の松風《かぜ》」

（伊勢神宮《いせじんぐう》の神路山《かみじやま》に深く入って、さらにその奥を尋《たず》ねていくと、そこにはまたこの上もない峰、

遥《はる》か霊鷲山《りょうじゅせん》から吹き渡っている、その松風が吹いている）

神路山《かみじやま》は、伊勢神宮の内宮《ないくう》の南にある連山である。

神聖な神路山《かみじやま》の奥深く、さらにその神々《こうごう》しさの極《きわ》まる所を尋《たず》ねると、そこにはまたこの上もない峰《みね》から、松風が吹いている。

この上もない峰とは、釈迦《しゃか》が法華経《ほっけきょう》を説いたという霊鷲山《りょうじゅせん》である。

霊鷲山《りょうじゅせん》から吹いてくる風。

それは、世界を遍《あまね》く照《て》らす大日如来《だいにちにょらい》から吹いてくる風である。

風は霊鷲山《りょうじゅせん》から国々に吹き渡り、海を越えてここ日本の神路山《かみじやま》の奥まで吹き寄せている。

その風はみな同じく大日如来《だいにちにょらい》、慈悲《じひ》の源《みなもと》から吹いてくるのだ、と西行は思った。

「神路山《かみぢやま》　月さやかなる　誓《ちか》ひありて　天《あめ》の下をば　てらすなりけり」

（天照大神《あまてらすおおみかみ》は本来大日如来《だいにちにょらい》であるが、衆生《しゅじょう》を救うために誓願を立ててこの国に垂迹《すいじゃく》した。その誓いがあるので、伊勢神宮《いせじんぐう》の神路山《かみじやま》の月は格別に清《さや》かに、天《あめ》の下を照らしているのだ）

霊鷲山《りょうじゅせん》から吹き渡り、澄んだ月のように世界を隅々まで照らしているのは、すべての生きとし生けるものを救おうという大日如来《だいにちにょらい》の慈悲の誓《ちか》いである。

文治二年（一一八六）、重源《ちょうげん》が東大寺大仏再建の勧進《かんじん》を頼みに伊勢《いせ》二見浦《ふたみがうら》の西行庵《あん》を訪れ、奥州藤原氏に砂金の勧進《かんじん》の依頼をした。西行は引き受け、六十九歳にして二度目の奥州の旅に出発することになったのである。

西行は二見《ふたみ》が浦《うら》の草庵《そうあん》を引き払い、伊勢神宮の神官達と名残《なごり》を惜しむと、奈良に行き重源や東大寺の僧達と打ち合わせをした。

東大寺で西行は、奈良の都が異様に見晴らしが良くなった事に気がついた。奈良の都の遙《はる》か西北にある生駒山《いこまやま》や、その麓《ふもと》の寺の方まで見渡せる。

かつて南都（奈良）は立派な大仏殿や寺々の塔や伽藍《がらん》、民家が密集していた。だが今は一面に焼け野原になり、寺社仏閣も高い塔も焼け落ちて、視界を遮《さえぎ》るものは何も無い。どれほど無数の無辜《むこ》の人々の命が奪われ、どれほどの家族が滅んだのであろうか。

西行は東大寺を焼亡した平重衡《たいらのしげひら》をよく知っていた。文武に秀で「牡丹《ぼたん》の花のような」と美しさを称《たた》えられた武士だった。また宿直《とのい》の時に、建礼門院《けんれいもんいん》の女房達に怪談を話して怖がらせたこともある朗《ほが》らかで人懐《ひとなつ》っこい一面もあった。南都《なんと》（奈良）制圧を命じられた平重衡《たいらのしげひら》軍は夜戦に火を放ったが、強風に煽《あお》られて予想外に一挙に燃え広がり、興福寺や東大寺ほか奈良中の寺社や民家を焼き尽くしてしまったのである。

もし自分が検非違使《けびいし》として南都制圧を命じられていたならば、大仏殿を焼き人々の命を奪ったのは、この自分であったかもしれない。西行は、痛切にそう思った。

源頼朝《みなもとのよりとも》の面前に引き出され、頼朝から「南都焼亡《なんとしょうぼう》は、亡き大政人道殿（平清盛）の指図《さしず》だったのか」と問われた時、平重衡《たいらのしげひら》は全く動じることなく、堂々と答えた。

「南都炎上の事は、亡き入道殿のお指図《さしず》でも無く、重衡《しげひら》の発起《ほっき》でもございません。衆徒《しゅうと》達の悪行を鎮《しず》めるために向かったのですが、思いのほかに伽藍《がらん》が滅亡した事は、力の及ばなかった事でございます。平家は保元・平治以来、度々《たびたび》朝敵を平らげてきました。それなのに今は運が尽き、重《しげ》衡《ひら》はとらわれました。弓矢をとるならい、敵《かたき》の手にかかって命を失うことは、まったく恥ではございません。武士の情け、どうぞ早く頭《こうべ》をはねてください」

梶原景時《かじわらのかげとき》はこれを聞いて「あっぱれ大将軍や」と涙し、人々も袖《そで》を濡《ぬ》らした。

源頼朝はその潔さに深く感じ入り、東大寺が引き渡しを要求し平重衡《たいらのしげひら》が南都に旅立つ日まで手厚く保護したという。南都で平重衡《たいらのしげひら》は斬首された。

平重衡も、壇ノ浦に沈んだ平家一門も、そしてこの見渡す限りの南都で亡くなった人々もひとしく西行は哀れで、痛いほど身近に感じた。これらの死んでいった人々に、そしてこれから生きる人々に、自分は何かをできるだろうか。

もしそれができるなら、六十九歳のこの身命を捨てても構わないと、西行は思った。


西行は、一人の供を連れて奥州へと旅立った。

本当は、西行は一人で行きたかった。だが今回は東大寺大仏勧進の旅であるので、東大寺の方で西行の身に危険があっては面目《めんぼく》が立たないと頑強《がんきょう》に主張し、一人の供の僧をつけたのである。

無口で目立たない老けた男だった。西行より一回り以上若いが、腰をかがめ背を丸くすぼめてとぼとぼと歩いている。長年僧房でひたすら寺の出納簿《すいとうぼ》をつけていたということで、宿の手配や草鞋《わらじ》の調達などには便利な男であるらしい。

東大寺が案じたように旅を始めてみると、確かに奈良を出てすぐの鈴鹿山《すずかやま》の関所から、前回の旅とは比較にならないほど殺気立ち混雑していた。

源義経や平家の残党が関所を抜けることのないよう、役人達は一人一人の顔と名を改め厳重に取り調べていた。

その時になって初めて西行は東大寺がこの年寄りじみた無口な男を自分に付けてよこした意味がわかった。

みすぼらしい僧衣をまとった老僧二人が、

「東大寺の砂金勧進《さきんかんじん》のために、遥々《はるばる》奥州へ参ります」

と告げると、関所の役人達は驚き、

「それはご苦労。奇特《きとく》な志《こころざし》じゃ。ご老僧、道中《どうちゅう》ご無事で」

と、哀れみ労《いた》わって、さっさと通してくれた。


浜松の天竜川の渡しに着くと都合よくこれから出る船があった。西行と供の僧が乗ると、先に乗っていた武士が、人がたくさん乗ると船が沈みそうになるとでも思ったのか、

「後から来た法師、下《お》りよ下《お》りよ」

と怒鳴った。

西行は、「渡し船には、こういうことはよくあること」と知らん顔をしていた。武士は容赦なく鞭《むち》で西行の頭を打った。西行の頭から血が流れたが西行は静かに合掌して船を下りた。普段無口で表情を出さない供の僧が、この時ばかりは西行の姿を見て泣き悲しんだ。西行はじっと供の僧を見て
「都を出た時、道中《どうちゅう》きっと苦しいことがあるだろうと言っていたのは、この事なのだよ。そのたびにそなたがそんなに嘆いてはお互いに心苦しいから、そなたは都へ帰れ」

としずかに諭《さと》した。無口な僧はただ幾度も頭を下げた。

この僧も、身分こそ低かったが昔は武士であった。

その頃佐藤義清《さとうのりきよ》といえば、武家の名門佐藤家の若き棟梁《とうりょう》として、ともに北面《ほくめん》の武士であった平清盛と並び称されるほどの名高い武士であった。弓矢と蹴鞠《けまり》の名手と評判の高い佐藤義清の水際《みずぎわ》立《だ》った凛々《りり》しい武者振《むしゃぶ》りは、少年の日のこの僧の憧《あこが》れだった。

この僧はまだ元服もしていなかった頃、京の大路《おおじ》を蹄《ひづめ》の音も軽やかに駆け抜けてゆく若き義清の姿を幾度も見ていた。


「伏見過《ふしみす》ぎぬ　岡屋《をかのや》になほ　とゞまらじ　日野まで行《ゆ》きて　駒《こま》心見《み》ん」

(伏見を過ぎ岡屋でもなお止まるまい。日野まで一走りに行って駿馬《しゅんめ》を試してみよう)

手綱捌《たづなさば》きも鮮やかな颯爽《さっそう》とした騎乗の若武者の後ろ姿を、この僧は憧れて見惚《みほ》れた。

「あれが佐藤家の棟梁《とうりょう》、佐藤義清《さとうのりきよ》だよ」

と傍《そば》の大人が教えてくれた。

このたび東大寺の上役《うわやく》に
「円位上人《えんいしょうにん》の供をせよ」

と命じられた時、この僧はひそかに昔の佐藤義清の姿を思い出し、あの凛々《りり》しい武者に仕えて一緒に奥州まで行けるのだと心が高鳴った。

だが長年僧として本心を出さずに生きてきた彼は、用心深くお辞儀《じぎ》をしただけであった。上役《うわやく》はそんな彼に物足りなさを感じた。しかし上役は内心、あの難しい西行には、このくらいの男がちょうどいいのかも知れぬ、と思い直した。

それなのに今この僧は西行が武士に打たれる姿を見て、遥《はる》か昔の武士だった頃の心に戻り、出家して以来初めて嘆《なげ》き憤《いきどお》る表情をした。

だが西行が説き聞かせるとすぐに再び僧の心に戻り、西行の後を追ったのである。

文治二年（一一八六）八月十五日、西行主従は鎌倉の鶴岡八幡宮の参道を歩いていた。

鎌倉は至る所で槌音《つちおと》が響き、土を積んだり材木を担《かつ》いだ工夫が行き交《か》う町だった。

樵夫《きこり》や海人《あま》や商人が働く様子を見るのが好きな西行は、新しい町を作る工人達の活気あふれる姿を興味深く眺めつつ歩いていた。

大鳥居《おおとりい》まで来ると、西行は足を止めた。

銀杏《いちょう》の梢《こずえ》からさっと黒い影が降り立ち、西行の耳元に何事かを囁《ささや》くと、再びつっと梢《こずえ》に浮きあがり消えてしまった。

小田原大雄山《だいゆうざん》の烏天狗《からすてんぐ》である。

僧正坊は
「下界のことなど、天狗の知ったことか。お主が思案しろっ」

と大威張《おおいば》りで西行にすべてを押しつけておきながら、諜報《ちょうほう》や護衛《ごえい》は天狗の領分だと心得ているらしく、西行の行く先々の山の天狗達と連絡を取ってあらかじめ危険を避けさせ、必要な情報はこうして西行にもたらしてくれる。

だから西行には、実は護衛の供の僧は必要ないのであった。

『本日、鎌倉殿が鶴岡八幡宮《つるがおかはちまんぐう》に参詣《さんけい》します』

大雄山の烏天狗《からすてんぐ》がささやいた。西行は一人うなずくと、傍《かたわ》らの供の僧に告げた。

「そなたは、この辺りで宿をみつけて控えていなさい」

「そ……それはなりません。危のうございます」

供の僧は声を殺して叫んだ。

西行はかつて平清盛や平家の人々と親しかった。源頼朝と敵対した人々である。

そして大雄山の天狗もまだ知らないことがある。

頼朝は奥州《おうしゅう》藤原秀衡《ひでひら》に、ある取り決めを申し入れ、秀衡《ひでひら》は了承した。

それは「秀衡の朝廷に献上《けんじょう》する馬や黄金などは、今後一切頼朝が取り次ぐ」という内容だ。

この取り決めによって、いよいよ西行が頼朝に取り次ぎの許可を得ることができなければ、秀衡が砂金を東大寺へ送ることは不可能な事態となったのである。

こんな取り決めを要求するほどに、頼朝は奥州藤原氏《おうしゅうふじわらし》への警戒心を深めていた。

源頼朝の神経は、日に日にじりじりと逆立《さかだ》ってきた。

義経は不思議な若者だ。会ってみると背の低いただの若者にすぎない。前歯も少し出ている。

それなのに、いつもどこかに、この若者を庇《かば》う者が現れる。

追討《ついとう》の宣旨《せんじ》が出て一年近くになるのに、いまだに鞍馬《くらま》山や比叡山《ひえいざん》の僧が義経を匿《かくま》っていた事が次々に露見《ろけん》し、鎌倉に報告されてくる。頼朝と後白河院の厳しい探索の最中に、誰かが自分の命を危険にさらしてでも義経を庇《かば》おうとする。

それが頼朝には不気味だった。

頼朝は自分の周りには命懸《が》けで自分を守ってくれる者が一人もいないことを、骨の髄《ずい》から知っていた。実際に戦場で鮮《あざ》やかに平家を打ち負かしたのは頼朝ではなく、義経なのだ。

だからこそ義経が人々に慕《した》われていることが、心底怖《しんそここわ》い。

頼朝は、まるで山々も海も川も野も、すべてが自分に刃向《はむ》かい義経に味方しているような、底知れぬ不気味さを味わっていた。

しかも今頼朝が手を組んでいる後白河院は、最も信用できない相手だ。昨年の文治一年十月に後白河院は義経に『源頼朝追討《みなもとのよりともついとう》の宣旨』を下し、その一ヶ月後に今度は『源義経追討《みなもとのよしつね》の宣旨』を下したのだ。

それほどまでに頼朝が疑心暗鬼《ぎしんあんき》になっている時に、西行がよりによって頼朝の最も警戒している奥州平泉へ行くとわかれば、どんな疑いをかけられないとも限らない。供の僧は恐ろしかった。

「いや、私一人が、良いのだ」

「でも……」

西行にもしものことがあったら自分が東大寺に責められる。口下手な供の僧は必死に目顔で訴えた。

「わからぬか。余計な者は、いないほうがよい。一人のほうが」

当惑した供の僧に、西行は凄《すご》みのある笑みを向けた。

「目立つのだ」

その瞬間、供の僧に元武士の気概《きがい》が戻った。

「心得ました」

きりりと一礼すると、供の僧は引き下がった。

立ち去る後ろ姿は、もう背を丸めてはいなかった。供の僧の目には、先刻の西行の笑みが焼き付いていた。

あれは確かに、遥《はる》か昔自分が見た、佐藤義清《さとうのりきよ》の笑みだった。

供の僧は悟った。

佐藤家の元棟梁《とうりょう》、佐藤義清は今、天下の源頼朝を相手取り、己の生死を賭《か》けて何かを成し遂《と》げようとしているのだ。

たった一人で。

鶴岡八幡宮という、源頼朝が精魂傾けて建立《こんりゅう》した大舞台で。

華やかに朝日を浴びる朱塗りの大鳥居《おおとりい》の前に、何事も無かったように西行は佇《たたず》んでいた。


その日、美々しい行列に威儀《いぎ》を正した源頼朝は、鶴岡八幡宮を参詣《さんけい》しようと訪れたが、大鳥居の辺りを老僧が幾度も往復しているのに目を留めた。

手に印《いん》を結び、口に真言《しんごん》を唱えている。身なりこそ埃《ほこり》っぽく汚いが、良く見ると背筋は伸び印の形も美しく、歩調もなめらかで安定している。日に焼けたその顔は武骨だが、削《そ》ぎ落とされたような頬にも、静かに半ば閉じられた瞳にも、不思議な威厳がある。

「神社に僧か。何をしているのか」

頼朝は不審に思って梶原景季《かじわらのかげすえ》を呼び、老僧に名を尋ねさせた。

「私は佐藤兵衛尉義清《さとうひょうえのじょうのりきよ》でございます。今は西行を名乗っております」

歌で名高い西行と聞いて、源頼朝は昔、まだ京で暮らしていた十三歳の春に、ほんのひと月ほど待賢門院《たいけんもんいん》璋子《たまこ》の皇女上西門院《じょうさいいもんいん》統子《とうし》に蔵人《くろうど》として仕えた事を思い出した。初めて上西門院《じょうさいもんいん》に参上した日、女院《にょういん》は御簾《みす》越《ご》しに優しい言葉をかけてくれた。伊豆に流されて以来、頼朝はそんな優雅な都の文化には程遠い暮らしが続いた。頼朝は一日も早く鎌倉に京の都と同等の文化を根付かせたいと願っていた。

「これから鶴岡八幡宮に奉幣《ほうへい》（幣帛《へいはく》を捧げる）に行く。それが済んだ後に、心静かに面会して歌のことを話してほしい」

西行は「承《うけたまわ》りました」と、しずかに合掌した。

頼朝は西行を召すためにすぐに御所に帰り、西行を招き入れ談話をした。

この時頼朝は歌道と弓馬のことについて、せきこんで西行に質問した。

西行はしばし目を閉じた。

西行は秀郷流《ひでさとりゅう》の相承者である。歌にせよ弓馬にせよ、家伝というものは長い歳月をかけて代々工夫を積み重ねて継承してきたものなのだ。

（都の人々が長い歳月をかけてようやく作り上げた伝統を、この男はこうして手に入れようとしているのか。鎌倉から動かずに平家を滅ぼし、天下を手に入れたのと同じように）

西行は自分の思いを殺して、しずかに告げた。

「弓馬のことは保延三年に出家した時、秀郷朝臣《ひでさとあそん》以来九代嫡家相承《ちゃっけそうしょう》してきた兵法の書を燃やしてしまいました。詠歌は花や月に対して心が感動するときに、わずかに三十一字に作るばかりです。全く奥深いことは知りません。そういうわけで弓馬についても歌道についてもお話し申すことはできません」

左右に居流れる家臣達の間に、さざ波のように驚きが走った。

「断りおった」

「我が殿の切なる願いを、老僧め、いともあっさりと」

誇り高い坂東の荒武者達の顔に、強い憤懣《ふんまん》の色が、正直に現れた。

しかし頼朝は熱心に、さらに質問してくる。

当年四十歳、男盛りの頼朝の姿を西行は眺めた。

細面《ほそおもて》で中高《なかだか》な端正な顔立ちだった。細い眉に切れ長な目、襟元《えりもと》を揃《そろ》えて立派な装束《しょうぞく》をきちんと身に着けている。都育ちの平家の公達《きんだち》にも劣らぬ見事な武者姿だ。

だが、こんなに底冷《そこび》えのする人間を、見たことが無い、と、西行は感じた。

平治の乱で捕えられた頼朝は、池禅尼《いけのぜんに》の必死の命乞いのお陰で死罪を免れたが、その恩を裏切って平家討伐《とうばつ》の蹶起《けっき》をした。だから先日も静御前《しずかごぜん》の男児を由比《ゆい》ガ浜《はま》に埋めさせた。自分自身がかつて恩人を裏切ったので、頼朝はその嬰児《みどりご》を信じられなかったのである。

西行は、痛ましかった。

『従二位の鎌倉将軍』。しかしそういう衣を剥《は》いでしまえば、頼朝も、中身はみなし子として異郷に育ち猜疑心《さいぎしん》の強い、不安に満ちた一人の男にすぎない。

今はこの男の権力と勢いが強すぎるので、周りの者は誰も気づいていないのだ。その中身が、今にも破裂しそうになっていることに。

西行が頼朝と出会った日は、鎌倉幕府が開けていく、時の勢いと権力に満ち溢《あふ》れた時期だった。しかしその後頼朝の子孫達がたどる悲惨な運命がこの日すでに兆《きざ》しているのが、西行にはありありと目に浮かんだ。

底冷《そこび》えのする頼朝の人間不信。誰一人信じられない、自分自身さえも信じられない孤独。

この男は、生きながら、どんな地獄をさまよっていることだろう。

深いため息をついて、西行はそっと言い添えた。

「流鏑馬《やぶさめ》についてなら、少し心得がございます」

「流鏑馬《やぶさめ》。それは良い」

頼朝は少年のようにぱっと目を輝かせた。

今日八月十五日は、放生会《ほうじょうえ》だった。鶴岡八幡宮でも池に鯉《こい》を放って放生会《ほうじょうえ》を行ったが、流鏑馬《やぶさめ》については、正式なやり方を伝え聞いている者は、いなかった。

頼朝はすぐに藤原俊兼《ふじわらのとしかね》に筆と紙を持ってこさせ、西行の言葉を書き留めさせた。西行は、懇切《こんせつ》に語った。

「馬上では弓を水平に持たず、拳《こぶし》で斜めに押ったてて、ただちに引けるように持つこと」

それは具体的で理詰めのものだったので、陪聴《ばいちょう》した鎌倉武士達に強い感銘を与えた。

西行の講義は夜通し続いたという。

翌年の文治三年八月十五日から、鶴岡八幡宮で放生会《ほうじょうえ》に流鏑馬《やぶさめ》が行われたのである。

空も明るんできたころ、ようやく西行は語り終え、退出を申し出た。

「せめてあと二、三日でも逗留《とうりゅう》するように」

頼朝はしきりに西行を引き留めた。

「身に余る仰《おお》せ誠《まこと》にかたじけなく存じますが、さような訳にも行かないのでございます。私は旅の途中で、道を急ぎますので」

「ほう。旅の途中であったか。して、どちらへ」

「奥州平泉でございます」

源頼朝が顔色を変えた。先刻とは別人のように表情は険《けわ》しくなり、目が鋭く底光《そこびか》りした。

「なんのために」

一座に殺気が走る。無意識のうちに剣の柄《つか》に手をかけている者もいる。

西行は、おもむろに懐《ふところ》から重源《ちょうげん》直筆の勧進帳《かんじんちょう》を取り出すと、頼朝に差し出した。

「東大寺の大仏を鍍金《ときん》するために、黄金が足りませぬ。私は俊乗坊重源上人《しゅんじょうぼうちょうげんしょうにん》のご依頼で、親戚筋の藤原秀衡《ふじわらのひでひら》公に、砂金の御寄付をお願いしに、遥々《はるばる》都から奥州平泉へ行く途中なのです」

「ふむ……大仏再建の勧進《かんじん》、とな……」

頼朝は、ためつすがめつ勧進帳《かんじんちょう》を眺《なが》め、それを傍《かたわ》らの大江広元《おおえのひろもと》に渡した。その場の者達は一斉に首を伸ばして、勧進帳を覗《のぞ》き込もうとした。

このところ義経の動向、平家の残党の討伐《とうばつ》、静御前《しずかごぜん》の出産と立て続けに神経を使う出来事が起こり、平重衡《たいらのしげひら》が焼失してしまった大仏のことを、頼朝以下鎌倉武士達は失念していた。

西行は、大仏の開眼《かいげん》式の模様を話してきかせた。

後白河院が、首から上だけに鍍金《ときん》された大仏によじ登って開眼《かいげん》の筆を振るったことを話すと、元来諧謔《かいぎゃく》好きの鎌倉武士達は、笑いをかみ殺して威儀《いぎ》を保つのに苦労した。

一座の空気が程よく和《なご》んだ頃を見計らって、西行は一段と声を張り上げた。今回の面談の主目的である。

「それで、首尾よく藤原秀衡《ひでひら》公にご快諾《かいだく》いただき、秀衡《ひでひら》公が砂金をお送りくださった暁《あかつき》には、こちらを通らせていただきましてもよろしいでしょうか」

居並ぶ鎌倉武士達が、一斉に源頼朝を見た。

「よかろう」

頼朝の声が一座に響き渡り、西行は深く一礼した。

「これを与えよう」

日も高くなって西行が鎌倉御所を退出する挨拶を述べた時、頼朝は銀作りの猫を与えた。見事な細工だ。柔らかく放つ銀色の光は、それが純銀であることを証明している。金の産地奥州へ向かう西行への下賜品《かしひん》には、頼朝側もさぞ苦心したのだろう、と西行は同情した。

「有難うございます」

西行は心から嬉しそうに、目と口元にあの親しみをこめた微笑を浮かべて贈り物をいただいた。そして見送りに出た武者達にも、にっこりと微笑んだ。一夜を語り明かし、すっかり打ち解けた鎌倉武士達は、名残《なごり》惜しそうに口々に道中の無事を祈り別れの言葉をかけた。

命のやり取りを日常とし、修羅《しゅら》の真っ只中《ただなか》に生きる武士達は、独特の割り切り方で人生を考える。明日は敵味方に分かれるとしても、ひととき愉快な時間を過ごした相手は、そのひとときだけは、精一杯大事にする。

八月だというのに底冷《そこび》えのする源頼朝の御所を、西行は後にした。

「良い物を貰《もら》った」

鶴岡八幡宮《つるがおかはちまんぐう》の大鳥居《おおとりい》を歩きながら、西行はずっしりと重い銀作りの猫を取り出した。

「おう、可愛い顔をしている。丸い背もすべすべした手足も、可愛らしいのう」

西行は子供のような笑顔で、それを晴れた空にかざした。純銀の猫がきらきら光っている。子供達が集まってきた。指をくわえている子、目をまん丸にして見入っている子。

「お爺さん、それ、何?」

「猫でしょ?　ちょっと、触らせて」

西行は子供達を振り返った。

「ああ、いいとも」

砂遊びをしていたらしい小さな女の子の汚い手に、純銀の猫を渡した。

「可愛いだろう。あげるよ」

びっくりしてぽかんと口を開けている女の子に笑いかけると、西行はさっさと歩きだした。

子供達が追いつけないくらい、西行の足は速い。

どこからか供の僧が慌《あわ》てて走ってきてようやく西行に追いつき、ぜいぜい息を切らしているのを見下ろして、西行は晴れやかに声をかけた。

「用事は、済んだ。さあ、行こう」

猜疑心《さいぎしん》の強い源頼朝の命で西行をこっそり尾行していた幾人かの家臣達が、この成り行きを驚き呆《あき》れて見ていたのを、西行は承知していた。

西行は奥州平泉《おうしゅうひらいずみ》に到着し、四十年ぶりに藤原秀衡《ひでひら》と再会した。

西行から源頼朝が貢金《こうきん》の邪魔《じゃま》をしないと確約したという話を聞いた藤原秀衡《ひでひら》は、その場で貢《こう》金《きん》を快諾《かいだく》した。

そして十月には、早くも奥州から砂金四百五十両が、都へ到着したのである。

だが、話はそれで終わらない。

西行が頼朝から貰《もら》った純銀の猫を惜しげもなく子供に与えてしまったという話は、あっという間に全国津々浦々《つつうらうら》に広がった。

家々を回って喜捨《きしゃ》を集める僧達は、金品に執着しない例として『銀の猫』の逸話《いつわ》を語り歩いた。

また日頃何かと鬱憤《うっぷん》を抱いている庶民達も、この話を聞くと、胸がすっとした。

「あの鎌倉殿に戴《いただ》いた銀の猫を、あっさり子供にやってしまうなんて……」

銀一粒どころか米一粒であっても貴重な貧しい生活をしている人々にとっては、それは目の覚めるように豪奢《ごうしゃ》で痛快なふるまいに思えた。

そしてそれとともに、なぜ西行が鶴岡八幡宮《つるがおかはちまんぐう》にいたのか、という話も必ず付け加えられた。

「東大寺大仏の勧進《かんじん》を、俊乗坊重源《しゅんじょうぼうちょうげん》がやっているらしい」

それまで人々は、大仏のことをすっかり忘れていた。貧しい人々は大仏のことなど構っていられなかった。だが重源《ちょうげん》の大仏勧進《だいぶつかんじん》の話は、貧しい人々の関心を大いに集めた。

わらわらと、日本全国津々浦々《つつうらうら》に、勧進聖《かんじんひじり》が出現したのである。

勧進聖《かんじんひじり》とは、村から村に旅をしながら人々の寄付を募る僧形《そうぎょう》の者達のことである。高野山などの寺社に参拝《さんぱい》に行けない人々の門口《かどぐち》に立ち、代わりに寺社にお詣《まい》りするといって米や銭を受け取り、お札《ふだ》を置き、家の門口《かどぐち》でひとしきり経を上げ、どこへもなく立ち去っていく。東大寺俊乗坊重源《とうだいじしゅんじょうぼうちょうげん》も、もちろん勧進聖《かんじんひじり》を各地に派遣《はけん》していたし、本物の勧進聖《かんじんひじり》も大勢いた。だが、うろ覚えの経を唱えて貰《もら》ったわずかな米や銭で糊口《ここう》をしのぐ、僧とはいえない人々も、その中には無数に混じっていた。

この頃の戦乱続きで、村をさまよい出た窮民《きゅうみん》達は全国各地に満ち満ちていた。重源《ちょうげん》の大仏勧進《だいぶつかんじん》は、彼らにとって勧進《かんじん》の格好《かっこう》の口実になったのである。

全国の関所に、勧進聖《かんじんひじり》と称する人々が行き来するようになった。

重源《ちょうげん》による東大寺の大仏勧進《だいぶつかんじん》の話は、もう人々にとって珍しい話でも何でもなくなった。そして村々を訪れるたびに、勧進聖《かんじんひじり》達は西行の『銀の猫』の話を語って聞かせたのである。

西行が鶴岡八幡宮を訪れた文治二年八月十五日から半年が経った。すでにその頃は東大寺大仏《とうだいじだいぶつ》勧進《かんじん》の噂は日本の隅々にまで行き渡っていた。

文治三年の初め頃、山伏姿《やまぶしすがた》に身をやつして源義経一行はひっそりと旅立った。道中石川小松《いしかわこまつ》の安宅《あたか》の関で、関守である富樫左衛門泰家《とがしさえもんやすいえ》に一行は

「義経主従ではないか」

と見咎《みとが》められた。

武蔵坊弁慶《むさしぼうべんけい》は富樫《とがし》の疑いを晴らすために義経をわざと強《したた》かに打ち据《す》えた。富樫《とがし》から

「東大寺大仏勧進《とうだいじだいぶつかんじん》ならば勧進帳《かんじんちょう》があるだろう」

と言われ、弁慶は咄嗟《とっさ》に偽《いつわ》りの勧進帳《かんじんちょう》を取り出し朗々《ろうろう》と読み上げた。

富樫左衛門泰家《とがしさえもんやすいえ》は内心気づいてはいたものの、武蔵坊弁慶の捨て身の忠義心と源義経の哀れさに、何も言わずに関所を通した、ということだ。

文治三年二月十日、源義経は厳重な頼朝の追手の目を潜《くぐ》り抜け、辛《から》くも奥州平泉《おうしゅうひらいずみ》にたどり着いた。藤原秀衡《ひでひら》は温かく源義経一行を受け入れ、衣川館《ころもがわのたち》に彼らを住まわせたのである。

この陸奥《みちのく》の旅を通して、西行は絶唱ともいうべき幾つかの歌を得た。

「年たけて　又越《こ》ゆべしと　思《おも》ひきや　命成《いのちなり》けり　小夜《さや》の中山」

(年を取ってから、またもう一度、ここを越えることがあると思っただろうか。

すべては命があってのことなのだなあ。小夜《さや》の中山よ）

若い頃の旅と同じように、二度目の陸奥《みちのく》の旅の途中で西行はもう一度、遠江国《とうとうみ》の小夜《さや》の中山《なかやま》の峠《とうげ》を越えた。あの頃は、まさか自分が生きてもう一度、この小夜《さや》の中山《なかやま》を越えるとは、思いもしなかった。若い頃は難なく越えたこの中山峠《なかやまとうげ》も、老いた身には足を取られそうになりながら越えた。長い長い歳月が流れたのだ。それでも昔と同じようにまた再び、自分はこの峠《とうげ》を越えている。命なのだなあ、としみじみと思った。

駿河国《するがのくに》では富士を見上げた。富士山はその頃活火山で、山頂にはいつも煙が漂っていた。

「風になびく　富士のけぶりの　空に消《きえ》て　行方《ゆくゑ》も知《し》らぬ　我思哉《わがおもひかな》」

（風になびく富士山の噴煙が空に消えて、行方《ゆくえ》もわからない。その煙のように、私の思いも、これから先どこへ消えてゆくのか、行方《ゆくえ》もわからないなあ）

富士山の煙は風になびいてどこまでも流れ、いつのまにか澄んだ青い空に消えてしまう。自分の思いは今も噴煙のように絶えることなく燃え続け、どこへ行き着くかもわからない。

これまでの人生には、辛い恋や幾つかの戦《いくさ》、政治の変遷《へんせん》があった。だがすべてを捨ててたどり着いたのは、かなしいほどに晴れ渡り、広々と視界の開けた世界だった。碧《あお》く果てしない空と、大地にそびえ立つ富士山。眼の前の噴煙のように西行の思いは今も燃え続け、風にたなびいて、いったいどこまで行ってしまうのか不安になるほど、行方《ゆくえ》もわからない。いつかはこの澄《す》んだ静かな世界に、溶け込んでいくのだろうか。

この歌は西行が生涯で一番気に入った歌、代表作であると伝えられている。

『銀の猫』の話は、その後も人々の口から口へと伝えられた。

「純銀の猫も、無欲な西行上人《しょうにん》にとっては玩具の猫と同じらしい」

と人々は感嘆した。

遊んでいる子供に宝物を気軽にやってしまう西行の姿には、どこか童心が感じられた。日本全国至る所に、西行の伝説が生まれ、語り継がれた。その中には西行が里に立ち寄った時に賢い子供にやり込められるという面白おかしい話も多い。

古来数多《あまた》の歌人はいるが、このように人々に愛され全国に伝説を残した歌人は、西行の他にいない。

第十章　やすらい花

陸奥《みちのく》の旅から戻ると、西行は洛西《らくせい》の嵯峨野《さがの》に庵《いおり》を結んだ。

庵を囲む竹林は、さやさやと音を立てて風にそよいでいる。

夏の強い日差しが注ぐ庵の前の小さな平地には無数の細かい竹の葉影が落ち、絶えず涼しげに揺れている。

西行は庵に臥《ふ》してうたた寝をしていた。

ぴゅうっと、高い麦笛の声が聞こえてきた。

庵の前で、小さい子供が吹き鳴らしたのだ。

七十歳過ぎの西行は懐かしい麦笛の声に、はっと目を覚ました。

ああ昔、私も麦笛を鳴らして遊んだことが、あったのう……。

あの麦笛の声は、もしかして幼い私が鳴らしたのではなかったか。

夢とうつつの合間で、老いた西行は幼い頃に戻ったような気がした。

「うなゐ子《ひこ》が　すさみに鳴《な》らす　麦笛《むぎぶえ》の　声《こゑ》にお《を》どろく　夏の昼臥《ひるぶ》し」

(うない髪の幼い子が、気ままに鳴らす麦笛の声に、はっと目を覚ます夏の昼寝)

麦笛の声をきっかけに、西行は次々と、昔、子供の頃に遊んだ事を思い返した。

「昔《むかし》せし　隠《かく》れ遊《あそ》びに　なりなばや　片隅《かたすみ》もとに　寄《よ》り臥《ふ》せりつゝ」

（昔した隠れん坊に、このままなってしまったらいいなあ。

庵の片隅《かたすみ》のあたりに寄りかかって、横になっていながら）

そういえば子供の頃、隠れん坊をして、物陰に臥《ふ》せっていたこともあったなあ。

老人になった自分も、もう一度昔に戻って、子供達と一緒に隠れん坊をして遊びたいものだ。

今の自分は人々から隠れるように、庵《いおり》に一人で住んでいる。

一人で隠れ住んでいる今の自分と、隠れん坊をしていた子供の頃の自分。

長い時が夢のように流れたのだ、と西行は思った。


「我もさぞ　庭《には》のいさごの　土遊《つちあそ》び　さて生《お》ひ立《た》てる　身《み》にこそありけれ」

（私もそのように　庭の砂の土遊び、そうして生まれ育ち成長した身だったのだなあ）


今はすっかり老人になってしまったこの私も、子供の頃はこうして土遊びに夢中になって育ったのだなあ。

西行は庵《いおり》の前で子供達がいろいろな遊びをしているのを眺《なが》めて自分が子供だった頃を思い出し、老人になった今の自分をしみじみと思ったのである。

竹林の木漏《こも》れ日《び》は次第に薄らいでいった。雪の重みにしなう竹が時折乾いた音を立てて撥《は》ね上がり、はらりと落ちる雪の音が庵の西行に聞こえた事もあった。

やがてどこからか風に乗って梅の香が庵に漂ってきた。静かに時は流れた。

ある日西行は嵯峨野《さがの》から、京の北西の神護寺《じんごじ》（高雄寺）へ行く山道を登った。

桜は柔らかい若葉となっていたが、山道には濃い紅《くれない》の桜蘂《さくらしべ》（萼《がく》）が、一面に散ってまだ残っていた。

青葉さへ　見れば心《こゝろ》の　とまるかな　散《ち》りにし花の　なごりと思《おも》へば

（青葉でさえも見ると心が惹《ひ》かれてしまうなあ。散《ち》ってしまった花の名残《なごり》だと思うと）

散った後の桜の風情も西行には懐かしく、一木ごとに目を留めながら細い山道を登り、境内《けいだい》に行き着いた。

神護寺《じんごじ》では法華会《ほっけえ》が行われていた。

この日は法華会《ほっけえ》でちょっとした催し事《もよおごと》があった。

着飾った可愛らしい子供達が手に捧《ささ》げ物《もの》を付けた高雄《たかお》の山の花の枝を持って列を作り、法華経を讃《たた》える歌を、清滝《きよたき》川の波の声に響《ひび》き合わせて高らかに歌いながら、行《い》き巡《めぐ》る。

それが終わると、

「やすらい花や、やすらい花や」

というはやしことばを唱《とな》え、鼓《つづみ》を打った。

西行は木陰《こかげ》に寄りかかり、懐《ふところ》から短冊《たんざく》と筆を取り出して、書きつけた。


「高雄寺《たかをでら》　あはれなりける　勤《つと》めかな　やすらい花と　鼓打《つづみう》つなり」

（高尾寺では趣《おもむき》深いお勤《つと》めが行われるなあ。「やすらい花」とはやして鼓《つづみ》を打つ音が聞こえるよ）


「あれは、西行法師ではないか」

「いかにも、西行だ」

「西行だ」

囁《ささや》き声がそこかしこに起こった。

「神護寺《じんごじ》の僧達、慌《あわ》てておるな」

七十二歳の老西行は、ひそかに笑った。

神護寺《じんごじ》再興の僧文覚《もんがく》は、かねてから西行を憎み、誰彼はばかることなく、こう言い放っていた。

「西行など、出家遁世《とんせい》の身であるならば、一筋《ひとすじ》に仏道修行の他は何事もすべきではないのに、歌など作って、あちこちふらふら歩きまわっているなど、にっくき法師である。どこであっても、もし出会ったならば、頭を打ち割ってやる」

仏道修行、といっても、文覚《もんがく》の修行はすさまじい。

真夏、陽がかんかん照り付ける炎暑に山の藪《やぶ》の中に入り、仰向《あおむ》きに寝て七日七晩過ごしたり、厳寒の熊野で那智《なち》の冷たい大滝に二十一日間打たれ死にかけたという。寺で経文《きょうもん》を学んだ、という話は聞かない。僧というよりも、修験道《しゅげんどう》の行者のような荒行であった。

境内に散らばっていた弟子達は頬を引き攣《つ》らせ、そこかしこに寄り集まって、ひそひそと相談し始めた。

「西行といえば、天下の歌の名人だ。あの西行の頭を、うちの上人《しょうにん》様が打ち割ったりしたら、この寺は、いったいどうなることか」

「まずい」

「何とかして、西行を引き留めないと」

「絶対に、うちの上人様に知らせてはならないぞ」

法華会《ほっけえ》の催《もよお》し事《ごと》どころでは、なくなった。

「文覚上人《もんがくしょうにん》ならば、やりかねない」と、弟子達の誰もが、信じていた。

何せ文覚は、後白河院の面前で悪口雑言《あっこうぞうごん》を吐き散らし、大暴れして流刑《るけい》になったことのある荒《あら》法師《ぼうし》なのである。

境内にはいつの間にか、墨染《すみぞめ》の僧衣の数が増えた。西行に恐る恐る近寄り、何か話しかけようとする僧もいた。

だが西行は、僧達には目もくれない。

隅の木陰《こかげ》に寄りかかったまま、話しかける僧に無言で軽く目礼すると、そのまま法華会《ほっけえ》の様子を眺め続けていた。話しかけようとした僧も、気まずげにそのまま引き下がる他、無かった。

ようやく日も傾き、法華会《ほっけえ》も終わった。舞い手の子ども達も囃子《はやし》方の人々も引き上げ、見物の人々も散っていった。僧達も、ほっとして後片付けを始め、それぞれの坊に引き上げようとしていた。

その時西行は、つかつかと境内《けいだい》の庭の真ん中を横切って、真っ直ぐに本堂に進んだ。

あっと僧達は息を呑《の》んだが、止める暇もない。

西行は、声高らかに、本堂に向かって呼びかけた。

「申し上げます」

「誰ぞ」

明かり障子の奥から庭に響いてきた野太い大声に、僧達は縮みあがった。

「まずい」

「取り次ぎの僧は、何をしているのだ」

僧達は思わず手を握りしめた。

「西行と申す者でございます。法華結縁《ほっけけちえん》のために参りました。今は日も暮れましたので、一夜、このご庵室《あんしつ》に泊めていただきたく参りました。

文覚上人《もんがくしょうにん》はおられますか」

「応《おう》、わしが文覚だ」

がらりと明かり障子《しょうじ》が開いて現れたのは、取り次ぎの僧ではなく、文覚上人本人であった。

「最悪だ」

境内のあちこちで、僧達が首をすくめた。

本堂の廊上から庭の西行を見下ろしているのは、墨染《すみぞめ》の僧衣を太い身体に無造作に巻き付けた大入道《おおにゅうどう》であった。肩幅も腰回りもがっしりと大きい。猪《いのしし》のように太く短い首に、大きな顎《あご》と、頬《ほお》骨《ほね》の突き出た顔が載っている。その顔も剃《そ》り上げた頭も真っ黒に日焼けして、てらてらと光っている。僧というよりは土掘り石切りの親方のような風貌《ふうぼう》だ。

このころ文覚は、長年の宿願《しゅくがん》であった神護寺《じんごじ》再建を、ようやく成し遂《と》げたばかりであった。世の中は、源頼朝が開いた鎌倉幕府と後白河院を中心に、ようやく定まりつつあった。文覚は、後白河院と鎌倉殿を結んだ功績により、後白河院と源頼朝の双方から潤沢《じゅんたく》な荘園の寄進を受けた。後白河院と鎌倉殿を後《うし》ろ盾《だて》にした文覚《もんがく》には、摂関家《せっかんけ》はじめ貴族も武者も寺々も、物を言える者は、誰一人いなかった。

五十一歳の文覚は、気力も体力も充実し、今や世の中に怖い物など何一つない、と思っていたのであった。

「こやつが、あの小癪《こしゃく》な坊主、西行か」

いかつい顔に憤懣《ふんまん》をみなぎらせて、文覚は西行を見下ろした。

源頼朝が贈った銀の猫を、こともあろうに鶴岡八幡宮《つるがおかはちまんぐう》の鳥居《とりい》前で、子供にくれてやった僧である。文覚は憎くてならなかった。

源頼朝を蹶起《けっき》させたのは自分だと、文覚は、固く信じていた。伊豆の流人《るにん》に過ぎなかった慎重な頼朝を説き伏せ挙兵させたのは、自分だ。伊豆の頼朝と京の後白河院との間を、誰にも気づかれず密《ひそ》かに繋《つな》いだのは、自分だ。頼朝を二品《にほん》鎌倉将軍に仕立て上げたのは、この文覚だ。

だからこそ文覚は、その頼朝の顔に泥を塗った西行が、忌々《いまいま》しかったのだ。

西行の声を聞いた時から、

「ぶちのめしてやる」

と手ぐすね引いて、明かり障子を開けた。


これが文覚《もんがく》か、と、西行は石段から見上げた。

西行は文覚を一目、見てやりたいと、わざわざ高雄山《たかおさん》を登りここに来たのだ。

源頼朝は伊豆でひたすら池《いけ》の禅尼《ぜんに》の供養《くよう》に専念していた。その頼朝に近づき挙兵を焚《た》きつけたのが、この文覚だ。この男には平氏に対する怨恨《えんこん》など、一切なかった。

この男の望みといえば、後白河院から神護寺再興《じんごじさいこう》のために荘園を一つ寄進してもらうこと。それだけだった。

今でも西行には親しかった平家の人々、一人一人の顔が目に浮かんでくる。陸奥《みちのく》への旅では飢饉《ききん》に困窮《こんきゅう》する人々や打ち捨てられひび割れた田畑を見た。それら一切の苦しみと引き換えに見事に再建された神護寺《じんごじ》と、神護寺再建のために、わざわざ源頼朝に平家討伐《とうばつ》の蹶起《けっき》を促《うなが》した文覚という男。西行は、一目、この目で見なければ気が済まないと思った。それで西行は、高尾山神護《たかおさんじんご》寺《じ》に来たのである。

僧らしくない思いだということは、西行自身にも、重々わかっていた。

老西行は、二十一歳年下の文覚を、睨《にら》みつけた。

二十年前に文覚が初めて高雄山を訪れた仁安三年（一一六八）、神護寺《じんごじ》は本堂も僧房も朽《く》ち果て僧もいない、廃寺寸前の状態であった。神護寺は文覚が崇拝する弘法大師空海《こうぼうだいしくうかい》が唐から帰国し上京して居を定めた由緒ある寺である。その荒れ果てた有様を見るや、文覚はたちまち

「神護寺を復興しよう」

という大願を立てた。

何の後ろ盾《うしだて》も持たない無名の僧がどうやったのかは全く不明だが、ともかく文覚は独力で資金集めから資材の調達、石工や仏師の動員などすべてをやってのけ、わずか六年で次々と諸堂を造立した。本尊の薬師三尊像《やくしさんぞんぞう》を納める仮の本堂、大師堂《だいしどう》、護摩堂《ごまどう》、僧侶《そうりょ》を住まわせる二、三の庵室《あんしつ》などである。

そして文覚《もんがく》は、後白河院の住む法住寺御所《ほうじゅうじごしょ》に乗り込んだのである。

門前で誰何《すいか》する者どもを振り切り無理矢理に中庭に乱入するや、文覚は大音声《だいおんじょう》で、

「大悲大慈《だいひだいじ》の君、お聞きください」

と神護寺造立《じんごじぞうりゅう》の勧進帳《かんじんちょう》をひきひろげ、高らかに読み上げた。

「何を言う。出ていけ」

と警護の者達に怒鳴られ、ぶちのめされても、

「高雄《たかお》の神護寺《じんごじ》に、ただいまこの場で千石《せんごく》の荘園を寄進してください。この寄進は仏法を興隆《こうりゅう》し、王法を支え助け、一切衆生《いっさいしゅじょう》を利益《りやく》するためのものです。決して私自身の私利私欲、名聞《みょうもん》のためではありません。寄進していただけるまで、死んでもここを動きません」

と、一歩も動こうとしない。おまけに、取り押さえようとすると大暴れし、悪口雑言をわめき散らした。

文覚は縄を打たれ、検非違使《けびいし》の惟宗信房《これむねののぶふさ》に引き渡された。

文覚《もんがく》はその日から断食を始めた。食べ物も飲み物も頑として拒み、経文を唱え続けたのである。十日、二十日と一切食べ物も飲み物も口にしないうちに、文覚は痩《や》せさらばえ肌も土気色《つちけいろ》にかさついてきた。惟宗信房《これむねののぶふさ》は、このまま文覚が死んでしまいそうで気が気でなかった。惟宗信房《これむねののぶふさ》は、必死になって後白河院に訴えた。

三十一日目の夜である。

意識も朦朧《もうろう》とし、縛られたまま横たわっている文覚に、得《え》も言われぬ香の匂いがした。断食で研《と》ぎ澄《す》まされた文覚の五感に、それはひしと伝わった。

文覚が見上げると、微《かす》かな月明りを浴びて、艶《つや》やかな絹の衣装が見えた。

「文覚《もんがく》よ。

朕《ちん》も神護寺《じんごじ》に寄進し、後生供養《ごしょうくよう》の縁《えにし》を結びたく思っている。

だが今は、平家がすべての力を握っておる。

それゆえに、寄進さえも叶《かな》わぬのだ」

憂愁《ゆうしゅう》を帯びた貴人の姿が見え、気品に満ちた声が聞こえた。文覚には、日ごろ心中にまつる本尊の声に聞こえた。

大嘘だった。

後白河院にとって、荘園の一つや二つ、寄進できる力が無いわけでは、もちろん無い。

憂愁《ゆうしゅう》を帯びた気品のある声で臣下に泣きつくのは、後白河院の常套《じょうとう》手段だ。

だが文覚にとって、後白河院が直々《じきじき》に自分のような者の前に現れ、声をかけてくれるなど、信じられない驚天動地《きょうてんどうち》の奇跡であった。

「平家が、まさか、そんなにも力を……何と思い上がった者どもよ」

「文覚よ
そなたを伊豆へ遣《つか》わす」

絹ずれの音とともに、高貴な影は去った。

翌朝、断食を中断し食事をとって文覚は命をとりとめた。

文覚が粥《かゆ》を食べているところに、惟宗信房《これむねのぶふさ》が訪れた。

「一体どうしたのだ。断食はやめたのか？」

「やめた。昨夜、我が本尊が示現《じげん》されたのでな」

「そうか」

うまそうに粥《かゆ》をすすっている文覚の姿には、昨日までの枯れ木のように死にかけていた面影《おもかげ》はない。惟宗信房《これむねのぶふさ》は腑《ふ》に落ちない表情を浮かべたが、急に肩をそびやかし、威厳を繕《つくろ》った。

「その方の刑が決まった。

伊豆流罪《るざい》じゃ」

「うむ」

文覚は名残《なご》りおしそうに椀《わん》に残った飯粒を指でつまんで口に入れると、白湯《さゆ》を飲み干した。惟《これ》宗信房《むねのぶふさ》の方を向こうともしない。

「聞いておるのか、伊豆流罪じゃぞ」

「わかっておるわ」

面倒くさそうに文覚は答えた。昨夜も貴人は自分を伊豆へ遣《つか》わす、と言っておられたし。と文覚は心につぶやいた。

「そんなことより、今、平家はそんなにも横暴なのか」

文覚は、惟宗信房《これむねのぶふさ》に親し気に話しかけた。

「それはもう、目に余る。院がお気の毒だ」

惟宗信房《これむねのぶふさ》は眉をひそめた。

「腑抜《ふぬ》けどもめ」

文覚は惟宗信房《これむねのぶふさ》に怒鳴りつけ、物陰《ものかげ》に控えているであろう武者達を見回すようにぐるりと顔を回し、大きな目玉で睨《にら》みつけた。

「こんなに大勢集まっているというのに、本気で主君のために命を投げ出しお守りしようという忠臣は、ただの一人もいないのか。

平家が主君をないがしろにしているのを、自分達の命惜しさに見過ごしているのか」

文覚はすっくと立ちあがると、大音声《だいおんじょう》を張り上げた。

「者どもよっく聞け。

わしは、神護寺復興《じんごじふっこう》の大願《たいがん》を立てている。

これは仏法を興隆《こうりゅう》させ、この国の王法を護持《ごじ》するための大願なのだ。

流刑《るけい》に処《しょ》せられたところで院を恨《うら》む気持ちは全くない。

むしろ後白河院の安穏《あんのん》を祈るばかりだ。

不忠の臣どもめ。

この世の中は、今や乱れに乱れておる。

このままでは、君も臣も、滅《ほろ》び失《う》せてしまうぞ」

吠《ほ》えると文覚はどさりとその場に寝転がり、そのままぐうぐう眠ってしまった。


伊豆流罪《るざい》が決まると、文覚の身柄《みがら》は伊豆を知行国《ちぎょうこく》とする源頼政《みなもとのよりまさ》に預けられた。源頼政《みなもとのよりまさ》は、平家全盛の世に源氏で従三位《じゅさんみ》にまでなっている気骨ある老武士である。

源頼政配下の渡辺党《わたなべとう》の渡辺省《わたなべのはぶく》が文覚《もんがく》を伊豆まで護送《ごそう》した。摂津《せっつ》の渡辺党は水上交通に習熟した武士団であり、実は文覚《もんがく》自身も渡辺党の遠藤氏出身であった。

船に乗ると、遠江《とおとうみ》の天竜灘《てんりゅうなだ》の辺りで俄《にわか》に大風が吹き大波が立って雨脚《あまあし》が激しくなり、嵐《あらし》になった。船は大揺れに揺れ、波は遙《はる》かに高く飛沫《しぶき》を上げ、今にも転覆《てんぷく》しそうだ。櫓《ろ》や櫂《かい》を操《あやつ》る水手《すいしゅ》や舵取《かじと》りどもは、もう助からないと思い、しきりに南無阿弥陀仏《なむあみだぶつ》と念仏を唱えだした。文覚はその間も高いびきをかいて船底に寝ていたのであるが、皆がもはやこれまでだ、と思った時、カッパと起き上がって船の舳先《へさき》に突っ立ち、沖の方をにらんで怒鳴った。

「者ども、念仏なんぞ唱えている場合か。櫓《ろ》や櫂《かい》を放すな。舵《かじ》にしがみ付け。経ならこの文覚《もんがく》が唱えてくれる。なんじゃ、これしきの嵐。わしが経を読めば、じきに止《や》むわ。もし止《や》まなんだら、その時は、この坊主を生け贄《にえ》として海に放り込むがいい」

文覚は荒れ狂う黒雲を睨《にら》み、大音声《だいおんじょう》をあげた。

「竜王《りゅうおう》はいるか、竜王《りゅうおう》はいるか。

どうしてこれほどの大願《たいがん》を起こしている聖《ひじり》が乗っている船を沈めようとするのか。

たった今、天罰に当たって滅びてしまうぞ。おい、そこの竜神どもよ」

その時、龍王《りゅうおう》の吠《ほ》えるような風の声が、ふと変わった。

屈強《くっきょう》な渡辺党の水夫達は我に返って懸命に櫓《ろ》を漕《こ》ぎ、舵《かじ》を操《あやつ》った。

いつしか龍の呼吸は鎮《しず》まり、叩《たた》きつける雨もまばらになっていった。

嵐が凪《な》いで無事に伊豆に着く頃には、渡辺省率《わたなべのはぶく》いる渡辺党の兵達《つわものたち》は、悉《ことごと》く文覚《もんがく》に心服していた。

文覚《もんがく》はこうして伊豆と京、さらに房総や伊勢まで自在に行き来する手段を手に入れたのである。

伊豆に着くと、文覚《もんがく》は伊豆奈古屋《なごや》にある寺に預けられ、草庵《そうあん》を構えた。ほど近い北条の館の西、狩野《かの》川の中州《なかす》の蛭島《ひるがしま》に、源頼朝《みなもとのよりとも》が暮らしていた。頼朝は二十七歳であった。
文覚は頼朝に近づき、慎重な頼朝を説得して、頼朝に挙兵を促《うなが》した。頼朝が
「勅勘《ちょっかん》を受けている身で挙兵はできない」
と渋ると文覚は、文覚自身が流刑の身でありながら、早速京へ上り、惟宗信房《これむねののぶふさ》を介して院近臣《いんきんしん》

の藤原光能《みつよし》と通じ、ひそかに後白河院の「勅勘《ちょっかん》を許す」という宣旨《せんじ》を取り付け、頼朝に渡した。

それ以来、文覚は東奔西走《とうほんせいそう》した。

鹿ケ谷《しかがたに》の俊寛《しゅんかん》の山荘で、数名の者が集まりひそかに平氏打倒《だとう》の計画が話し合われた。安元三年（一一七七）五月二十九日のことである。だが密告により陰謀《いんぼう》は平清盛に知られ、西光《さいこう》は斬首《ざんしゅ》、権大納言《ごんだいなごん》藤原成親《なりちか》は流罪の末殺害、俊寛《しゅんかん》、成経《なりつね》、康頼《やすより》は鬼界《きかい》が島《しま》に流刑《るけい》となった。現役の権大納《ごんだいな》言《ごん》を殺害するなど、前代未聞《ぜんだいみもん》の事であった。

この時検非違使《けびいし》惟宗信房《これむねののぶふさ》も、その陰謀《いんぼう》に加わって阿波《あわ》に流された。

かつて文覚が、

「本気で主君のために命を投げ出し御守りしようという忠臣は、ただの一人もいないのか」

と言い放った言葉は、意外にも惟宗信房《これむねののぶふさ》の心の底深く響《ひび》いていたのかも知れない。

文覚は早速、院近臣《いんきんしん》藤原光能《みつよし》にひそかに会いに行き、この騒動の背後に後白河院がいるのを聞いて伊豆の源頼朝に伝えた。

この事件の背後に後白河院がいるのを知って、源頼朝以上に衝撃を受けた人物がいた。平清盛である。

平清盛は、自分は保元、平治の乱で後白河院を護《まも》り、命《いのち》懸《が》けで朝敵《ちょうてき》と闘ってきた、と自負していた。何があろうと結局は、後白河院は平家の武力を頼りにしていると思っていた。それなのに、その後白河院が、陰謀《いんぼう》に加担していた。

自分は朝敵《ちょうてき》にされたかもしれない。

平清盛の背筋に悪寒《おかん》が走った。

信西がいれば、こうはならなかっただろう、と平清盛はつくづく思った。

今、後白河院の周りには、院に媚《こ》びへつらう院近臣《いんきんしん》しかいない。讒言《ざんげん》を囁《ささや》く者はいても、信西のように後白河院に理非を説いてくれる者は、一人もいないのだ。

自分と平家一門は、朝敵《ちょうてき》として後白河院に殺されるところだったのか。

朝敵と命《いのち》懸《が》けで戦ってきた、この自分が。

平清盛の背を悪寒《おかん》が吹き過ぎた。それは地獄の底から吹いてくる風のようだった。

遠く離れてはいたが、西行は平清盛の悪寒《おかん》を感じ取っていた。

鹿ヶ谷《しかがたに》の事件以来、清盛は人が変わったように権力を欲している、と西行は感じた。

平清盛は、後白河院の院政を停止し、後白河院を鳥羽殿に幽閉《ゆうへい》した。

後白河院派の関白や公卿《くぎょう》を一掃し、政治の実権を掌握《しょうあく》した。

昔はあれほど後白河院と二条天皇の両方に気遣《きづか》い奉仕していたのに。貴族達にも気を配り、不遇《ふぐう》をかこっていた源頼政《みなもとのよりまさ》を従三位《じゅさんみ》に推挙《すいきょ》したのも、清盛だったのだ。

そう思うと西行は、周囲の思惑《おもわく》など構わず憑《つ》かれたように権力を欲している今の平清盛が気がかりでならなかった。

日本全国の過半数が平家一門の知行国《ちぎょうこく》となり、平家の人々は富み栄《さか》えた。

時子の兄平時忠《ときただ》は「この一門にあらざる者は人にあらず」と豪語したという。

平家は絶頂を極《きわ》めた、かに見えた。

だが西行は今、平清盛を権力に駆《か》り立《た》てているのは、不安ではないかと直感した。

権力を握らなければ、後白河院に殺される……。

平家の人々が笑いさざめく中で、清盛だけがただ一人、不安を噛《か》みしめているのではないか。

遠い昔、出家遁世《しゅっけとんせい》する前の西行も、ある予感に苦しんでいた。当時はまだ誰も、将来これほど大きな争乱が起こるとは思っていなかった。西行だけが二つの渦《うず》の底深い流れを見極《みきわ》め、やがて激突するのを予感した。

あの時の自分と同じように、今は平清盛がただ一人、背筋を吹き抜ける冷たい風を感じているのではないか、と西行は思った。

地獄の底から吹いてくる風。これから先、風は日本国中に吹き荒れるだろう。疱瘡《ほうそう》の流行。太郎焼亡《たろうしょうぼう》、次郎焼亡《じろうしょうぼう》。辻風《つじかぜ》や雹《ひょう》、落雷。飢饉《ききん》。大地震。すでに不穏《ふおん》な風は至《いた》る所《ところ》に吹いていた。

西行は、天を見上げた。

澄《す》み渡《わた》り、皓々《こうこう》と輝く月。

どんな災厄《さいやく》や戦乱があっても、天には月が輝いている。

その澄《す》んだ光を見れば、西行は歌を詠《よ》まずにいられない。

どうやら自分は、生涯をかけて歌を詠《よ》まずにはいられないらしい、と西行は苦笑した。

源頼政《みなもとのよりまさ》は、歌人であり西行とも親しかった。

平清盛が後白河院を鳥羽殿《とばどの》に幽閉《ゆうへい》し院政を停止して権力を掌握《しょうあく》すると、源頼政《みなもとのよりまさ》は後白河院の第三皇子以仁王《もちひとおう》を訪ね、平氏を倒して天下を執《と》るよう勧《すす》めた。

以仁王《もちひとおう》は、全国の武士達に向けて平氏打倒《だとう》の令旨《りょうじ》を発した。治承四年（一一八〇）四月のことである。

計画はすぐに平家側に知られた。以仁王《もちひとおう》は三井寺《みいでら》に逃れ、平宗盛《たいらのむねもり》らが追撃《ついげき》した。なんとその追撃軍の大将の一人とされたのは、源頼政だった。平清盛は、自分の推挙《すいきょ》で従三位《じゅさんみ》になった源頼政が謀反《むほん》を起こすとは、思ってもみなかったのだ。

源頼政は自邸を焼き払い、息子等を率《ひき》いて三井寺《みいでら》の以仁王《もちひとおう》のもとに馳《は》せ参《さん》じた。

源頼政は以仁王《もちひとおう》を平等院《びょうどういん》へ逃がし、自分は宇治川《うじがわ》で平家の大軍に立ち向かった。源頼政軍は、宇治川《うじがわ》に架《か》けられた宇治橋《うじばし》の橋板《はしいた》を取《と》り外《はず》して平家軍の進軍を阻《はば》んだ。

源頼政側には渡辺党の兵達《つわもの》が参戦したが、なかでも渡辺省《わたなべのはぶく》、授《さずく》、続《つづく》が射た矢は、鎧《よろい》も阻《はば》めず、楯《たて》も支えきれずに敵を貫《つらぬ》き通したという。

ちょうど梅雨の頃で宇治川は増水していた。平家軍は宇治川を渡れず河内路に迂回しようとした。

その時平家軍の十七歳の坂東武者《ばんどうむしゃ》、足利忠綱《あしかがのただつな》が進み出て、

「馬筏《うまいかだ》をつくって渡せば、渡ることができるぞ」

と言って、大音声《だいおんじょう》をあげた。

「強い馬を上手《かみて》にたて、弱い馬を下手《しもて》にしろ。手をとり組み、肩をならべてしっかり馬を並べて筏《いかだ》のように渡らせよ。鐙《あぶみ》を強く踏みしめ、馬の頭が沈んだらひきあげよ。水に直角になって押し流されるな、水の流れにしなうように、弧《こ》を描いて進め。

いざ、渡せや渡せ」

こうして三百余騎を、一騎も流さず、向こう岸へざざっと全軍渡したのである。源頼政《みなもとのよりまさ》は奮戦《ふんせん》するが矢傷を負って自刃《じじん》し、以仁王《もちひとおう》も殺された。渡辺党の兵《つわもの》達も次々と戦死した。その頃、都を離れて静かな伊勢二見《いせふたみ》が浦《うら》に庵《いおり》を結んでいたというのに、西行はこの合戦を書き留《と》めている。

武者という武者が、群がって死出《しで》の山を越えていったようだ。こんなに大勢ならば山賊どもに襲《おそ》われる恐れはあるまい、この世のことならば頼もしくもあるのだろうか。宇治《うじ》のいくさとか、馬筏《うまいかだ》にて渡った、と聞いたことが思い出されて

「沈《しづ》むなる　死出《しで》の山川《がは》　みなぎりて　馬筏《むまいかだ》もや　かなはざるらん」

（罪人がそこに沈むという死出の山川は、あまりに多くの戦死者のために水流が満ちあふれて、馬筏《うまいかだ》でも渡れないであろうよ）

長い詞書《ことばが》きも、戦《いくさ》の悲惨さを生々しく歌うことも、西行以前にはみられない破格の試みである。西行の憤《いきどお》りとも嘆《なげ》きともつかぬやりきれない痛切な心情が、冷徹《れいてつ》な詞書《ことばが》きの端々にも歌の調べに

も籠《こも》っている。

そして、この以仁王《もちひとおう》の令旨《りょうじ》が遙々《はるばる》伊豆にまで届き、源頼朝は挙兵を決意したのである。

文覚は房総《ぼうそう》に渡って千葉常胤《ちばつねたね》を味方に付けた。千葉常胤《ちばつねたね》の子胤頼《たねより》は上西門院《じょうさいもんいん》に仕え、文覚と親しかった。挙兵直前に、千葉胤頼《ちばたねより》は三浦義澄《みうらよしずみ》とともに伊豆に行き、源頼朝を訪れたのである。

それ以来、文覚は紀州《きしゅう》の湯浅宗重《ゆあさむねしげ》と連絡を取るなど、日本中を縦横無尽《じゅうおうむじん》に駆《か》け巡《めぐ》った。

こうして文覚は、源平の戦が終束すると、後白河院と源頼朝から神護寺《じんごじ》に六つの大きな荘園を寄進《きしん》されたのをはじめ、各所から寄進《きしん》を集めて神護寺を再建したのである。


夕暮れの神護寺《じんごじ》で、西行と文覚《もんがく》は、しばし無言のまま睨《にら》み合った。

気短かな文覚は、明かり障子《しょうじ》に手をかけた時から西行を打ち据《す》えようと半身《はんみ》に構《かま》え、拳《こぶし》を振り上げていた。

だが、どうにもその拳《こぶし》を振り降ろせない。

目の前にいるのは、七十二歳の老僧である。

日頃弟子達に、「西行を見かけたら、頭を打ち割ってやる」と公言していた手前もある。

拳《こぶし》を振り上げたままの姿勢で睨《にら》み合っているのは、文覚にはどうにも恰好《かっこう》が付かなかった。

だが、ぎろりと自分を睨《にら》み上げる西行の眼力もまた、凄《すさ》まじい。

ぎりぎりと引き結んだ口元にも、深々と縦皺《たてじわ》を刻んだ眉間《みけん》にも、激しい怒りを剥《む》き出しにしている。拳《こぶし》を振り下ろそうものなら瞬時に打ち返してきそうな殺気さえ、全身から発散させていた。

これが、坊主か、と文覚は呆《あき》れた。歌を詠《よ》んでさまよい歩いてばかりいる軟弱なはずの老僧は今、神護寺《じんごじ》の弟子達が固唾《かたず》を飲んで見守る中、遠慮会釈《えんりょえしゃく》も無く文覚《もんがく》を睨《にら》みつけているのである。

文覚は、振り上げた拳《こぶし》の持っていき場に、ほとほと困り果てた。

「こちらにお入りください」

しばらく経った後で、ようやく文覚《もんがく》は平静と威厳を取り戻し、西行を迎え入れた。

しずかに合掌《がっしょう》した西行が明かり障子の向こうに姿を消すと、境内《けいだい》の弟子達は体から力が抜け落ちた気がした。


文覚は客用の一室に西行を招じ入れると、茶をすすめた。香り高い緑色のしずくで喉《のど》を潤《うるお》すと、西行は文覚に語りかけた。

「御坊はかつて、上西門院様《じょうさいもんいんさま》に仕えたことがおありでございますね」

ふいに、忘れはてていた遠き日のことが、文覚の心に蘇《よみがえ》った。

文覚はかつて、上西門院衆《じょうさいもんいんしゅう》（警護の武士）だったのである。西行は静かに語りかけた。

「私は、上西門院《じょうさいもんいん》様の母君、待賢門院《たいけんもんいん》様の女房の方々と、親しくさせていただいたのですよ。待賢門院《たいけんもんいん》様が亡くなってからは、その方々の多くは、姫宮の上西門院《じょうさいもんいん》様にお仕えしました。私は上西門院に伺《うかが》い、その方々と歌を交《か》わしたこともございます」

文覚は、西行の話に引き込まれて、思わずつぶやいた。

「上西門院様は、お優しいお方であられました。わしら警護の武士どもにまで、いつもお心を配ってくださいました」

文覚は今でも覚えている。

散り頻《しき》る法金剛院《ほうこんごういん》の桜吹雪の中を歩いている上西門院の清らかな姿。御年は三十歳頃であっただろうか。遠藤盛遠《えんどうもりとお》と名乗っていた文覚は、まだ二十歳前後の武者であった。

その頃から文覚の直情径行《ちょくじょうけいこう》は、上西門院にまで伝わっていたのであろうか。

「盛遠《もりとお》。あまり暴れてはいけませんよ」

付き従って警護していた自分を、ふいに上西門院は振り返り、微笑みながら涼やかな声でそう話しかけたのだ。

幼くして賀茂《かも》神社《じんじゃ》の神に仕える斎院《さいいん》となり、一生を独身で過ごした上西門院《じょうさいもんいん》統子《とうし》は、満開の桜のような華やかな母待賢門院とはまた違って、清楚《せいそ》な美しさを持つ姫君であった。

西行は、しばし思案した後に、声を落として語った。

「池禅尼《いけのぜんに》様が源頼朝殿の命乞《いのちご》いをなさったのは、上西門院様の御心でもあったのですよ」

「な、な、なんと？」

文覚《もんがく》は動転した。

畳《たた》みこむように、西行は続けた。

「池禅尼《いけのぜんに》様のご実家は、待賢門院のご近臣でした。それで池禅尼《いけのぜんに》様は、上西門院様とも親しかったのです」

文覚には、初めて聞く話である。

「源頼朝殿が、昔、上西門院様にお仕えしていたことを、ご存知ですか？」

「うむ」

それは、文覚も知っていた。源頼朝は十三歳の頃、ほんのわずかの期間だけ、上西門院に蔵人《くろうど》として出仕《しゅっし》したことがある。

「源頼朝殿が捕らえられたとき上西門院《じょうさいもんいん》様は池禅尼《いけのぜんに》様に、なんと惨《むご》いことでしょう、と、お話しになったそうです。

蔵人《くろうど》になられた時、仕官の御挨拶に上がった凛々《りり》しい十三歳の若武者、源頼朝殿のことを、女院様《にょういんさま》は、よく覚えていらしたのです」

池禅尼《いけのぜんに》が、断食という強硬手段に訴えてまで頼朝の命乞《いのちご》いをしたのも、上西門院《じょうさいもんいん》という後ろ盾《うしろだて》があったからかもしれない。

「上西門院《じょうさいもんいん》様は、後白河院の姉君なのです」

「おお」

文覚の喉《のど》から、うめき声が漏《も》れた。

「仲の良いご兄弟で、上西門院様は、弟君の後白河院のことを、始終案じていらっしゃいました」

「上西門院様は、今どうしておられるじゃろう」

「病に伏《ふ》していらっしゃる、とか」

「なんと」

「上西門院様は、お心を痛めていらっしゃるそうです。昔捕らわれた源頼朝殿の命を救おうとなさったことが、大きな戦《いくさ》を引き起こす一因となったのではないか、と。お優しいお方なのです。それなのに昔、血を分けた兄君と弟君の間で、保元《ほうげん》の乱《らん》が起こりました。今度は、ご自身が命を救われた源頼朝殿のことで、再び源氏と平家の大きな戦《いくさ》が起こりました」

「それは、違う」

文覚は、大声をあげた。

「鎌倉殿が立ったすぐ後に、木曾義仲《きそよしなか》が立ったではないか。以仁王《もちひとおう》の令旨《りょうじ》を受けて、諸国の武者が奮《ふる》い立ったのだ。

鎌倉殿が立たなくとも、平氏を倒す者は、いずれ現れた。

後白河院を押し込め、一族の栄華を追い求めた平家は、いずれ誰かに倒されたのだ」

「その通り、かもしれません」

西行は、頷《うなず》いた。

だが上西門院《じょうさいもんいん》も池禅尼《いけのぜんに》も、そんなことは考えていなかったのだろう。上西門院《じょうさいもんいん》や池禅尼《いけのぜんに》がかつて見た、目鼻立ちの整った生真面目な頼朝の十三歳の武者姿はどんなに美しかったであろう。

女人の情けに敵も味方もない。

上西門院《じょうさいもんいん》は、崇徳院にも後白河院にも、源頼朝にも文覚にも、花びらが至る所に散りかかるように、ひとしく優しく情けをかけたのだ。今、そのむごたらしい結末に心傷めている病床の上西《じょうさい》門院《もんいん》が、西行には哀れであった。

「のう、西行殿」

しばらくの間何やら思い沈んでいたらしい文覚は、自分から西行に話しかけた。

「わしには、女人が、わからぬ」

「ほう」

西行は、微笑んだ。言われなくとも、どこからどう見ても女人とは縁が無さそうな風貌《ふうぼう》である。

「わしは昔、一度だけ女人を好きになり申した」

西行は、思わず立派な茶碗を取り落としそうになった。

西行も、風の噂で聞いたことはある。文覚は若い頃、袈裟御前《けさごぜん》という人妻に恋をして、間違って袈裟御前《けさごぜん》を殺してしまい、出家したのである。

だがまさか頭を打ち割ってやる、とまで公言していた相手から、いきなりそんな話をされるとは予期していなかった。

「わからん。

女人のことは、わしにはわからん。

御大師様《おだいしさま》（弘法大師空海《こうぼうだいしくうかい》）は、良いぞ。

『仏説造塔延命功徳経《ぶっせつぞうとうえんめいくどくきょう》』という御経には、幼い子供が戯《たわむ》れに泥をこねて作った仏塔でも功徳《くどく》がある。と書いてあるのだ。難しいことなど、一つもない。

わしは、どうすれば良かったかとか、ややこしいことを考えるのは、好《す》かん。

御大師《おだいし》さまの教えを伝える塔を作る。

何もない更地《さらち》に、穴を掘り柱を建てる。

槌《つち》の音が響《ひび》き、日に日に塔が高くなる。

それを見ていると、いい気持ちがする。

それを見て人々は御仏《みほとけ》の有難さを感じ、遠くからでも手を合わせることができる。地上にたくさん塔を建てれば、それだけ地上に御大師様《おだいしさま》の教えが広まるのだ」

西行は、微笑んだ。

学がない、と高僧達には噂されていたが、文覚は、文字を知らない貧しい人々に人気があった。高い塔を見上げて、御大師《おだいし》様の有難さに触れ、手を合わせるだけで仏縁《ぶつえん》ができると、心底信じ込んで人々にも説き続ける、その単純さが庶民の心に届くのだ。

貧しい人々ばかりではない。

文覚が平重盛《たいらのしげもり》の孫、まだ十二歳の六代《ろくだい》の命を救ったのを、西行は伝え聞いていた。西行はそれを聞いたとき、まさか、と耳を疑った。あの底冷《そこび》えのする人間不信の鎌倉殿が、富士川《ふじかわ》の戦《いくさ》の平家総大将平維盛《たいらのこれもり》の子六代《ろくだい》の命を、よもや許すとは思えなかった。

源平の戦が終わると北条時政《ほうじょうときまさ》が入京し、平家の残党を厳しく探索し殺害した。六代は神護寺《じんごじ》にほど近い菖蒲谷《しょうぶだに》に隠れ住んでいたが、発見されて北条時政《ほうじょうときまさ》邸に捕らえられた。文覚は、六代《ろくだい》の乳母と母に嘆願《たんがん》されて時政《ときまさ》邸を訪ね、六代の気品高い姿を見て哀れに思った。そして時政に、

「二十日間の余裕をください。この聖《ひじり》が鎌倉殿へ参ってお願いしてきます。鎌倉殿は以前、いかなる大事でも申せ、聖《ひじり》が申すことを、頼朝がいる限りは聞き届ける。とおっしゃってくださいました」

と言い残すや、まっしぐらに鎌倉へ行き、なんと「六代《ろくだい》の身柄《みがら》は文覚《もんがく》に預ける」という鎌倉殿の書状を携《たずさ》えて戻ってきたのである。さぞかし文覚は鎌倉殿の面前で強引にまくし立て、「六代《ろくだい》の首を取るなら我が首も取れ」、とでも迫ったのであろうと、西行には目に見える気がした。

西行は、目を細めて話しかけた。

「私は、讃岐《さぬき》の御大師様《おだいしさま》がお生まれになった土地へ、行ったことがあるぞ。御大師様《おだいしさま》の修行された、我拝師山《わがはいしさん》へも登ったぞ」

「まことか」

文覚の顔が、子供のように明るく輝いた。

文覚は、弘法大師空海《こうぼうだいしくうかい》が、好きで好きでたまらないのだ。文覚は、自分が人並み外《はず》れた熱情を抱えこんでいることを知っていた。自分でもその活火山のような激情を持て余していた。ただ弘《こう》法大師空海《ぼうだいしくうかい》だけが、さらに大きく文覚の熱情を受け入れてくれる気がした。

「おうい」

文覚は障子の向こうへ、大きく手を叩《たた》いた。

大急ぎで小僧が顔を出すと、文覚は上機嫌《じょうきげん》で言った。

「もうこんな時間だ。

非時《ひじ》（時間外の食事）の支度《したく》をせよ。

客人の分もだ」

小僧が姿を消すと、文覚は西行を振り返った。

「西行殿。今宵《こよい》は、御大師様《おだいしさま》の御霊地について、とくと聞かせてくだされ。だが……」

文覚は、首を捻《ひね》った。

「西行殿は、お若い頃に出家されたと聞くが、どうしてそういつまでも、上西門院《じょうさいもんいん》の女房達と親しくされているのか？

西行殿、もしかして女房殿の中に、誰ぞ好きな人でもおるのか」

「ぶっ」

西行は、盛大に茶を噴《ふ》いた。我にも無く頬が火照《ほて》った。

文覚は、西行の意外な反応に眼を丸くした。年寄りだからと気を抜いていたが、この僧もまた、身内に激情を持て余している男だと、文覚は直観した。

目と目が合うと、双方から笑いが起こった。

障子の外では、息をひそめた弟子達が、意外な成り行きに驚いていた。

翌朝、文覚は西行に斎《とき》（朝食）をすすめた後弟子達を従えて、山門まで自ら見送りに出た。

山門で丁重に文覚は西行に別れの挨拶をした。

西行も厚く礼を述べて合掌すると、山を下りていった。

弟子達は、何事も無く西行が帰ったのでようやく安堵《あんど》し、思わず文覚に話しかけた。

「お師匠様。

お師匠様は、いつも西行に出会ったならば、頭を打ち割ってやる、などとおっしゃっていましたが、西行と、昨夜はことに親しげにお話しになっていらっしゃいましたね。

日頃おっしゃっていたのと、違うではありませんか」

文覚は、顔を真っ赤にして怒鳴りつけた。

「なんとしようもない坊主どもめ。

あれは文覚に打たれるような者の面《つら》か。文覚をこそ打とうとする面《つら》ではないか」

最終章　月と花

両膝《りょうひざ》を労《いたわ》りつつ西行は比叡山《ひえいざん》の山道を登り、後の天台座主《てんだいざす》、慈円《じえん》の住む無動寺《むどうじ》を訪《たず》ねた。

文治五年（一一八九）、西行七十二歳のことである。

慈円《じえん》は先の関白《かんぱく》藤原忠通《ただみち》の五十九歳の時の子で、当年三十五歳だった。

藤原忠通《ただみち》は、慈円十歳の時に亡くなった。今は忠通の子藤原兼実《かねざね》が関白に就《つ》いている。関白藤原兼実《かねざね》の弟である慈円の出世は目覚ましく、若くして法印《ほういん》（大僧正《だいそうじょう》）となり、平等院《びょうどういん》・法勝寺《ほっしょうじ》など数々の寺を統括《とうかつ》し、無動寺《むどうじ》の検校《けんぎょう》となった。

だが慈円自身は草庵《そうあん》生活に憧《あこが》れ歌を好み、西行を慕《した》っていた。

慈円の本当の願いは遁世であるのに、高すぎる身分がそれを許さない。

西行は、己《おのれ》の進むべき道に悩む慈円を訪ね、一晩《ひとばん》仏道や歌について語り明かしたのである。

翌朝、西行は見晴らしの良い無動寺大乗院《むどうじだいじょういん》の放出《はなちで》から琵琶湖《びわこ》を見下ろして慈円に

「今は歌ということはやめようと思っていますが、これが最後の歌です」

と言い、こんな歌を作った。

「にほてるや　なぎたる朝《あさ》に　見わたせば　漕《こ》ぎ行跡《ゆくあと》の　浪だにもなし」

（琵琶湖《びわこ》の水面が光り輝き　風が凪《な》いでいる朝に見渡すと、漕《こ》いでゆく舟の姿は言うまでもなく、その舟《ふね》の曳《ひ》くひとすじの白波《しらなみ》さえも　消えてしまった。明るく澄みきった美しい景色だなあ）

これは、万葉集の歌人沙弥満誓《さみまんせい》の有名な歌に和《わ》したのである。

「世間《よのなか》を　何《なに》に譬《たと》へむ　朝開《あさびら》き　漕《こ》ぎ去《い》にし船の　跡《あと》なきがごと」

(世の中を　何に譬《たと》えたらよいだろうか。

朝早く　港を押し開くように船出《ふなで》して　漕《こ》ぎ去って行った船が、跡《あと》に何も残さないように　はかないものだ)

西行より三十七歳若い慈円が、その場で西行の歌に和《わ》した。

「ほのぼのと　近江《あふみ》の海を　漕《こ》ぐ舟の　跡なき方《かた》に　行心《ゆくこゝろ》かな」

(ほのぼのと明けていく早朝、近江の湖、琵琶湖を漕《こ》ぐ舟の跡さえも消えてなくなった沖のかなたへ、どこまでも行くような静かな澄んだ心である)

こうして、万葉時代の沙弥満誓《さみまんせい》、西行、さらに若い世代の慈円の歌は、響《ひび》き合い、後の世まで受け継《つ》がれたのである。

嵯峨野《さがの》の庵《いおり》の前で西行は薪《まき》を割っていた。西行はぐらりとよろけ、たまたま現れた僧正坊《そうじょうぼう》が支えた。

「いつからだ？　お主、左腕と左足が利《き》かぬのであろう」

「半年前からだ。大事ない。我が生涯の秀歌は、御裳濯河歌合《みもすそがわうたあわせ》、宮河歌合《みやかわうたあわせ》の二つの自歌合《じかあわせ》に仕上げて藤原俊成《しゅんぜい》殿と藤原定家《ていか》殿に判《はん》を頼んである。俊成《しゅんぜい》殿からはすでに判詞《はんじ》が届き、今は定家《ていか》殿の判詞《はんじ》を待つばかりだ。清書は慈円大僧正《じえんだいそうじょう》にお願いしている。あとは伊勢神宮《いせじんぐう》に奉納《ほうのう》するだけだ」

西行はこれまで、朝廷や貴族が催《もよお》す歌合《うたあわせ》には参加しなかった。だが生涯に詠《よ》んだ多くの歌の中から百四十四首を選び出し、それぞれ左右三十六番の二組の歌合《うたあわせ》を自《みずか》ら編《あ》んだ。西行以前には誰も試みたことのない、「自歌合《じかあわせ》」である。

「たわけ者、わしの言ってるのは、そんなことじゃない。今に水を汲《く》むのも飯を炊《た》くのも難しくなるぞ。お主は野垂《のた》れ死んでも本望《ほんもう》だと言うのだろうが、こっちは本望《ほんもう》じゃないぞ。大たわけ者め。

広川寺《ひろかわでら》へ行け。葛城《かつらぎ》山の麓《ふもと》の、修験道《しゅげんどう》の宿坊《しゅくぼう》もある寺だ。行者《ぎょうじゃ》好みの鄙《ひな》びた寺だが、ちょうど空《あ》いている庵《いおり》もある。住職には、西行は偏屈《へんくつ》な歌詠《うたよ》みだ。放っておいてくれ、と言ってある。丁重《ていちょう》なもてなしは、期待しないことだ」

「ずいぶん手回しのよいことだな。知っていたのか」

西行は呆《あき》れた。

「知らいでか。わしは大天狗《おおてんぐ》だぞ。老いぼれは老いぼれらしく、寺に引っ込んでいるものじゃ」

西行の返事も聞かず、呵々大笑《かかたいしょう》して、僧正坊は消えた。


まもなく西行は、葛城山麓《かつらぎさんろく》の広川寺《ひろかわでら》に移り住んだ。

西行は体調を崩《くず》して寝込むことが多く、「宮河歌合《みやかわうたあわせ》」の藤原定家《ていか》の判を待ち望んでいた。まだ二十代の藤原定家《ていか》には大先輩の西行の判をするのは気が重かったのだろう。藤原俊成《しゅんぜい》の判はすぐ届いたのだが、定家《ていか》の判《はん》は二年越しで遅れに遅れていた。病が重くなるにつれ、西行はじりじりと待ち焦《こ》がれた。

長年の友藤原俊成《しゅんぜい》の判は、西行は依頼する前から大体予想がついていた。

「心《こゝろ》なき　身にも哀《あはれ》は　知《し》られけり　鴫立《しぎた》つ沢《さは》の　秋の夕暮《ぐれ》」

（俗世間を捨てた歌の心も知らない私の身にも、しみじみとあわれを感じ、感動します。鴫《しぎ》が飛び立つ沢の秋の夕暮れは）

海辺で一斉《いっせい》に飛び立つ鴫《しぎ》の群れの激しい羽音《はおと》がした。羽風《はかぜ》を巻き上げながら、命そのもののように荒々しく、鴫《しぎ》達は飛び立っていった。

後にはただ、秋の静かな夕べの海があるだけだった。

沈む前に一際《ひときわ》眩《まばゆ》く輝く夕日は空も白砂も赤々と染め、夕焼け空を映した波は渚《なぎさ》に寄せては返す。波は太古より今まで変わることなく打ち寄せ、未来永劫《みらいえいごう》こうして寄せ続けていくであろう。

官位も富も家族も捨て、心も捨て果てたこの身にさえ、この秋の浜辺の夕暮れの景色は、胸を締《し》め付けられるほど感動させられる。

それは、あはれ、という一言でしか言い表しようがない思いであった。

この歌を俊成《しゅんぜい》は、負けと判定している。

しかも、「心幽玄《ゆうげん》に、姿及びがたし」とこの上なく適切な判詞を添え、「この歌の素晴らしさはわかっていますよ」と言った上で、負けとしたのである。

やはり、と西行は微笑んだ。

藤原俊成は、和歌の重鎮《じゅうちん》らしく歌の王道に立って堂々と判定しているのである。

生命そのものの力強い響きのような、鴫《しぎ》の飛び立つ荒々しい羽音。

それは、それまでの和歌の伝統的な情趣、雅《みやび》な「歌の心」を超《こ》えている。

西行は、「私には歌の心はありませんが」と言った上で、それまでの和歌の世界を突き破るような鴫《しぎ》の飛び立つ羽音《はおと》を詠《よ》み、寄せては返す波と、静かに照らす秋の夕日を描き「その私にも、この情景を見ると、しみじみとした永遠の寂しさ、あはれは知られます」と言っている。

従来の和歌的な情趣を突き破り、従来の歌壇では表現しえなかった、永遠を前にした人間の根源的な孤独を描いているのである。

藤原俊成《しゅんぜい》は、「心幽玄《こころゆうげん》に、姿及《すがたをよ》びがたし」とそれは読み取った上で、やはり「心なき身にも」と言う西行独特の詠《よ》みぶりが和歌の伝統ではない、と判定したのではないか。藤原俊成《しゅんぜい》にしてみれば、西行ならばそれで良い。だが後進の歌人達が西行の格好良さだけを真似て追随《ついずい》するのはかなわない、という思いではなかったか。


だが西行にとって、同世代の評価はもはや、どうでも良かった。

時代は激しく動いている。もはや従来の貴族ばかりの歌合《うたあわせ》の基準では、新しい時代の歌人達の心には響《ひび》かないだろう。西行は自分より三、四十年若い藤原定家《ていか》や慈円《じえん》達が、自分の歌をどう評価するかを知りたかった。新しい世代の歌人達に、自分の歌は届くだろうか。

最晩年の病床に、藤原定家《ていか》の判が届いた。

「世中《よのなか》を　思へばなべて　散《ち》る花の　我身《わがみ》をさても　いづちかもせん」

（世の中の理《ことわり》を思うと、すべては散る花のようにはかないのだが、そのはかない我が身を、それにしても、どこへ行くと思えばよいのだろうか）

無常迅速《むじょうじんそく》の世の道理を思えば、散る花は風に任《まか》せてはらはらと散ってゆくが、それではこの私の身は、いったいどこへ行ってしまうのだろうか。

藤原定家《ていか》はこの歌を、こう評している。

「句ごとに思《おも》ひ入《いり》て、作者の心深《ふか》く悩《なや》ませる所侍《はべ》れば、いかにも勝侍《かちはべ》らん」

（一句一句に思いが込もって、作者の心を深く悩ませている所がございますので、どうしてもこれは勝つべき作でしょう）

西行はこの評を殊更《ことさら》に喜び、早速返信を認《したた》めた。

「作者の心深く悩ませる所侍《はべ》ればと書かれ候《さふらふ》、返《かへ》す返《がへ》すおもしろく候《さふらふ》ものかな。悩ませると申す御言葉によろづ皆籠《みなこも》りて、めでたく覚《おぼ》え候《さふらふ》。これ新しく出《い》で来候《きさうら》ひぬる判《はん》の御言葉にてこそ候《さふら》らめ。……歌の姿に似て言ひ下《くだ》されたるやうに覚《おぼ》え候《さふらふ》」
（「作者の心深く悩ませる所がありますのは」と書かれていますのは、まことに返す返す面白く素晴らしい御言葉と存じます。「悩ませる」という御言葉に、作者の心のすべてが言い尽くされて、結構に思われます。これは新しく生まれた判《はん》の御言葉なのでしょう。歌の姿に応じて、おのずと言い下された御言葉のように思われます）

「悩ませる」という言葉は、従来の判詞には無かった。藤原定家《ていか》は西行の歌を評するために、新しい言葉を創造したのである。従来の和歌の世界を超えた西行の深い境地を評するために、「悩ませる」という新しい言葉を持ちこんだのである。判詞《はんじ》そのものが、若い藤原定家《ていか》の鋭敏な感性による、新しい創造である。

御裳濯河歌合《みもすそがわうたあわせ》、宮河歌合《みやかわうたあわせ》の清書は、当代一流の名筆家である慈円《じえん》に頼んだ。

両歌合は伊勢神宮《いせじんぐう》の内宮《ないくう》、外宮《げくう》に奉納《ほうのう》するよう手配した。

歌壇の重鎮《じゅうちん》藤原俊成《しゅんぜい》と新進歌人藤原定家《ていか》の判《はん》、慈円大僧正《じえんだいそうじょう》の清書。なんとも贅沢《ぜいたく》な歌合《うたあわせ》である。

誰に見せるためでもない。我が生涯の歌を編《あ》んだ歌合《うたあわせ》は、伊勢神宮《いせじんぐう》に奉納《ほうのう》するために編《あ》んだのである。

病床で藤原定家《ていか》の判の書き加えられた「宮河歌合《みやかわうたあわせ》」をようやく手にした西行は、「これでよい」と深く頷《うなず》いた。

やがて西行は飲食を控《ひか》えるようになった。

弘川寺の庵室《あんしつ》に、西行は横たわっていた。

外は月夜らしい。

開け放たれた障子から、緑色の月光が流れ込んでいる。

冷たい夜風を、西行は胸に吸い込んだ。

旨《うま》い。

この世の大気が、こんなにも香《こう》ばしいものかと、しみじみと西行はそれを味わった。

今宵《こよい》、逝《い》けそうだ。

枯れ木のようにやせ衰《おとろ》え、ここ数日は死臭まで漂《ただよ》い始めた己の体を確かめながら、西行はついにやり遂《と》げた、という思いに浸《ひた》っていた。

二月十五日。

多くの人の死に立ち会ってきた彼には、自分の病が、もはや助かる望みの無いものであることが、わかっていた。

それならば、支度《したく》をせねばならない。

数ヶ月前から、西行は周到《しゅうとう》に準備を調《ととの》えてきた。


見苦しくなく死ぬには、気力が必要なのだ。

心身が弱ってからでは、この世の執着《しゅうちゃく》も断ち切れず、取り乱して臨終を迎えなければならない。

苛烈《かれつ》な病勢の緩《ゆる》む合間を見つけては、西行は身辺を整理した。

大切な歌稿などは実家の田仲庄《たなかのしょう》へ送り、人に見られたくない物はすべて焼き捨てた。

そして、少しずつ飲食を断っていった。

どうせ死ぬのであれば、如月《きさらぎ》の満月に死にたい。


「願《ねが》はくは　花の下《した》にて　春死《し》なん　そのきさらぎの　望月《もちづき》の頃《ころ》」

（願いが叶《かな》うならば、桜の花の咲く下で、春に死にたいものだ。

あの釈迦《しゃか》が入滅《にゅうめつ》なさった二月十五日の頃に）

かつて西行は、こんな歌を詠《よ》んでいた。

二月十五日は、釈迦《しゃか》が入滅《にゅうめつ》した日である。

そして、桜が咲き満ちる頃でもあった。

生涯において追い求め続けた桜と満月を、最後に見ながら逝《い》きたいと、西行は思った。

とはいえ、そう都合《つごう》良くいかないことは、自分でもわかっていた。

そうならなくても、別段構《かま》わない。

そんなことにこだわること自体が、往生《おうじょう》の妨《さまた》げにもなりうるのだ。

しかし、それでも西行は、今まで幾度も断食修行をした経験から見当をつけて、今日この日を目指していたのだった。

どうやら、上手くいきそうだ。

西行は、満足だった。

幾日も物を食べていない体は空気のように軽くなって、ほとんど苦痛は感じられなかった。

夜風に乗って、ひとひらの桜の花びらが庵室《あんしつ》に舞い込み、西行の胸元に落ちた。


「遊びましょうよ。いい月夜よ」

耳元で、涼やかな声が響《ひび》いた。

「何をおっしゃるのです。

私は、これから死ぬのですよ」

「あら、つまらない。

やっと会えたのに」

不服そうな声がした。

「いらっしゃいよ。

いい月よ」

庵室《あんしつ》に、鈴を振るような笑い声が響いた。

「行ける訳が、ないでしょう。

私は、病《や》んでいるのですから」

庵室《あんしつ》の障子の影から、可愛らしい小さな頭を少し仰向《あおむ》けて月を見上げている後ろ姿が見えた。

その後ろ《うし》姿《すがた》に向かって、西行は、懸命に訴えた。

「私は、今宵《こよい》、死ななければならないのです。

この如月《きさらぎ》の望月《もちづき》の下で。

それこそが、長年の私の本懐《ほんかい》なのですから。

どうかお許しください。

そのために、これまで、どれほど苦心してきたことか」

人影はすっと立ち上がり、凛《りん》とした声で、西行に命じた。

「早く、こちらにいらっしゃい、義清《のりきよ》」

有無《うむ》を言わせぬ気品のある口調で、怒ったように西行に告げると、璋子《たまこ》は振り返った。

一目見たら生涯忘れられないほどの、澄み切った、力のこもった眼差《まなざ》し。

だが口元には、こらえきれないような笑みがこぼれている。

いつしか西行は立ち上がって、戸口に歩いていた。

「まあ。義清《のりきよ》は、お爺さんになったのね」

西行の肩に頭を寄せる気配がした。

「当たり前ですよ」

西行を見上げる璋子《たまこ》は、昔のままに若々しく、かえって昔より幼くなったようにさえ思われた。

「お爺さんになっても、義清は、ずいぶん大きいのね。

……でも」

西行の首筋に、夜風になびいた璋子《たまこ》の髪が、ふわりと触れた。

「若かった頃から、義清は、今みたいに、とても大人びて見えましたよ」

さっさと庭の方に歩き出す璋子《たまこ》の後に従いつつ、西行は思わず苦笑していた。

後から後から、際限《さいげん》もなく、薄紅色《うすべにいろ》の花びらが闇《やみ》から闇《やみ》に現れて、散りかかった。

見上げると枝には花が幾重《いくえ》にも色濃《いろこ》く重なり合い、咲き誇っている。

満開の桜の木の下に、璋子と西行は立っていた。

二人の頭上は差《さ》し交《か》わす枝々《えだえだ》に花かごのように覆《おお》われ、二人の傍《かたわ》らには絶え間なく花びらが散りかかっている。

暗い幹の下で、枝々の裏側から枝の上に高々と咲き満ちる薄紅色《うすべにいろ》の花房《はなぶさ》を透《す》かし見ていると、まるで胎蔵界《たいぞうかい》から天空を見上げるようだった。

璋子と西行とは、薄紅色《うすべにいろ》の大きな繭《まゆ》にふんわりと覆《おお》い尽《つ》くされたようであった。

西行は、声を上げることもできなかった。

月光が、滝のように輝きながら降《ふ》り注《そそ》いでくる。

幾億幾千万と知れぬ、月の雫《しずく》だ。

煌煌《こうこう》とした満月が、真上にあった。

あまりに澄み渡っていて、自分と月の間に、遮《さえぎ》るものは、塵《ちり》ひとつ、無い。

遥《はる》か遠くにあるのに、まるで彼方《かなた》の月に心が直接触れているように、西行には感じられた。

花びらも、月光も、後から後から、音も無く降りかかってくる。

断食が続いた西行には、自分の体がほとんど感じられないくらい、薄く、軽い。

月も、桜も、璋子も、まるで直接触れているように、西行は感じた。


「ね。義清」

息がかかるほどの近さで、璋子がささやいた。

「私と出会って、義清はずいぶん、生き方が変わってしまったわね。後悔している？」

「いいえ。少しも」

即座に、西行は答えた。何の迷いも、無かった。

「良かった」

花が開くように、璋子《たまこ》の顔に笑みが広がった。

「私と出会った人はみんな、私のせいで、人生が滅茶苦茶《めちゃくちゃ》になってしまった、と言ったのよ。義清一人だけよ。そう言ってくれたのは」


その夜ひと晩、二人の影は、桜の花の薄紅《うすべに》色の繭《まゆ》に包まれていた。

翌朝いつものように、僧が庵室《あんしつ》に、粥《かゆ》と白湯《さゆ》とを運んできた。

布で西行の顔と首の汗を丁寧に拭《ぬぐ》うと、僧は、遠慮がちに声をかけた。

「いかがでございますか、せめて白湯《さゆ》でも、召しあがっては」

数日前から西行が死の準備に入っているのを、弘川寺の僧達はみんな知っていた。西行の往生《おうじょう》を、妨《さまた》げてはならない。それが僧達にとって、高名な老僧に示すことのできる最善の好意であった。昨日西行は水も口にしなかったが、僧は無理にすすめなかった。

「それでは」

西行の乾いた唇から声が漏《も》れて、僧は驚いた。

「少し、いただこうかな」

僧は西行に近づき、抱きかかえて起こすと、椀《わん》を西行の口に当てた。わずかな白湯《さゆ》が西行の唇を潤《うるお》し、ゆっくりと西行はそれを飲み下《くだ》した。痩《や》せて突き出た喉《のど》ぼとけが上下に動いた。

「ありがとう」

満足そうに眼を閉じて、西行は微《かす》かにつぶやいた。

最期《さいご》の息が、しずかに西行の身体を離れた。

建久元年（一一九〇）二月十六日、如月《きさらぎ》の望月《もちづき》に一日遅れて、西行は息を引き取ったのである。

参考文献

『西行全歌集』久保田淳、吉野朋美（校注）／岩波書店
『山家集・聞書集・残集（和歌文学大系）』西澤美仁、久保田淳、宇津木言行／明治書院
『新潮日本古典集成　山家集』後藤重郎／新潮社
『西行自歌合全釈』武田元治／風間書房
『西行物語（全訳注）』桑原博史／講談社学術文庫
『西行物語』伊藤嘉夫（「古今集・新古今集・山家集・金槐集」〔所収〕）／窪田章一郎、石田吉貞、伊藤嘉夫、高崎正秀編／角川書店
『新日本古典文学大系　保元物語　平治物語　承久記』（編集）栃木孝惟、日下力、益田宗、久保田淳／岩波書店
『新潮日本古典集成　方丈記　発心集』三木紀人（校注）／新潮社
『平家物語（一）〜（四）』梶原正昭、山下宏明（校注）／岩波文庫
『現代語訳　吾妻鏡』五味文彦、本郷和人編／吉川弘文館
『新訂　梁塵秘抄』佐佐木信綱校訂／ワイド版岩波新書
『梁塵秘抄　ビギナーズ・クラシックス 日本の古典』後白河院、植木朝子編／角川ソフィア文庫
『梁塵秘抄口伝集』全訳注／馬場光子／講談社学術文庫
『建礼門院右京大夫集』全訳注／糸賀きみ江／講談社学術文庫

『西行学』第二号、第三号、第七号、第八号、第十号、第十一号、第十三号／西行学会（宇津木言行、西澤義仁、山本章博、山田昭全、五味文彦の論文ほか）／笠間書院
『旅と草庵の歌人　西行の世界』久保田淳／日本放送出版協会
『西行　魂の旅路　ビギナーズ・クラシックス日本の古典』西澤義仁編／角川ソフィア文庫
『待賢門院璋子の生涯／淑庭秘抄』角田文衛／朝日選書
『保元物語』『平治物語』現代語訳つき／日下力／角川ソフィア文庫
人物叢書『西行』目崎徳衛『後白河上皇』安田元久『平清盛』五味文彦『源義経』渡辺　保『藤原忠実』元木泰雄『藤原頼長』橋本義彦『文覚』山田昭全／吉川弘文館
『源頼朝　新訂版』安田元久／吉川弘文館
『源頼朝　武家政治の創始者』元木泰雄／中公新書
『源頼朝　新訂版　武家政権創始の歴史的背景』安田元久／吉川弘文館
『大仏再建　中世民衆の熱狂』五味文彦／講談社選書メチエ
『奥州藤原氏　平泉の栄華百年』高橋崇／中公新書
『女性芸能の源流　傀儡子・曲舞・白拍子』脇田晴子／角川選書
『白峯寺縁起』

朝日カルチャー講座横浜教室「西行」「建礼門院右京大夫集」「方丈記」「慈円」「藤原定家」山田章博
NHKラジオ古典講読「西行を読む」西澤義仁

[著　者]
福田玲子（ふくだ れいこ）
東京生まれ。神奈川県在住。東京女子大学文理学部日本文学科卒業、
アジア国際語学センター（神奈川県横浜市）日本語非常勤講師。
著書「玉響物語」（国書刊行会）

新西行物語《しんさいぎょうものがたり》　憧《あこが》れの月《つき》と花《はな》

2023年9月22日　第1刷発行

著　者　　福田玲子
発行人　　久保田貴幸

発行元　　株式会社 幻冬舎メディアコンサルティング
〒151-0051　東京都渋谷区千駄ヶ谷4-9-7
電話　03-5411-6440（編集）

発売元　　株式会社 幻冬舎
〒151-0051　東京都渋谷区千駄ヶ谷4-9-7
電話　03-5411-6222（営業）

印刷・製本　中央精版印刷株式会社
装　丁　　弓田和則

検印廃止

ISBN 978-4-344-94632-3 C0095
幻冬舎メディアコンサルティングＨＰ
https://www.gentosha-mc.com/